致命夏刻

水千丞
著

沈阳出版发行集团
沈阳出版社

图书在版编目（CIP）数据

致命复刻 / 水千丞著 . -- 沈阳 : 沈阳出版社，
2022.9

ISBN 978-7-5716-2618-1

Ⅰ . ①致… Ⅱ . ①水… Ⅲ . ①长篇小说–中国–当代
Ⅳ . ① I247.5

中国版本图书馆 CIP 数据核字（2022）第 140085 号

出版发行：沈阳出版发行集团 | 沈阳出版社
（地址：沈阳市沈河区南翰林路 10 号 邮编：110011）
网　　址：http://www.sycbs.com
印　　刷：三河市中晟雅豪印务有限公司
幅面尺寸：148mm × 210mm
印　　张：9.25
字　　数：200 千字
出版时间：2022 年 11 月第 1 版
印刷时间：2022 年 11 月第 1 次印刷
责任编辑：杨　静　赵　琳
封面设计：粉粉猫
版式设计：佳睿天成
责任校对：高玉君
责任监印：杨　旭

书　　号：ISBN 978-7-5716-2618-1
定　　价：48.00 元

联系电话：024-24112447
E - mail：sy24112447@163.com

如果有一天

你可以

拥有你的

偶像

……

第一章

张扬觉得，她的名字和盛世很般配。首先，它们都是两个字；其次，都是一个独立的词语；最后，一个飞扬轻狂，一个盛气凌人，气场很合。

其实她和盛世有着天差地别。

盛世是张扬的偶像，也是万千少女的偶像，身高、脸蛋、人设、业务能力，无一不拔群，是风头最劲、最火的男明星。

张扬爱着盛世，在日复一日的对盛世的幻想中，过着自己乏善可陈的人生。

直到有一天，有人告诉她，她可以得到盛世。得到的意思，就是完完全全地拥有。

事情要从上个月说起。

不，真正的故事其实要从三年前说起。那一年，盛世因一部偶像剧一炮而红，张扬在看到他的那一刻惊为天人，她虔诚地认为那是世界上最好看的男人，同时还有着数不清的优点，越是了解，她就越是沉迷。

自那以后，张扬作为一个粉丝极尽所能地付出，她工作之外的时

间、精力、金钱，大部分贡献给了与盛世有关的方方面面。她用自己献祭般的热情，网罗了一大批同好，在粉丝圈内小有名气。

现实中，她是个仰人鼻息的小职员，但在虚拟世界里，她是受人景仰的大粉“盛世飞扬”。她为了盛世的数据奔波忙碌，为了盛世的名誉披坚执锐，她在网络上自信、幽默、犀利、专注，她有自己的粉丝，一呼百应，指哪儿打哪儿。

逢年过节，她都能收到盛世的工作室寄来的有盛世亲笔签名的礼品。

她的偶像念着她，她的偶像的粉丝拥戴她。

张扬觉得盛世飞扬才是真正的她，盛世飞扬才是真正的张扬。

可上个月发生了一件事，让她足足抑郁了两个星期都没缓过来。

粉圈里有一个叫米娜的女孩儿，家里不知道是做什么的，非常有钱，尽管她在粉丝站贡献的时间不多，入坑时间也短，但砸下的钱却一骑绝尘。

米娜也是张扬的粉丝，她们有一个以张扬为首的同城四人核心小群，经常一起商量本地的应援活动。

那一天，米娜突然在群里发了一张照片，照片中她和一个男人贴面亲昵相拥。

张扬看了一眼照片，头皮瞬间就奓了。

盛世！

群里一时没人说话，大概都被震住了。

冷静下来后，张扬发现照片中男人的头发比盛世近期的头发长，而且，仔细看能发现他的五官和盛世有明显的差别，年纪看来也比盛世小一点。

耳关发话了：这谁？不是哥哥吧？

米娜：哈哈哈哈，像不像哥哥？

静依依：哇，真的很像哥哥，尤其第一眼！这是谁啊？

米娜：我男朋友啊，其实也没有那么像啦，但开了滤镜真的超像。

耳关：哇，你脱单了？

张扬在对话框里打了几个字，又删掉了。她重新点开那张照片的大图，放大，再放大，恨不能掰开像素来找不同，心脏一缩一缩地难受，手都有点发抖。

米娜的男朋友，仔细看确实不是盛世，但真的挺像的。帅气仿佛要化作实体从屏幕里冲出来，刺得人眼睛发烫。

米娜：刚刚在一起的，他叫柯禹。

米娜：他比哥哥矮，不过也有一米八哦。

米娜：他跟哥哥一样很擅长运动，身材也超好的。

米娜：我现在都让他学哥哥的打扮，他也很宠我，都配合我。

米娜：他还学哥哥说话和唱歌哄我，哈哈哈，用这张跟哥哥很像的脸搞怪有时候真的想揍他。

米娜：但是他真的跟哥哥一样温柔。

米娜：不好意思我真的太开心了，想要第一时间跟你们分享！

接着米娜又连发了好几张照片。

张扬自虐般一张张点开，脑子里嗡嗡直响，内脏好像被什么力量扯着往下坠。不是盛世，但像盛世，哪怕是一个低配的替代版也足够

耀眼。哥哥是天上的太阳遥不可及，但这个人是人间的花火，也让人趋之若鹜啊。

看着群里热烈的讨论，张扬最终面无表情地打了几个字：哇，真的好帅。

米娜：是吧飞扬姐，我第一次见他也吓到。

米娜：下次我带他出来给姐妹们看看！

与此同时，静依依在没有米娜的三人小群说话了：其实也没有很像，气质比哥哥差远了。

耳关：那不是废话，能看上她那张失败的整容脸，光审美就很吓人了。

张扬：（笑）

耳关：是啊，还说要学哥哥打扮，哥哥的衣服多贵。

耳关：你们想啊，如果这个男的自己买得起哥哥的衣服，那就不可能看得上她，肯定都是她出钱的。

张扬：她家境好嘛，小公主。

静依依：她发微博了。

张扬马上切去微博看，短短十来分钟，转发就过万了。转发评论里有艳羡的，有恭喜的，有质疑的，也有谩骂的。

张扬想着自己辛辛苦苦做的各种视频，花钱找人画的图，奔波筹款做的宣传、公益，都鲜少破万，而米娜不过是发了几张炫耀的照片，就有这样的热度，心里更不是滋味儿。

同时她也有一些疑惑：盛世已经火了三年了，长得像盛世的帅哥，为什么之前在网络上一点水花都没有，难道以前不愿意曝光？

有钱真好。张扬想。

米娜一向爱炫耀，从前的微博、朋友圈里就全是奢侈品、名车、豪宅、洋酒、派对，如果不是追了同一个明星，和张扬原本不会有交集，自从交了这个长得像盛世的男朋友，更是天天秀恩爱。

于是张扬最近的心情，就跟梅雨季的天一样，一直是阴的。

米娜过生日邀请了她们，在群里说完，又单独敲了张扬，郑重地再邀请了一遍。

从前张扬是有些看不惯米娜的做派，但不讨厌她，她能给盛世花钱，又对自己尊敬有加，犯蠢也可以归结为年纪小，而且蠢有蠢的好处——听话又没什么心眼儿。

但自从这个柯禹出现，群里的气氛跟从前不一样了。不过张扬还是要去的。大家都抱着一样的目的，想看看脱离了滤镜的柯禹是不是真的那么像盛世。

参加米娜生日派对的，大部分是她自己社交圈的朋友，粉圈的只有群里的三个人，而且一眼就能辨认出来——跟那些花枝招展的富二代、网红、小明星相比，她们明晃晃地土。

米娜跟她们打完招呼就去接待其他朋友了，三人缩在 KTV 大包厢的角落，看着四周香衣云鬓，觥筹交错，显得呆滞而格格不入。

不一会儿，包厢门被推开了，一个高挑的男人捧着一大束娇艳的红玫瑰，款步走了进来。

张扬愣怔地望着他。

柯禹，米娜的男朋友，最近在网上很火的长得像盛世的男生。

耳关低低骂了一声。

脱离了滤镜，依然像。柯禹没有盛世高，且年轻几岁。她们都是见过盛世本人的，能一眼看出柯禹与盛世并非同一个人，但同样帅气逼人。他穿着盛世曾经在时装秀场穿过的西装，带着一抹神似盛世的笑容，像从 T 台直接走到了这里。

他一来，女生们齐声尖叫。

柯禹目不斜视地走到米娜面前，含情脉脉地献上花和礼物，两人旁若无人地拥吻，气氛一度如滚水沸腾。

缩在角落的三个人一声没吭，个中滋味儿难以形容。

过了一会儿，米娜拉着柯禹过来了，她像小女孩儿一样晃着柯禹的手，雀跃地叫道：“飞扬姐！”

张扬三人站了起来，脸上挤出僵硬的笑容：“生日快乐，你今天好漂亮哦。”

米娜笑盈盈的，“你们今天能来太好了，我想跟你们分享这个笨蛋。”她指了指柯禹，甜蜜地说，“我们都是因为哥哥才有缘认识的嘛，我觉得你们看到他也会很高兴。”

“真的好帅，好像哥哥哦。”静依依看着柯禹，在光线靡暗的包厢里，更显得她双眼发亮，她朝柯禹伸出手，“你，你好。”

柯禹很绅士地与几人相握。

张扬的脸烫得厉害，有些不敢直视柯禹真诚坦然的目光，因为自惭形秽，因为紧张害羞，因为嫉妒不忿。

“我们来拍照吧！”米娜提议，她挽着柯禹的胳膊，仰头看着他，“哈哈，虽然你是冒牌的哥哥。”

柯禹还是保持着得体的笑容，满足女朋友的一切要求。

他们彼此交换着拍了很多照，也拍了合照，整个晚上米娜都在刷屏朋友圈和微博。

张扬偷偷看照片，难堪地想：她和柯禹同框看来都像王子和女佣，若是跟盛世……什么样光芒四射的女人，才配站在盛世身边而不至于自卑?

派对没结束，她们就提前走了，方枘圆凿，彼此都难受，何况她们还得赶最后一班地铁。

静依依看着自己的手机，叹了一声：“本人是挺帅的，居然连声音都跟哥哥有点像，羡慕不来啊。”

“可是站在一起根本不搭，米娜成天浓妆艳抹的，把自己化老了十岁，真的一身暴发户气质。”耳关冷笑一声，“还让一个低配穿哥哥穿的衣服，到底想干吗啊，还真以为自己在跟哥哥谈恋爱吗?”

张扬面无表情：“跟长得像哥哥的人在一起，确实可以催眠自己一下吧。”

“说实话我觉得柯禹给人的感觉有点呆。你们没发现吗，一直是米娜在跟人应酬，他都不怎么说话，跟个大型摆件一样。”

“好像是啊，那他有点奇怪啊。”

“你们就没人问问吗?”张扬说，“这男的以前是干吗的?”

“你都不问，我们更不会问啊。”耳关说，“不是你和她关系最好？”

张扬想反驳两句，又想到米娜一开始确实是自己拉进小群的，便嘟囔道：“不感兴趣。”

地铁上，静依依一直在张扬旁边修照片。

张扬斜了一眼，不咸不淡地说：“你还真打算发啊。”

静依依愣了一下，马上说：“没有啊，我只是习惯修片，当练手了，没要发，我发别人的男朋友干吗。”她悻悻地关掉了美图软件，去看微博了。

结果一刷新，米娜的微博也刷了出来。

“她怎么回事，这么丑的照片也要发，不修一下啊！”耳关大骂了一声，惹得地铁上的乘客纷纷侧目。

张扬凑过去一看，只见米娜在微博里发了很多派对现场的照片，其中自然有她们。

笨拙的妆容，廉价的打扮，露怯的表情，张扬都替照片里这三个女孩儿脸红。

想起米娜招摇的笑容，张扬沉声说：“算了，反正也没人认识我们。”

拖着疲累的身体回到家，张扬匆匆洗了个澡就倒在了床上。

明明已经很晚了，她却睡不着。她盯着手机，看着时间。距离米娜生日这一天过去，还有四十三分钟，她们的狂欢一定还没结束——结束了又怎么样呢，人家和自己的男朋友还可以继续“狂欢”。

张扬心里烦得不行，她去盛世的超话逛了起来，点开了一支已经看了无数次的单曲MV。

她一首歌还没听完，一个电话突然打了进来，是耳关的。

张扬接通电话，“喂”还没出口，耳关就急迫地叫道：“快，快上微博，米娜被扒了！”

张扬“腾”地从床上坐起来，心脏怦怦直跳：“怎么回事？”

“哎呀，三言两语说不清，链接我发你了，快去看！”耳关的声音兴奋得直飘，“巨精彩！”

张扬找到链接点了进去。这些年的追星经验，让她习惯性先点进了发帖人主页——这是个新注册的小号，一看就是专门挂人的——然后她就看起了那条微博，越看越是心惊。

自从米娜与柯禹的合照火了以后，不少营销号来蹭热度，称米娜是最励志粉丝，让米娜一时收获了巨大的关注。成名是柄双刃剑，能带来膨胀的虚荣和利益，自然也会带来烦恼——米娜被扒皮了。

那条微博详尽地讲了一个令人瞠目结舌的故事。

米娜自十四五岁起混迹网络，最开始粉上一个韩国男团，没过多久，就找了一个长得跟男团队长有点相似的男朋友。不到两年时间，她转而粉了一个国内的男艺人，男朋友也换了，而这个新男朋友，又跟她当时粉上的男艺人长得相像。

之所以一开始大家没把这些事联系到一起，是因为那时候米娜还没整容，跟现在的样子天差地别。她整容后，把以前的所有照片都删了，扒皮帖中的照片从何而来，少不了她身边人的贡献。

张扬仔细对比米娜的前两任男朋友，第一个最多只有三四分像，第二个可以达到五六分了，而到了柯禹……只能说一任比一任像本尊，一个人能凑巧找到一个跟自己偶像长得像的男朋友不稀奇，稀奇的是七八年的时间里找到了三个！

难道金钱的力量真有这么大，米娜专门砸钱在华人世界里按图索骥？这是钱能办到的吗？这也太夸张了。

扒皮帖也提出了一样的疑问，可惜，连发帖人自己也没有答案，而且，发帖人也提出了另一个跟张扬一样的疑问，那就是：这些男生长得这么帅，在这样一个时代，“像当红明星”是个多么好蹭的热度，轻轻松松就能名利双收，为什么这三个人之前在网络上了无痕迹，却都以米娜男友的身份曝光？

张扬翻着下面的留言。讨论热火朝天，仿佛大家都不需要睡眠，但绝大多数的结论是：有钱真好。

张扬知道这一晚上她都睡不着了，她打开微信，点开了米娜的对话框，寻思良久，发了一条：睡了吗？

第二章

那一晚，米娜没有回她。

扒皮帖在网上持续发酵，谣言像沸锅喷出来的泡沫，溅落得到处都是。泡沫破灭，独留水痕，人人引颈探究，既不知锅里是什么，也不知泡沫长什么样。但这不重要，老实点儿的指着水痕论得头头是道；看热闹不嫌事大的，则喜欢相信或者说传播最猎奇的，比如那个为了讨好富婆专门整容成她喜欢模样的猜测。

帖子被删了又发，营销号上赶着凑热闹，盛世的粉丝推波助澜，这件事一时成了近期最叫座的那盘下酒菜。

第二天，米娜发了条微博，否定了很多谣言，至于爬墙一个偶像就要换一个男朋友，她说自己一没犯法，二没劈腿，私人感情不该被过度消费，也与他人无关。

这纸笔间还散发着不甘与怨愤的声明，无异于扬汤止沸，加上网友扒她三任男友无果，火力无处分散，结果可想而知，讨伐一浪高过一浪。诚如米娜所说，这是她的私事，可那一张与神似盛世的大帅哥

男朋友浓情蜜意的照片刺红了不知多少双眼睛，米娜开始被“人肉”。

事件没过二十四小时，米娜给张扬打了电话。

张扬看着米娜的来电显示冷笑。她知道米娜为什么找她，因为她知道是什么人在搞米娜。

接通电话，米娜哭着说：“飞扬姐，救救我。”

张扬淡淡地说：“你别哭，冷静点儿说。”

“我知道是她们干的。”米娜咬牙切齿地说，“我花钱找人删，她们就花钱找人发，还一直带节奏，我自己也无所谓了，可如果我爸被扒出来，我就完了，真完了，你一定要救救我。”

“你说‘她们’是什么意思？”张扬明知故问。

她们，是盛世几个大站的站姐和大粉，张扬也是其中之一。这帮人里，有的本身就有钱，有的可以轻易通过盛世庞大的粉丝群聚揽资金，而且跟营销公司很熟，米娜再有钱也寡不敌众。

米娜不会想到自己的一时虚荣，引来多少彻骨痛恨。

找一个跟哥哥相像的男朋友招摇过市是其一，玷污哥哥的形象是其二。哥哥是所有人的，是不染凡尘的“天神”，不是一个有点钱有点貌就忘乎所以的普通人可以独占的，用一个低配替代品对哥哥宣淫更让人恶心。更甚者，扒皮帖让她们知道，米娜惯于爬墙，对哥哥的爱廉价之极，这种人她们逮到机会怎么可能不往死里踩。

张扬明面上没表态，是因为她以前和米娜关系好，被牵连受了不少冷嘲热讽，这时候她两肋插刀是错，落井下石也是错，脸打肿了不吭声是最好的选择，不过，她背地里没少用小号带节奏。

米娜抽抽搭搭地哭诉着，求张扬去帮她求情，那些人张扬都认识，看在平日的交情上，应该会给张扬面子。

张扬想了想：“电话里说不清楚，明天我们……”

“不要明天！”米娜急道，“你住哪里？我现在去找你，飞扬姐，求求你了，他们在调查我的信息，我真的很害怕，我家比较……特别，我爸真的不能被曝光！”

“好吧，你到淮秀路那家快餐店等我。”

二十四小时营业的快餐店里，故意迟到了快一个小时的张扬，见到米娜坐在最角落的位置，戴着口罩。

张扬心中冷笑：还真把自己当个角儿了，网络上的屁事儿，现实里谁认识你。

一见张扬，米娜殷勤地站起来：“姐姐你坐，吃点儿什么吗，我去点。”

“不用了。”张扬坐下来，“口罩摘了吧，这时候没人。”

米娜摘下口罩。她没化妆，头发油腻地贴着头皮，眼窝一圈青紫包着赤红，满脸枯黄倦色，跟生日派对上春风得意的白富美判若两人。

米娜喝了口咖啡，沙哑着说：“飞扬姐，你能帮我吗？要我做什么都行。我知道错了，我太爱炫耀了，我……”

“这种事你应该报警处理啊。”张扬看着米娜一脸狼狈，心里痛快极了。

“没用的，报警能抓几个？这个删了那个发，最终肯定会闹大的，

除非她们放过我，粉丝都听她们的。”米娜哭着说，“我们平时关系还挺好的，我为哥哥花了那么多钱，几百万有的吧，到头来说我不是真爱，她们怎么一点情面都不留。”

见米娜哭得一抽一抽的，张扬心里对她有了一点同情，尤其当她说为哥哥花了几百万的时候。不念功劳念苦劳，这点张扬对米娜是肯定的。嘴上再嚷嚷着真爱，把自己变成廉价的水军，又怎么比得上真金白银对哥哥有助力？她放软了口气：“我知道你对哥哥不是假的，有人接受不了爬墙，我觉得还好吧，也不能算背叛，就是缘分到了。不管怎么样，你为哥哥做的我是看在眼里的。”

米娜用力点头：“姐姐，你帮帮我，求你了。之后要我退圈还是公开道歉都行，只要她们收手。”

张扬看着米娜的眼睛：“我可以帮你，不过这件事没你想得那么简单，我的面子也没你想得那么大，我得给你想个好的说辞，所以你得告诉我，你那三任男朋友，到底是怎么回事。”

米娜料到她会有此一问：“就是朋友介绍的，我粉一个爱豆，就会爱屋及乌喜欢跟他长得像的男生，就嘱咐身边朋友多留意。”

张扬眯起眼睛：“为什么他们三个在网络上一点痕迹都没有，这都什么年代了，一个人可能在信息时代像透明人一样吗？”

“我不知道啊，可能他们就是性格比较内向吧。”

张扬拉下脸来：“你不跟我说实话，我没法帮你。”她起身就要走。

米娜一把拉住张扬的手，苦着脸说：“我知道我的解释太牵强了，我不是故意对你撒谎的，是真的没法说。”

“什么叫没法说？”张扬怒道，“他们是整容的？特殊行业的？这有什么不能说的，难道比你还重要吗？比你爸被曝光还重要吗？”

米娜的脸色更难看了。

“我也不勉强你，等你想清楚再联系吧。”

“哎，不要走！”米娜抓着张扬就像抓着救命稻草，“我告诉你，只要你帮我，我告诉你。”

张扬重新坐了下来。

米娜深吸一口气：“但是你要发誓，不能告诉任何人，发毒誓，拿，拿哥哥发毒誓。”

张扬惊了一下：“到底……”

“真的真的，飞扬姐，这真的是绝对不能说的秘密，如果泄露出去你自己都会有危险，我不是开玩笑的。”

张扬犹豫了一下：“好，我……我拿哥哥发毒誓，绝对不告诉任何人。”

米娜用力抓了抓头发：“天哪，说了你也不会信的。”

“你先说。”

米娜捧着脑袋，偷偷瞄了张扬一眼，小声说：“他们，其实，是定制品。”

“……什么？”

米娜一副豁出去的表情：“仿真人你总知道吧。”

张扬僵住了。她第一反应是米娜在诓她。

“他们是被制造出来的，用本尊做蓝本，但其实应该算是机器人 。”

张扬的脸有点扭曲：“你知道自己在说什么疯话吗？”

“我就知道你不会信！”米娜叫了一声，“我说的是真的。”

张扬心潮翻涌，一阵激荡，一阵恶心：“……你继续说。”

“所谓定制品，就是根据客户的需求，加以调整之后制造出来的人造人。他们虽然是机器人，但机体的运行方式上无限接近真人。特别是外形和质感，会和人一模一样。”

张扬觉得自己在听天方夜谭：“这是谁教你编的？”

“我说的是真的！”米娜辩驳道，“骗你有什么用。他们是一个地下组织，很神秘，势力很大，专门给有钱有权的人做所谓的‘高级定制服务’，想要哪个明星名人都可以。这样造出来的定制品，可以非常听主人的话。”

张扬感到脑子发蒙：“你的……三任男朋友，都是这样来的？”

米娜颓丧地说：“是。”

张扬有一箩筐的问题想问，可最终恍恍惚惚脱口而出的却是：“多少钱？”

“既然是高级定制，就是根据定制内容收钱。”米娜道，“像我选的这种陪伴服务型的，相似度越低价格越便宜。我的第一个相似度是35%，算是最低配了，买的话是二百万，租的话是一天一万。”

“还，还能租？”

“能啊，因为这种……会腻的。”米娜撇了撇嘴，“我第一次没经验，就是买的，后来处理起来好麻烦，那时候年纪小嘛。其实租更划算，还可以换着玩儿。”

“那柯禹……”

“柯禹买的话要五百万的，但我是租的，一次租了半年，有打折。”米娜小声说，“我真的很喜欢哥哥。”

张扬听得头皮阵阵发奓。

米娜偷瞄着张扬：“飞扬姐，你要是喜欢，柯禹可以借你……”

张扬恶狠狠地瞪着米娜：“你把哥哥当什么？一个摆件吗？”

米娜吓了一跳，连忙道歉：“对不起，对不起，我真的……”

“柯禹的相似度有多少？”张扬目光凶狠又犀利，胸口剧烈起伏，她气得想打米娜一巴掌。

“有 85%。相似度高，不只是价格贵，主要是容易出问题，我这不就出问题了……”米娜后悔地说，“我真的不该炫耀的。相似度 85% 往上他们就不轻易提供了，因为会惹麻烦，也无法见人。其实他们有给我忠告，让我不要让他曝光，我前面两个都没事，就……大意了。”

张扬平复了一下呼吸：“你说的事情太玄幻了，我一时真的没法相信。你是去哪里……买的？带我去看看。”

米娜摇头：“你听也知道这是犯法的，所有买家都必须有担保人。我要不是因为我爸，也进不了那个圈子。我是可以做你的担保人，但你还要预存一百万元保证金，还要交出所有个人信息，包括你父母亲戚朋友的。如果你泄密，就会有生命危险，不是开玩笑的。”

“我不会泄密的，我已经发过毒誓了。一百万，预存的意思是可以取出来吧？那你能不能借我？”

“以前是可以，但这次出了事，我妈特别生气，把我卡都停了。”

米娜抽了抽鼻子，“飞扬姐，那是供有钱有势的人玩乐的世界，有些人玩儿得很吓人的，你以为所有人都像我这样，只是想跟偶像谈个恋爱吗？你租不起也买不起，仅仅是为了满足好奇心，让自己被盯上，真的没必要。”

张扬知道米娜说得有道理。别说一百万，她一个月的工资还付不起最低配的一天的租金。

想到这里，张扬又有点心慌——她是真的相信米娜说的话了吗？

米娜期期艾艾地看着张扬：“那，飞扬姐，你能帮我了吗？”

张扬低着头，沉默了许久，才小声说：“你……真的能把柯禹，‘借’我？”

“可以，可以。”米娜连忙点头，“我说了，他是完全听我话的。”

张扬咬了咬牙：“如果柯禹真像你说的那样，我就相信你，我会帮你的。”

第三章

米娜像是生怕张扬会反悔，或者动作慢了错过阻止“人肉事件”的最佳时效，马上就要把柯禹“借”出去，因为此刻人就在她车上等着。

张扬顿时蒙了。她提出这个要求更多是一时冲动，她只是想起了KTV 里那个耀眼到让人脸红的男生，那双干净坦然的眼睛，那种混杂了嫉妒、艳羡、渴望的心情。

冷静下来之后，让她接受一个人把另外一个看起来活生生的人当作物件一样送给她这件事，超出了她的认知。不过，她并不是要反悔，只是没料到马上就要面对，甚至没有一点时间思考和消化。

米娜殷切地看着张扬。

张扬挣扎了片刻：“我会马上跟她们谈。”

米娜脸上终于有了一点放松：“那，我先跟柯禹说一下，一会儿我把他送去你家。”

张扬愣怔地“嗯”了一下。

“你也要答应我这件事不能告诉任何人，也绝对……”米娜尴尬

地说，“我想你也不会发照片的。”

张扬站起身，行色匆忙：“那我先回去了。”

回家路上，张扬给盛世一个前线资讯站的站姐打了电话。这人网名叫蘑菇，跟盛世工作室关系很好，已经利用粉圈经济成功为自己变现，算得上是粉头。

蘑菇猜到了米娜会去找张扬求情，她和张扬交好多年，对张扬始终很客气。

张扬先说了米娜已经准备报警，米娜家里很有势力，一旦惹急了肯定要报复，随后又说米娜不想把事情闹大，并愿意道歉。一番软硬兼施后，张扬又动之以情晓之以理，说米娜毕竟给哥哥花了那么多钱，又从盛世的利益劝蘑菇，“人肉搜索”是违法的，粉丝行为会给哥哥带来很大的负面影响，最近哥哥正在跟对家竞争一个高奢代言，别让对家捡了便宜。

这些道理蘑菇当然是懂的，她们跟米娜毕竟没有深仇大恨，教训一下出口气就差不多了，既不想给自己也不想给盛世惹麻烦。

张扬都开口求情了，蘑菇就顺坡下驴，打算发一个约束粉丝行为的声明，彰显盛世粉丝的大气明理，再用小号操作把这件事甩锅给黑粉，又可以借机卖一波惨。

两人商量着一些细节，不知不觉张扬回到了家。

张扬进屋，突然觉得自己住了一辈子的家哪儿哪儿都看着不顺眼，这里乱那里旧。但毕竟是二十多年的老公房了，想改善需得大动作。

她平时极少带朋友回家，一想到柯禹等一下要出现在这里，她就紧张得直冒汗。她手忙脚乱地挂起几件衣服，又把肉眼能见到的垃圾都收起来，抻平沙发套，胡乱扫了地。

忙活了一通，她突然想起什么，跑去卫生间，对着镜中的自己发愣。

一张寡淡无味的脸，苍白，干瘦，疏于打理。平日里的她就是这个样子，只有去见盛世的时候，她才会穿新衣服，化细致妆容，踩着让她疼得龇牙的高跟鞋，只为了在人群中稍微突出那么几厘米，哪怕盛世根本注意不到她，那对她来说也是世界上最具仪式感的行为，像朝圣。

除去公演不说，近距离“朝圣”的机会，是她靠持之以恒的努力换来的。粉圈内是有明确的等级制度的，盛世的动态会由工作室透露给大粉，只有贡献足够多，才会被大粉允许去接机、探班、去活动现场应援，等等。所谓贡献，首先看钱，其次看才，没钱也没才的，就去刷数据做苦力。圈内的等级关系到方方面面，话语权、消息、资源、福利、利益、脸面。在一个以盛世为名的虚拟国度里，张扬是特权者。

这都是盛世赋予她的，而她现在居然生出要为一个赝品打扮的念头。

她没有疯狂到觉得自己非盛世不嫁，也期待有一天有属于自己的爱情，但柯禹不是她的男朋友，她想要打扮是因为有那么一瞬间将柯禹当成了盛世，这跟米娜有什么区别，都是对盛世的不尊重。

可是跟米娜“借”来柯禹的自己又算什么?

张扬越想越头疼，一边唾弃自己，一边又紧张期待。

终于，门铃响了。

张扬深呼吸好几次，过去打开了门。

柯禹站在张扬面前，耀目的俊美，坦然的笑容，昂贵的西装，像是昙花一夜盛开的惊喜，这份美来得突然，又会随时离去。

张扬听到了自己的心跳声，她感到口干舌燥，握着门把的掌心全是汗。

明亮的光线下看，柯禹更像哥哥了。

“你好，飞扬。”柯禹的声线丝滑柔软得像上等的绸缎。

“你，你好。”张扬努力镇定下来，“请进。”

柯禹走了进来，他环顾四周，没有什么特别的反应，只是站在玄关处。

张扬又道：“请坐。”

柯禹这才换上拖鞋，坐到了沙发上。

张扬看着柯禹，觉得出现在自己家的他，就像历经风雨的破瓦罐里开出的一朵沾着雨露的花。她第一次生出在自己家坐立难安之感，问道：“你，你喝点什么吗？”

柯禹笑道：“都可以。”

“那你稍等。”张扬进了厨房，随手关了门，给米娜打电话。

“飞扬姐，我也正想给你打呢，他到了吗？”

“到了。那个，之后会有约束粉丝的声明出来，你这段时间不要发声，一个字也别说别回应，这事很快就会过去的。”

“太好了，谢谢你！”米娜如释重负，“太感谢你了，飞扬姐。明天我会把柯禹的一些生活用品送过去。”

“嗯，没什么。那个……”张扬压低声音说，“定制品，有没有什么……”她找不到合适的措辞，踯躅着说，“我要注意什么？”

“哦，这就是我要跟你说的。有三件事很重要。第一，安全词，安全词是为了保护你的安全或应付突发情况，任何时候，只要你说出这个词，他就会停止一切行为，柯禹的安全词是‘公主娜娜’。”电话那头传来嘿嘿一笑。

“嗯，然后呢？”

“第二，还是不要泄密，这个对所有人都很重要，泄密的后果我们两个都要承担，你可千万要注意啊。”

“这我明白。”

“第三，不要损坏，毕竟是租的，坏了要赔的。”

“……”

“其他就没什么了。我说了，定制品非常听话，我已经交代过他要听你的话，所以你让他做什么他都会做。反过来，定制品本质上不是成年人，公司已给他们输入一些常识，但是他们还是……说实话挺笨的，很多时候你不下指令，他就不知道要干什么，所以你要他做什么，就要说出来。”

“那他们到底有几岁的智商？”

“怎么说呢，他们智商没有问题，但只有很基本的知识储备，像小孩子吧。不过他们学习能力挺强的，基本上教一遍就能记住。”米娜坏笑一下，“我教他很多‘恋爱技巧’，飞扬姐可以慢慢享用哦。”

张扬再次哑然。

挂了电话，张扬忐忑地烧了热水，端着茶出去了。

柯禹还板正地坐在沙发上，果然如米娜所说，像个在等待下一步指令的机器人。

张扬把茶杯推到柯禹面前："喝点茶吧。"

柯禹拿起茶杯喝茶。

张扬看着柯禹，此时她满心疑问，却不知从何问起。她想了想："你……知道自己从哪里来吗？"

柯禹道："公主家里。"

"不是，更早之前，在没有见到……"张扬忍着恶心说，"'公主'之前。"

柯禹有些茫然，半晌，摇了摇头。

"你有父母吗？"

柯禹再次摇头。

"那你知道盛世吗？"

"盛世"两个字像是触动了什么关键字，柯禹的眼神立刻活跃起来："你想听盛世的歌吗？"

"……好啊。"

柯禹张嘴就唱起了盛世最近发布的单曲。

柯禹的音色也与盛世相近，是好听的，但因为没有受过声乐训练，唱功青涩。只是配上这张脸，谁还会仔细去听他唱了什么呢？

张扬又一次感到心湖激荡，整张脸都在发烫。她仿佛看到了盛世就坐在她面前，坐在她家的沙发上，单独为她一个人唱情歌。这只有梦里才可能有的场景，居然就这么出现在了眼前！

歌声渐息，柯禹把那旖旎的歌词爱语转为在口齿间轻喃，他在张扬的愣怔间慢慢靠近她，轻抚她的面颊。

张扬像是被施了定身咒，无法动弹，无法言语。那张脸越近，就越失焦；越失焦，就越像盛世。

唇上传来柔软的压力，张扬胸腔如鼓擂，她猛地推开了柯禹。

柯禹歪栽了一下身体，露出不解的表情：“我做得不对吗？”

张扬“腾”地站了起来，磕磕绊绊地说：“那个……左边的，左边的卧室，你晚上睡那里。”说完她逃命似的离开现场，跑回了自己房间。

张扬一晚上都没睡着，她想米娜，想盛世，想柯禹，想前前后后发生的所有事，想那个吻。

太玄幻了，这两天发生的事，是真的吗？定制品，是真的吗？如果是真的，那所谓的组织，岂不就像人贩子团伙？

可是柯禹根本不像被制造出来的，他除了有一点呆，分明是活生生的人，他会唱歌，会说，会笑……

不，就算他是被制造的，他看起来还是活生生的人啊。这样一个人，却没有自我，像商品一样被交易来交易去，他为什么要受到这样的对待？按照米娜的说法，是不是还有很多像柯禹的人，在经历一样的事？

辗转反侧的一夜，让张扬第二天无精打采，她趴在被窝里，瓮声瓮气地跟公司行政请病假。累倒是其次，她不放心柯禹一个人在家，

那毕竟是个长腿的人，万一出去惹麻烦怎么办?

洗漱一番后，张扬鼓起勇气，打算去看看柯禹起来没有。

没想到，柯禹不仅早早起来了，还给她准备了早餐。

柯禹换了一套深色的居家服，围着她的卡通围裙，头发软垂在额前，显得又乖又年轻。他就站在窗边，白皙通透的皮肤像晨间的凝露，无论从哪个角度看，都反射着太阳的清辉。

柯禹看到张扬，温柔一笑：“醒了呀。”

张扬再一次手足无措：“你怎么……”

“我做了粥和煎蛋，不知道你喜不喜欢吃，昨天忘记问你早餐喜欢吃什么了。”柯禹眨巴着眼睛望着张扬，“你不喜欢我就重做。”

“不用，很好了。”

张扬走了过去，余光瞄到门口的行李箱，应该是米娜送来的。这是个二十八寸的大箱子，箱子的尺寸总是跟出行天数相关的，这提醒张扬首次思考一个问题：她打算“借”柯禹几天?

米娜也没说借她几天，那……到底该是几天呢?

柯禹绅士地为张扬拉开椅子，等她落座后，又递给她筷子：“我本来还犹豫要不要叫你，你平时都几点起床?我会选择最好的时段做早餐，不然凉了就不好吃了。”

张扬心里泛酸又泛甜，简直酥麻一片。这样美好的场景，让她怀疑自己一觉还没睡醒，可她宁愿不醒。

“谢谢。”张扬喃喃地说了一声。

柯禹伸手摸了摸张扬的眼角，柔声说：“晚上要早点睡啊。”

张扬又是一阵心颤。

吃完早餐，柯禹要去洗碗，张扬连忙制止：“我来洗就好。”

柯禹也不推让，只问：“那我做什么？”

“你随便。”

张扬端着碗筷进了厨房，一边洗，一边偷看客厅的柯禹，发现柯禹还坐在饭桌前发呆。

她洗完之后，没留心脚下水渍，突然滑了一跤，“哎呀”一声坐在了地上。

只听一阵急促的脚步声，柯禹跑进了厨房，矮身将她扶了起来，用一种怕要惊扰她的音量轻轻问道：“怎么样，疼不疼？”

宽厚的胸膛、结实的臂弯、关切的语气，给予张扬从未有过的心动和安全感，她红着脸摇摇头。

柯禹抱着她坐到沙发上，给她揉着崴到的脚腕。

张扬近距离看着柯禹纤长浓密的睫毛，那上翘的弧度真迷人啊，跟哥哥一样，还有那总是嫣红饱满的唇，也跟哥哥一样，让她轻易就能从这个人的一举一动中拓出哥哥的影像。

张扬忍不住偎进了柯禹怀里，带点忐忑，带点期许。

柯禹转脸看着她，然后低下头，再次吻住了她的唇。

这次张扬没有惊慌，没有抗拒，唇瓣轻碾，齿间缭绕的气息灼热而富有男性魅力，令人沉醉不已。原来这就是吻，她的每一根神经都在无声尖叫。

请假在家的这一天，张扬过着如梦似幻的生活。她跟每个女孩子一样，无数次幻想自己恋爱的画面，但她知道绝对不会比现在经历的更美好。柯禹那么完美，那么耐心，那么温柔，如果没有这场意外，她原本不可能拥有，一天都不可能。

两人在家做饭、看电影、打扫卫生，像情侣一般亲密无间。张扬还带柯禹去超市采购，柯禹戴了一副墨镜，但遮不住逼人的帅气和优越的身材，走到哪儿都是路人视线的焦点。

张扬接收着四周艳羡的目光，想起了那晚在 KTV 她看着米娜与柯禹出双入对时的心情。原来被人嫉妒的感觉是这么好，浑身每一个毛孔都透着舒爽。这种感觉，这种赢了的感觉，只有在倾轧不如盛世红的别的偶像的粉丝时才能体会到一点。

此时此刻，蘑菇正在指挥盛世的粉丝们在网络上据理力争。约束粉丝的声明在午饭时就已经发完，到了晚饭时，下酒菜就变成了争论“究竟是谁带头人肉”的粉圈混战，抓着一个分不清是黑装粉还是粉装黑的小号大做文章，力图把祸水往对家身上引。

至于米娜和她的传奇，已经在尘土飞扬中悄悄退至角落，乏人问津了。

张扬就依偎在柯禹怀里，握着手机指点江山，没有人知道她此时在享受什么，那一刻得意的心情，像倏忽蹿至高空绽放的烟火，无根无基，却绚烂了整片天空。

第四章

隔天去上班，连同事都看出了张扬与平日不同，调侃道：“是不是谈恋爱了，怎么容光焕发的。”

张扬下意识想否认，可一想到柯禹，嘴角不受控制地上扬。

这一笑不言而喻，同事立刻围过来八卦，还逗她说之前不是一心要嫁给盛世吗。

张扬简直抓心挠肺地想给他们看自己和柯禹的照片，想要炫耀，想要那种艳羡、嫉妒的目光再次投注到自己身上，但她忍住了，只敷衍说下次一起去吃饭。

她是个会计，大学一毕业就在这家国企上班，工作清闲，工资不高，上升通道狭窄，她又是安于现状的性格，一眼就能从入职望到退休。如果说喜欢上盛世好像她人生中迟来的叛逆期，那么和柯禹“恋爱”就是她平凡生活的一次壮举了。

想到柯禹，她在工位上坐立难安。因为不知道究竟能“借”几天，所以她在这里浪费的一分一秒，都是宝贵的和柯禹相处的时间。她犹豫了一下，拿出请假单，打算把今年的五天年假一并休了。在以往，

她的年假都是要留给盛世的各种活动的。

交完请假单，张扬开始找旅游的地方，她也知道自己这样有点疯狂，可她真的想在梦醒之前多留一些美好的回忆。

大粉群里还在讨论和对家粉撕的策略，有人制作了一张黑图，底下一排呕吐的表情。

“长这个模样怎么有脸倒贴哥哥，太恶心了。”

“就是因为长这样才要倒贴蹭热度啊，不然谁会喜欢啊。”

“哈哈哈哈哈——”

“双担粉人均视力负数。”

“双担粉人均哥哥黑好吗，把丑矬男和大帅哥相提并论，不是黑是什么。”

张扬点开那张图，翻了个白眼，切换到制作表情包的软件，又添油加醋一番。

图上的男明星叫岳晨光，曾经在一个刑侦剧里演过盛世的弟弟，反派男二号。没想到那部剧正牌女主角如背景板，相爱相杀的兄弟二人却大火，粉丝合称他俩为盛光，人气常年占据榜单第一名。

三年连爆两部剧，奠定了盛世顶级流量的地位，可岳晨光也因此像狗皮膏药一样缠上了他，成天做捆绑营销，靠着这个竟也挤入了一线行列。

两家粉丝是死对头，彼此恨出了血，常年掐架互黑不断，挖对方黑料比挖金矿还卖力。

张扬新改的表情又引来一波嘲骂，有人领了去发微博，她也跟着骂得起劲儿，用来打发时间。

这时，耳关在小群发话：你们有米娜的消息没？那家伙神隐了？

张扬：这时候肯定是退网保平安啊。

耳关：希望她以后都别出现了。出来了也是人人喊打。

静依依：我真的怎么都想不通，她到底怎么找到那三个男朋友的？真是金钱的力量？

耳关：当然是金钱的力量。

张扬：当然是金钱的力量。

虽然并不是像她们想象的那样发挥了作用，但确实是金钱的力量。

静依依：这件事就这么过去了？好不爽哦，给哥哥带来那么多负面影响，但她其实也没损失什么，还火了一把，让全网都知道她有个像大明星的男朋友了。

耳关：就是啊，说不定等风头过了还可以出来圈粉当网红呢，想想就想吐。

静依依：我希望她千万不要把那个低配冒牌货再领出来了，那么呆板，看着就像没读过什么书，当网红肯定会被人发现是个草包的。

张扬皱了皱眉，忍不住说：他只靠脸也够了吧。

同时她心里暗讽：你当时跟他拍照不知道多积极、多开心。

群里一时沉默了。过了一会儿，耳关发言：米娜那么有钱，他好好讨好她就行了，不需要出来卖脸。

静依依：哈哈哈哈哈哈哈哈哈哈哈！

张扬顿时不想在群里说话了。以前她还挺欣赏耳关的风格，刻薄

毒舌，掐架永远冲在第一线，什么脏话都说得出口，以一当百，粉群里必须有这种战斗力强、疯狗一样的人。可见耳关这么说柯禹，她突然心生厌烦。

张扬不爽，便切换了几个微博账号，轮番去撕对家，借此发泄心中的不满。

这种情绪张扬直到下班才有所缓和，因为她马上就能见到柯禹了，什么烦恼都能被冲抵干净。

张扬一到家，迎接她的就是热情的拥抱和热腾腾的晚饭，还有腻死人的温柔关怀，左一句“宝贝”，右一句“累不累”，再跟一句“我好想你”，张扬脸红心跳，感到无法形容的幸福甜蜜。

吃饭的时候，张扬雀跃地说：“我跟公司请了年假，明天我们去旅游吧，办签证来不及，但可以去一些免签的国家，你有什么想去的地方？你有护照吗？”

柯禹摇头：“没有。”

“那我们在国内也可以，你有想去的地方吗？”

“只要你想去，我就想去。”

“三亚？”张扬向往地说，“我毕业之后几乎没怎么旅游过，只有哥哥去哪个城市公演，我才可能会去，一直蛮想去三亚的。你把身份证给我，我订机票。”临时订机票酒店肯定很贵，但张扬这时候却不怎么心疼钱。

“身份证？也没有。”柯禹的语气平静得就像在讨论这道菜好不好吃。

张扬呆住了，转念一想，柯禹是被生造出来的，自然是没有合法身份的。他整个人的存在就不合法。

柯禹好奇地问："护照和身份证是每个人都有的吗？那为什么我没有？"

"啊，也不是每个人都有。"张扬有些沮丧。

柯禹摸了摸张扬的脸："你不高兴了吗？"

"没有啊。"张扬展颜一笑，"没事，那我们就在市里和周边玩儿，也有很多好玩儿的。"

"好的。"

吃完饭，张扬和柯禹窝在沙发里商量去哪里玩儿——张扬说，柯禹附和。

"游乐场要去的，古镇要去的，这个网红图书馆我也一直想去，还有这个博物馆，里面好多有趣的东西，逛一天都看不完。"张扬翻着手机，"我还要列个美食单子，我们一个一个去尝，好不好？"

柯禹笑着说："好的。"

"我要是有车就好了……没关系，打车也很方便。"张扬平时没有特殊情况是绝不会打车的，可她一点都不想让柯禹跟着自己挤公交和地铁。她能给柯禹的没有米娜多，但她也想尽力。

柯禹还是附和。

"明天先去哪个比较好？我看天气不错，适合户外，不过也有可能会晒，你说呢？"

柯禹满脸宠溺："听你的。"

张扬撇撇嘴："你都没有什么意见吗？"从头到尾都是她一个人在说，她说什么，柯禹都说好。

柯禹还是笑着："都听你的。"

张扬有些无奈："那就先去博物馆吧，我会把明天的行程计划好。"

"嗯。"

张扬伸了个懒腰，打了个哈欠："我们早点休息吧。"

柯禹问："那我们今晚不做些别的吗？"

张扬浑身一僵："什，什么？"

柯禹用一双干干净净的眼睛看着她："我们不做些别的吗？"

张扬从柯禹怀里爬了出来，她紧张得绞着手，一时又不敢看柯禹的眼睛，又不知道该作何回答。

柯禹依旧用询问的眼神看着她。

张扬深吸一口气："不，不做。"

"好的。"柯禹看了看表，"那么我现在去睡觉吗？"

"……你去吧。"

柯禹进屋后，张扬在原地发了半天愣。她明白柯禹是什么意思，可对这种虚幻的"恋爱关系"的不踏实感，让她有些抗拒。

张扬用力搓了搓发烫的脸，脑子里乱糟糟的。

第二天，张扬带着柯禹正式开启了度假生活。那些她幻想中有一天要和男朋友做的事、去的地方，她几乎都和柯禹试了一遍。

他们穿着情侣装去游乐场，手牵着手去逛博物馆，在网红图书馆面对面喝咖啡、玩儿拼图，去各个有名的餐厅打卡美食，且一步步都留下了照片和视频。

柯禹就像一个大型磁力体，只是吸引的不是金属，而是目光。那些简单的伪装挡不住他优越的外形带给路人的冲击力，哪怕撇开长得像盛世这一点，他依然拥有在哪里都令众人一眼惊艳的帅气。

而张扬也得到了令她食髓知味的那些羡慕和嫉妒，她像一只赢了比赛、趾高气扬的斗鸡巡视全场，柯禹就是披在她身上的鲜艳羽毛。

当然，这几天的度假并不全是顺心如意的，和柯禹相处得越久，暴露出的问题越多。柯禹真的就像米娜说的那样，有时显得很笨。揭开浅表的伪装就能发现，这是一个幼童披上了成人的外衣，尽管他有成年人的智商和学习能力，但不具备成年人的知识和阅历，很多常识不健全，两人的交流只能停留在最基础的层面，而这还是米娜调教了一段时间后的成果。

出门在外，张扬感觉自己带了个巨婴，事事需要她打点，次数多了，确实心里有点不舒服，可是再看看柯禹的脸和那殷切的态度，她也就释怀了。

她想，她真的喜欢上柯禹了，她不否认这喜欢里有移情和虚荣的成分，可喜欢就是喜欢，她如何能不喜欢一个长得那么帅、对她那么温柔顺从的男生呢?

然而“喜欢”这个念头刚涌上心头，就同时被难过淹没了。因为这喜欢注定是无疾而终的，柯禹不过是她借来的人造人啊，这些甜蜜和幸福，都是镜中花、水中月，说没就没了。

怕什么来什么。

旅行的最后一天，他们在古镇，离市区较远，张扬定了一间仿古客栈的套房。就在她患得患失满心郁结时，她接到了米娜的来电。

看着来电显示，张扬的心直往下坠，她预感到这通电话不会有什么好消息，根本不想接，可是没办法逃避。

“喂，米娜。”

“飞扬姐，你在干吗呢？”

“没干吗。”

“这段时间过得开心吗？”米娜发出意有所指的暧昧笑声。

“挺好的。”张扬的语气刻意平淡，“柯禹挺好的。”

“哈哈，没给你添麻烦就好，一开始他真的很机器人，多亏我调教得好呀。”

“……”

“飞扬姐，不好意思啊，过几天我得把他接回来了。”

张扬呼吸一滞，哪怕早有准备，大脑依然呈现短暂的空白。她想问为什么，这话听来像质问，而她缺乏立场，可她还是问了：“为什么？”

“啊，不是我不想借你，是我爸妈。前段时间闹出的那个事，我爸最后也知道了，他骂我骂得特别凶，把我卡停了，还不让我出门，还好这段时间柯禹在你家，不然早被送回去了。他们现在不准我玩儿定制品了，让我马上退回去。”

张扬难受得说不出话来，只觉得晴天霹雳也不过如此。

“那我周日去接他？周日你几点在家？”

张扬咬了咬嘴唇：“米娜，柯禹……柯禹的租金是多少钱？”

电话那头沉默了，那沉默令张扬脸上烧得厉害。

米娜轻轻叹了一声：“飞扬姐，很贵的。”

“告诉我多少钱。”

“两万块钱一天，新客户必须一个月起租且不打折。”

六十万……对张扬来说是想都不敢想的巨大数字。大概是她父母留给她的遗产和她这些年积蓄的总和。

“飞扬姐，对定制品，不用太上心，真的，他们……怎么说呢，不是真正的人，你可能跟他相处时间短，就会觉得他哪儿哪儿都好，相处久了真的会腻的，你就当跟一个帅哥约了个会吧，别太往心里去。”

“嗯，我知道。”张扬眼眶阵阵泛酸，要强行控制着语调，才不至于让米娜听出端倪。

柯禹不算真正的人？他分明有人的外表、人的体温、人的情绪，他怎么不算真正的人？

就算他不是真人，可她还是喜欢，还是想要他留在身边。他是个巨婴也好，机器人也罢，只要有他陪伴，她就很开心啊。

可这场梦真的要醒了。

柯禹甚至比现实中那些优秀的男生还要让人求而不得，因为跟他在一起实打实地要往里砸钱，很多很多钱。如果没有米娜，如果没有那场荒唐的网络事件，她怎么可能拥有柯禹，哪怕只是短暂的一周。

张扬难过得不知如何是好，她真的舍不得，柯禹回到那个地方后，会不会再被租给别人？他们是不是一辈子都不会再见面？她这么喜欢

的男生，却从此之后连看他一眼都不行？

张扬恍惚着回到客房，柯禹正在看电视，见她进来，带着一贯温柔美好的笑容朝她伸出手。

张扬揉了一下泛红的眼圈，小声问：“柯禹，你喜欢我吗？”

柯禹毫不犹豫地说：“我喜欢你，我爱你，你是世上最好的女孩儿。”

明知道那是米娜“调教”的成果，张扬还是心生欢喜，她笑了一下：“我也喜欢你。”

柯禹的笑意加深了。

张扬抱紧了柯禹。

第五章

米娜来接柯禹的时间，在张扬心里具化成一个定时炸弹的倒计时，猩红的、冰冷的阿拉伯数字像电影中那样匀速减少，啪嗒、啪嗒，如滴落的血，每一声都叩击在心室，无可挽回地走向零。

这几天她时时刻刻和柯禹腻在一起，甚至不顾领导的不满又硬请了两天病假。他们时而激烈地沉溺肉欲，时而只是依偎在一起说些不着边际的话，恨不能把分分秒秒都掰碎了来过。

张扬知道这远称不上生离死别，区区十天的感情也不该伤筋动骨，她再怎么自怨自怜，幻想这是一出棒打鸳鸯的狗血大戏，观众席也是空的。像她这种平平无奇的人，从小到大已经习惯了接受失望，免费“享用”柯禹，对她来说其概率和惊喜程度跟中彩票差不多。

以一个成年人的常识去推断，她喜欢柯禹，柯禹要走了，这叫失去，失去喜欢的人，这叫失恋，失恋是可以被治愈的。她的结论是，虽然她现在难过极了，但以后会好起来。

可理智是一回事，感情是另外一回事。

理智告诉她该让柯禹走了，感情让她抱着柯禹流泪不止。

柯禹一如既往地柔声安慰她，大手轻抚着她的长发，一下一下，匀速、匀力，仿佛有用不完的耐心。

“你会想我吗？”张扬哭着问，“你会忘了我吗？”

“我会想你的，我不会忘了你。”柯禹的口吻十分恳切。

张扬抬头看着柯禹，泪眼蒙眬间，这张俊美的脸越来越模糊了，好像随时会随着云雾化散而去：“你真的会想我吗？对你来说我究竟算什么，我跟米娜有什么不同呢？”

柯禹微微蹙眉，似乎在认真地思考和理解这段话，然而他半天都没吭声，好像这些问题难倒他了。

张扬又失望又难过，哽噎着问：“柯禹，你明白自己在做什么吗？你知道自己是什么人吗？”

柯禹眨了眨眼睛：“我在跟你们谈恋爱啊，我就是……谈恋爱的人啊。”

张扬望着柯禹的眼神充满了怜悯，她甚至不知道这怜悯是为自己还是为柯禹。

柯禹对这世界和人懵懵懂懂，他出生可能只有几年，却被迫要以成年人的姿态去做他其实根本理解不了的事，也许他连自己的存在都是不理解的。

不理解有很多好处，不会困惑，不会怀疑，不会自我否定，若是真的有了疑问，那对人造人来说反而是一件残忍的事。

张扬不忍心逼问下去了。

柯禹用指腹轻轻抹掉张扬的眼泪：“你很难过吗？不要难过呀。”

“我们要分开了，也许以后都见不到了，难道你不难过吗？”

柯禹抿了抿形状美好的唇，眼神黯淡：“我也难过，我不想跟你分开，不想以后见不到你。”

“真的吗？”

“真的。”柯禹迟疑了一下，“你和公主是不同的。”

“……哪里不同？”

“你不会生我气。”柯禹露出一个略带羞涩的笑容。

张扬心酸地说：“她会生你气吗？”

柯禹点点头。

“会……会骂你吗？”

柯禹想了想，又点了点头。

张扬感觉呼吸都在发痛：“那在她之前，还有别人吗？”她从来没有问过柯禹这些，其实是在刻意回避。

“没有了。”

可是以后会有的。张扬绝望地想，米娜把柯禹退回去之后，柯禹会被“租售”给别人，像个物件，像个宠物，独独不像个人。

柯禹分明是有感情的，他为什么要遭受这种非人的待遇？如果她有钱，她就可以让柯禹摆脱这种命运，他们就可以永远在一起。

如果她有钱。

可是，她所有的钱加起来，也就勉强能租柯禹一个月。为了这短暂虚无的消费，掏空……所有的积蓄？

手机铃声突然响起，打断了令张扬背脊发寒的思考。

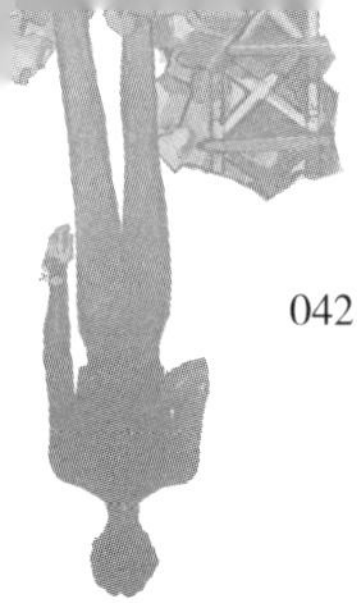

张扬知道是米娜打来的，她握着手机，掌心冒汗，就是不想接。

柯禹也不催她，充满怜爱地抱着她，那样的态度，能让任何一个女人感觉到被珍视、被喜爱，令人上瘾。

当手机第二次响起时，张扬不得不接了电话，她的声音沙哑：“米娜，稍等一下。”

“哦，好的，我的车就在楼下。”

挂掉电话，张扬含泪看着柯禹，嘴唇颤抖着说不出话来。

柯禹的眼睛也红了：“……你会来找我吗？”

“……”

“你和公主是好朋友，那你，会来找我吗？”

张扬心疼难当：“我……”真话她根本说不出口，柯禹绝不是机器人，他是有感情的，他对自己有感情啊！可她要怎么告诉柯禹，她不能去找他，因为她没钱。

金钱这么庸俗的东西，几乎总是打败被人颂赞为“高贵”的爱情。

“会吗？”柯禹用湿润的、饱含天真的眼睛看着张扬，满怀期待地问。

“……会的。”张扬哭着说，“会的。”

柯禹低头亲吻张扬：“不哭，不哭，飞扬，我等你来找我。”

飞扬，我等你来找我。

是爱语，是承诺，是诅咒。

柯禹走了。

他来时如一阵风，吹皱了张扬的心湖；他走时如一阵风，了然无痕。

张扬的生活又恢复了往昔。朝九晚五，闲暇时追星。但她知道，什么都不一样了。

她每天都想念柯禹，反复看着他们的照片和视频，回忆那些甜蜜的时光。那段经历那么短暂却那么美好，回顾时一不小心就会心痛难当，流泪不止。

失恋是否大同小异，还是只有她格外痛苦？

可是，别人失恋尚且有挽回的机会，尚且有破镜重圆的可能，她呢？

最讽刺的是，他们之间一无争吵，二无隔阂，三无背叛。他们是两情相悦的，阻碍他们的是钱。

“钱”这个字眼，扎痛了她的心。

在柯禹走了一个星期后，张扬迷迷糊糊地翻出了一个存折。

她的父母都是普通国企职工，一辈子的积蓄也不过五十万元，和现在住的这一套老公房。

她工作这些年，物质欲望不高，又没有房租压力，其实本应该存下不少钱，但自从迷上盛世，每个月不说月光，也没留下多少，所以自己的积蓄只有三四万。

不过，找人借点钱，凑到六十万还是不难的。

这个念头一冒出来，张扬就被吓到了。

难道她真的想去“租”柯禹吗？她真的想把父母的遗产、自己的积蓄全部花掉，只为了和柯禹再谈一个月恋爱吗？

太疯狂了。

如果柯禹能够获得自由，永远和自己在一起，她会毫不犹豫地出这个钱，可是六十万，掏空她也不过换来一个月，一个月而已啊！

一个月之后，她剩下什么？带着对柯禹更不舍的感情和更深的痛苦，人财两空。

她不可能干那种蠢事。

她清醒过来，想把存折放回抽屉里，可余光却瞄到了另外一样东西，正规规矩矩地躺在存折旁边，躺在这个存放她家所有重要物品的上锁的抽屉里。

房本，她家最值钱的东西。

虽然是老公房，小破旧，却是这个一线城市地段最好的学区房之一，按照现在的市场价，卖个五六百万元不成问题。

她不是没想过卖掉这套房子换新房，改善居住环境，但一来这里地段好，上班方便；二来她住习惯了，所有与家人的回忆都凝聚在这个小窝里；三来出于投资考虑，这里还在升值，她既然没成家，也就不急着换。

五百万，米娜说过，柯禹的价格是五百万。五百万，她就可以买下柯禹，不是租，不是一个月，而是永远拥有。

她可以和柯禹结婚，组建一个家庭，那是一辈子的爱情与陪伴，不是用金钱能衡量的。

张扬为自己的想法骇然大惊，她像是被烫了手一样将存折扔回抽屉，并快速上了锁。

她从小到大都是一个循规蹈矩的人，狂热地追星大概是她做过的唯一出格的事。她怎么会想要为一个认识了仅仅十天的仿真人付出所有？

张扬不仅害怕，还愧疚。无论房子还是存款，都是父母留给她的宝贵遗物，也是她这辈子安身立命的根本，她现在就像那些她曾经嘲笑的被爱情冲昏头脑的傻瓜，生出这些不切实际的念头。

然而，这妄念就像恶魔的种子，悄悄落进欲望的土壤，孕育、蛰伏、蠢动，等待破土。

契机很快就来了。

再过两个月，盛世将迎来自己二十七岁的生日。每一年盛世的生日，都是粉丝的一场狂欢。由于岳晨光这个对家的生日与盛世的生日在同一个月，两家粉丝势必要攀比排场——什么都比，作品数据、票房、杂志销量、代言销量、活动站位……生日自然不甘落于人后。

但盛世的粉丝有一个劣势，那就是岳晨光的生日在后，这就跟竞标一样，她们被迫早一步泄露标底，对家可以调价，所以她们必须造出一个夸张到岳晨光的粉丝根本比不上的势才能赢。

做顶流的粉丝，滋味很好，偶像高高在上，粉丝也与有荣焉，在粉圈也高人一筹，掐架都有底气。

这顶流的地位不仅仅属于盛世一人，也属于千千万万个她们，是她们用人墙蚁附之术，铸成盛世登峰的阶梯。盛世不能下来，她们不会让盛世下来。

为了这场举世瞩目的生日，各个大小粉丝站开始筹款，不论是做销量、做宣传，还是做公益，总得有所贡献，不然凭什么说爱呢，爱就是付出。

张扬今年还是打算做公益，这是她第二次组织筹款，已经颇有经验。她和耳关、静依依等人早早忙活了起来，由于她是本地粉头，又是会计，去年和今年都是她管钱。

她原本想用为盛世庆生这件事麻痹自己，让自己不要过多地去想柯禹，尽快从失恋的阴影中走出来。一开始确实有点效果，她忙得昏天暗地，闲下来便只想休息，很好地分散了注意力。可是，当某一天她打开网络账户，看着钱像北风卷着雪花一样呼呼往里灌，她突然生出了很多想法。

挪用不属于自己的钱，她是不敢的。可是，如果只是稍微借用一下呢？

这些天，她一直有一种强烈的欲望。她想见柯禹，哪怕只是一面，看看他过得好不好，做一次最后的道别，然后，彻底斩断这虚无缥缈的孽缘，回归普通的生活。

她真的只是想再见柯禹一面，让这思念有一次安放的机会，满足自己最后一个奢望，然后就彻底放弃。

彻底放弃。

想要见柯禹，只需要一百万元保证金，不需要花掉，谁也不会知道，造成不了损失。

张扬一时无法评估自己这个想法是不是也属于疯狂、愚蠢的范畴，因为在想清楚之前，她已经给米娜打了电话，说明了意图。

第六章

“你清醒点行不行啊！”米娜夸张地叫了一声，“你不会真喜欢他吧？”

张扬也顾不上难堪：“我就想再见他一次，我，我答应过他的，我会去找他，我想和他好好道个别。”

那句“飞扬，我等你来找我”，令她夜夜辗转反侧。

“你见了他又能怎么样？”

张扬沉默。

米娜犹豫着问：“你是初恋啊？”

张扬依然沉默。

“哎呀，我早就跟你说过不要把他们当成人，你如果跟他相处久了你就懂了，他们更像是……宠物吧，不值得你这样的。”

张扬深吸一口气，而后吐出的每一个字都在发抖：“究竟是我不正常，还是你不正常？让我把一个看起来活生生的人不当人？宠物？那我们又算什么？”

“你……”

“我喜欢柯禹怎么了，他比现实里所有的男生都好，我为什么不可以喜欢他。”张扬咬着牙，“你对他就真的一点感情都没有吗？哪怕看在他那么像哥哥的分儿上？”

这回轮到米娜沉默了，半晌，她才轻轻笑了一下：“相信我，他一点都不像哥哥。算了，你是不会懂的。飞扬姐，我说这些话，真心都是为你好。就算你去见他，他也未必还记得你。你见了他就能死心了？”

“不死心又能怎么样，我没钱租他，我只是想了却一个心愿，关于他的最后一个心愿。”张扬这番话既是说服米娜，也是说服自己。

米娜重重叹了一声：“你记得我说过的保证金吧。”

“记得，我找人借，加上自己的积蓄，凑到一百万不成问题。”

米娜无奈地说：“你都做好这些准备了，不让你见他看来你是真的不死心。也好，那去见吧，我会以担保人的身份帮你预约，你把钱准备好，等他们通知就行。”

“我去见他，不用花钱吗？那个保证金什么时候能退回呢？”

“这就像你买东西一样，看了不买也没人会逼你，保证金他们会教你怎么操作，离开后就会退给你。”

“好。”张扬迟疑了一下，“米娜，谢谢你。”

“飞扬姐，希望你不要后悔。”米娜的口吻难得有几分深沉，“首先我不保证你一定能见到他，如果你见到了，见完这最后一面，就不要再想了，他是假的，分不清真假就不要玩儿。”

“我知道了。”

张扬在一种又清醒又茫然的状态下，把存折上的钱转到了自己的常用卡上，又从筹款账户里转出五十万元，凑齐一百万。

第二天醒来后，张扬发热的大脑降温了，她有点后悔，不，应该是后怕。

真的要全盘相信米娜说的话，轻易把一百万交给陌生的人或组织？如果被骗了怎么办，如果钱拿不回来怎么办？

但这些疑虑和担忧，都抵不过她对再见到柯禹的渴望。她就在那种忐忑不安中等待着。

中午时分，她去楼下便利店买盒饭，突然被一个陌生男子拦住了去路。

男子长得泯然于众人，很礼貌地对张扬说："您好，是张扬小姐吗？"

"是，你是哪位？"

"我是泰隆医疗器械有限公司的业务专员，我叫王伟。"他掏出一张名片递给张扬。

张扬迟疑着接过名片："有什么事吗？"

找她推销医疗器械？

"您的朋友米娜小姐推荐您为我们公司的潜在客户，听说您对我们推出的定制向产品感兴趣。"

张扬顿时警觉起来："……是。"他是怎么找到自己的，仅凭一个电话号码？他们真如米娜所说的这么神通广大？

王伟面无表情地说："我们的定制产品服务仅对会员开放，米娜小姐是否有告诉您成为会员的条件？"

“有。”

“那您准备好了吗？”

“准备好了。”

“请跟我来。”

“可我下午还要上班。”张扬不敢再请假，前段时间连续请假，她已经被领导说了。

“您放心，现在只是需要您跟我去趟银行，成立一个共管账户，存入会员保证金。什么时候去我们公司咨询相关服务，时间可以由您来定。”

听到共管账户，张扬心里安定不少，至少她的钱不会被骗走。

两人在午休期间办完手续，王伟询问起咨询时间。

张扬早已经迫不及待：“明天吧，明天周六。”

“请给我一个时间、地点，我明天来接您。”

“就在这里吧，明天下午两点。”

“好，明天见。”

目送王伟离开，张扬攥着手中的银行单据，顿觉有些晕眩，周遭的一切都充满了不真实感，一如她这段时间经历的一切。可一想到明天就有可能见到柯禹了，她因巨大的期待而感到胸腔鼓噪、血液奔涌。

柯禹，柯禹，张扬在心中呐喊着这个名字，悲伤与喜悦并行，化作阵阵战栗与酥麻，流淌过根根神经的末梢。

晚上回到家，张扬照例在群里讨论盛世生日慈善募捐的事宜。

选定捐赠对象，合理规划善款，保证善款落实和账目清晰，做好后期宣传，其中充斥着大量烦琐的细节，去年她们第一次干的时候，由于缺乏经验，出了一些令人诟病的小差池，但还好没什么大纰漏。今年已经有了经验，操作起来高效了许多。

静依依很期待地问：快告诉我多少钱了。

耳关也说：我猜肯定破七位了。

静依依：破七位是肯定的啊！

张扬一阵心虚，她避重就轻地说：应该快两百万了，还没看。

静依依：听说资讯站六百多万了，大写的酷！

耳关：厉害！

静依依：去年总共有三千多万吧，今年希望能再破纪录。

张扬：破不破纪录无所谓，只要能打对家的脸就行。

耳关发了个盛世比“V”的表情包：必须打肿，去年如此，今年如此，年年如此。

张扬看着电脑上的银行账户余额，包括她暂时挪用的五十万元，筹到的款已经接近两百万元了，她心里有些毛毛的，说不出的惶恐。

没关系的，她安慰自己，明天见完了柯禹，就把钱转回来，神不知鬼不觉，什么都不耽误。

周六下午，张扬精心打扮了一番，等在昨天办理共管账户的银行门口。

两点整，一辆黑色奔驰停在她面前，王伟从副驾驶下来，手里拿着一个探测仪一样的东西：“不好意思，张小姐，请将您的手机和包

交给我。”

“什么？”

“请您配合。”

张扬把东西交了出去。

王伟用探测仪将她从头到脚扫了一遍，然后拉开车门：“请上车。”

车刚刚开出去，王伟又递给张扬一个眼罩和耳塞：“请您戴上。”

张扬也依言戴上了。已经走到这一步，不能反悔，担忧害怕也无济于事，她干脆放松地靠在椅背上。昨夜她几乎没合眼，此时正好补一觉。

这一下张扬竟真的睡了过去，最后是被王伟叫醒的。

张扬摘下眼罩和耳塞，眼睛适应了一下光线，环顾四周，发现他们在一个车库里，车上的时间显示这段路程将近两个小时。

“到了？”张扬还有些不清醒。

“请下车吧。”王伟为张扬打开车门。

张扬下了车，跟王伟进了电梯。

“张小姐，进入公司后，请您不要擅自单独行动，遵循我司的制度，谢谢您的配合。”

“好。”随着电梯的攀升，张扬的心跳愈发剧烈。对这个地方、对定制产品服务的好奇所引起的紧张一点不逊色于将要见到柯禹的亢奋，她所触碰到的，也许是这个世界上最尖端但见不得光的高科技，她将探寻一个她闻所未闻的秘密，参与一场惊世骇俗的犯罪。

“叮”的一声，电梯门向两边退开。张扬已经脑补了很多电影里的场景，比如巨大如足球场一般的中空穹顶，无数个休眠仓堆砌而成的内墙，大型机械和无数个显示屏同时运作，穿着白大褂的科研人员往来穿梭，光可鉴人的地砖反射着高亮的白炽灯灯光，令整个空间看起来冰冷、神秘，充满未来科技感。

然而这一切幻想都在瞬间破碎。

眼前是一个普普通通的电梯走廊，走出电梯，是一个普普通通的大厅，面对他们的是前台，背景墙上有“泰隆医疗器械有限公司”的字样，楼内装潢看起来有点年头，一切的一切，都无法让人联想起高科技和犯罪。

张扬又有了那种上当受骗的感觉。

王伟拿出一张卡递给前台工作人员。

前台小姐查询了一下：“给客人预约了 3 号咨询室。”

“可以。”王伟转向张扬说道：“张小姐，请吧。”

张扬迟疑道：“就是……这里？”

“是的。”

正在犹豫时，半透明玻璃门突然打开了，一对手挽着手的男女从里面走出来，一个戴眼镜的男人跟在后面恭敬相送。

张扬吓了一跳。男人其貌不扬，发福，谢顶，黑色 Polo 衫，戴一块六十多万的伯爵男表。她之所以认识那手表，是因为盛世有一块一模一样的。

挽着他的人，才是令张扬惊讶的主因：她是国内有名的女艺人，还和盛世有过合作。

张扬死死盯着她，却无法肯定，本来女人在不同妆容、发型、服饰下就会呈现出千姿百态，何况张扬也只在探班片场远远见过她一次，如此面对面相见，即便真是本人都不太敢确认。

此刻，她见到的是本尊，还是……定制品？

男人随意扫了张扬一眼，脚步没停，张扬却一步蹿到两人面前：“孟小姐，我是您的粉丝，可以要一个签名吗？”

被称为孟小姐的人，精致美艳的脸上露出茫然的神色。

那种不谙世事的天真与困惑，让张扬几乎一瞬间确定她和柯禹一样，是定制品。

男子却是脸色一变，粗声道：“这是怎么回事？”

眼镜男挡在两人面前，怒瞪着张扬：“你是什么人？”

王伟赶紧跑过来，严厉地看着张扬：“张小姐，我说过了不可以擅自行动！”

“不是说这里绝对安全，不会有外人吗，这人哪儿来的？”男子怒瞪着张扬，和他一看就是有钱人的造型对比鲜明的，是张扬一看就穷酸的穿衣打扮，“她到底知不知道这是什么地方？你们随便放人进来，要怎么保护客户隐私？”

王伟连连赔罪：“对不起，对不起客人。”

眼镜男厉声道：“这是你带回来的人？她是会员吗？”

“她是会员，有担保人，也交了保证金。”王伟快速解释道，“她可能一时糊涂了……”

“放屁，她这个样子哪里像会员？知道这里出入的都是什么人吗？你们随便把人带进来，出了事你们能负得起责任？”

眼镜男惶恐道：“对不起，这件事我们一定会妥善处理，业务专员绝对不敢把非会员带回这里，这点请您相信。我先送您下去，这件事一定给您满意的解释，同时也向您保证，您的隐私绝对不会泄露分毫。”

男子拉着孟小姐，愤然离去。

张扬不等王伟开口，连忙道歉：“对不起，我看到她太激动了，我不是故意的。”

王伟压抑着怒火：“张小姐，原则上我们不拒绝有担保人担保的入会会员，但如果您再有不合适的举动，我就只好送您回去了。”

“我明白，不好意思。”

张扬表面平静，心中其实已经十分惊骇。听到米娜说这种定制仿真人还有很多，和实际看到是截然不同的心境。如果这样推断，是否……是否根据哥哥的基因仿真出来的，不止柯禹一个？

张扬被带进了3号咨询室，王伟把她送到之后就离开了，一个看起来十分精明的女人自我介绍是她的顾问，名叫徐静。

“张小姐，听米娜小姐说，您见过定制品，并且短暂相处过。”

“是。”米娜嘱咐过张扬，不可以说自己借过十天，只能说短暂相处过，如果对方继续追问，就说是一次聚会而已。

“那么您对定制品有多少了解呢？”

“不多。”张扬想了想，“但是我很喜欢，我跟米娜一样是盛世的粉丝，我也想租。”

“在我们进行定制咨询服务之前，我先简单向您介绍一下我们的项目。”徐静平缓地说，“我公司致力于人工智能领域的高端研究，能够为客户提供相似度达到100%的定制商品，用于满足医疗、科研、陪护、娱乐等方方面面的需求。定制品属于完全的人造商品，可以根据客户需要进行多种层面的改造，定制品将完全听从客户的指令，安全、健康、私密，只要客户遵守规则，无论是短期的陪伴还是长期的使用，都能令客户感到物超所值。”

“其实，我直到现在还是有些怀疑，毕竟这个听起来太超前了，像科幻故事，我想要看一些能够证明你说的话的东西。”

徐静微微一笑：“当然，在我简单介绍完之后，需要您签署一份保密协议。然后，我就会带您参观我们的一部分实验室。最后，协助您定制您想要的商品。这就是定制服务的前期流程。”

“好。”

徐静拿出一份早已准备好的合同：“请您仔细阅读。”

张扬将它匆匆扫了一遍，签上了自己的名字，原则上只要她不泄密，这份协议就不会侵害她的任何权益，所以她也没太仔细看，只想节省时间。

签完后，徐静领着张扬穿过办公区，走向一部内部电梯。

“其实，定制服务那步可以略过，我知道我想要什么。”张扬好想马上见到柯禹。

徐静看了她一眼：“我们这里提供的根据男明星盛世的基因定制成品，目前一共有四个，其中 50% 相似度的一个，70% 相似度的两个，85% 相似度的一个。”

张扬有些心惊，居然这么多，她道：“我就要 85% 相似度的那个，我想要柯禹。”

徐静皮笑肉不笑地说：“我先带您参观吧。”

第七章

“我们的项目始于二十年前，那时候仿真技术刚刚在动物身上临床成功，还不成熟。经过二十年的发展，我们已经具备了多项国际尖端技术。近几年，在这些高端科学手段的帮助下，我们才开发服务于人的定制产品。”

“你的意思是，早就有仿真人了？”

“当然，只是不能被大众知晓而已。主要用于科研，或者仿真失去的亲人、爱人，当然，以前能够享受这些的，都是不能说的大人物。直到我们的技术日趋成熟，才开始接受一些高端客户的赞助，总有一天，这样的技术应该普惠于所有人。”

张扬小声说：“这是……违法的吧。”

徐静笑了笑：“不仅违法，也有违道德与人权，在人类的文明史上，革故鼎新、颠覆传统，总是需要牺牲的，你可以把你现在的行为当成是参与犯罪，也可以当成是为人类的发展做贡献呀。”

“……”

电梯门打开了，张扬看了一下显示的楼层——地下三层。

电梯外像是一间医院，装修风格严肃单调，没有除了功能性以外的装饰，一间间病房或实验室大门紧闭，偶尔有人经过，也对他们视若无睹，走廊深深，空气中凝固着阴森冰冷的气息，像一堵无形的墙，阻止人靠近。

“这边请。”徐静带着张扬穿过走廊，用门卡刷开一道门，进入一个跨度颇大的展览厅。

里面有汇聚于灯箱的图文资料，有显示器上滚动播放的视频，有橱窗里各种各样的展品，有退役的机器和精密仪器，还有各种金属构架的人体模型和皮肤样品……全都是应该出现在科幻电影里的东西。

徐静像个导游一样，为张扬介绍他们的项目：“帮助您对定制产品有基本的了解和认知，是这项服务非常重要的一环。”

张扬算是女生里胆子很大的，看个恐怖片血腥片不在话下，却也不敢直视那些样品：“你确定……让客户看这些是必要的？”

“是的，这是定制环节不可缺少的一部分。”

“为什么？”

徐静深深地看了张扬一眼：“为了让您明白，他们是产品，不是人。”

张扬只觉背脊发寒。

“简单介绍一下您的产品是如何制造出来的。首先我们要从 Doner 那里得到一个活细胞，运用最先进的 CRISPR-Cas9 基因编译技术，对它进行全面分析，再通过外形上的数据收集，综合得出外观蓝本，比如年龄、身高、体重、声音、肤色、发色、瞳色，等等。之后是定制阶段，可以决定你究竟想要跟 Doner 几分相像的定制品，还可以进行修改，比如 Doner 是黑发，而你想要金发，你所能想象和不能想象的，都可以按照你自己的喜好去实现。同时，我们也在对我们的产品不断地优化迭代，让他们的机体运行方式更接近真人。现在，他们可以像正常人一样吃饭喝水，有自己的内循环系统，也越来越成功地模拟出一些真人的身体反应和变化，举个例子，如果他们暴饮暴食，通过体内的算法调节，是会发胖的。”

张扬听得发愣，这些内容都完全超出了她的认知，比她已知的人类科学超前了太多，听起来像是未来世界的东西，却就这样活生生地摆在眼前。

还有，Doner？！他们怎么有脸用这个词，他们偷了盛世的细胞，在哥哥不知情的情况下进行仿真人制造，然后进行卑劣的地下买卖，让那些顶着和哥哥相似面孔的人承受非人的对待。如果她没有认识柯禹，知晓这样的事她会毫不犹豫地报警。

徐静领着张扬走到一个巨大的玻璃缸前，里面盛着满满的淡粉色液体，那液体明明是静止不动的，却给人一种难以形容的黏稠感和油腻感，像是被稀释的血液，看着就叫人反胃：“这是仿生羊水培养液，用来培育仿真皮肤。这里只是一个展示柜，实际生产流程比这复杂得多。”

张扬越听越是呼吸不畅，脸色也变得惨白如纸。

“当然，科学的进步需要踩着无数的失败为阶梯，直到今天，我们依然要面对各种各样的挑战，所以风险成本是非常高的。”

张扬看着那些几可乱真的人造皮肤，忍着恶心问："失败的怎么办？"

徐静面色平静："失败的商品自然不会投放给客户，这些都是成功的样品，瑕疵品会给人负面的视觉冲击，就不展示了，但仍然希望您能理解项目的艰辛。"

张扬握紧了拳头，掌心里全是汗。恐惧像妖娆的藤蔓，攀着她的脚后跟而上，迅速向全身蔓延。

"外形完善后，我们会对定制品进行调试，毕竟刚开始他们的程序是完全空白的。"

"所以，定制品就像是……婴儿。"

"可以这么理解，所以不能把那样的半成品交付给客户，尤其是陪伴服务型的定制品。"徐静继续说，"我们将为定制品植入常识性的记忆和知识，让他拥有基本的沟通能力和思维能力，同时编辑好一系列的指令程序，对安全词绝对服从。交付之后，客户也有足够的空间按照自己的意愿去调教他。"

张扬无法想象这样冷酷的描述是在说一个看起来活生生的人，他们，无论是米娜，还是这个徐静，真的没有把定制品当人，哪怕他们那么像人。她轻声道："那……怎么调教？"

徐静微微一笑："客户会得到使用说明书的。"

"他们不会反抗吗？"

"这涉及后续的维护。"徐静道，"原则上，每半年到一年时间，定制品需要进行一次重置。"

“重置？”

“是的。重置就是将他恢复到初始状态，是我们交付客户之前的初始。重置有两个目的，第一，租赁的定制品交付下一个客户前，必须清除前一个客户留给他的记忆和教授的知识、习惯；第二，防止定制品生成自我意识。”

张扬的瞳孔剧烈收缩，她突然瞪向徐静：“你们把柯禹重置了吗？！”

徐静愣了一下。

“他不记得我了吗？！”张扬双目圆瞪，声音尖利，心中满是惶恐，如果柯禹不记得她了……

“张小姐，请您冷静下来。”徐静恢复镇定，“柯禹还没有被重置，因为他还没有被其他客户购买或租赁，而他也只为米娜小姐服务了三个月，还不足以生成具备反抗意识的自我。”

张扬颤抖着吁出一口气：“……带我去见他。”

“当然，既然是您指定的。”

“定期重置，岂不是每过一段时间，他就会忘记所有事？”

“是的，其实时间并不是硬性规定，是否重置以及什么时候重置，主要取决于客户。对于租赁客户来说，一般租期在一年以内的，需要由客户主动提出重置并且支付费用。但如果租期超过一年，就需要接受我们的测评，如果我们认为定制品的自我意识会对客户以及我司造成威胁，那么重置就是强制性的。而对于购买的客户来说，重置属于终身售后维护的范畴，是一项免费服务。”

“那如果他……定制品，跟客户产生了感情呢？如果客户不想让定制品忘记自己呢？”

徐静毫不犹豫地说：“人与人之间的感情建立于沟通、信任、理解、互动、共鸣的基础上，外表仅仅是一小部分，目前的人工智能水平还没有像科幻电影里那么厉害，很难建立真正的感情。”

张扬愈发痛恨这样的说法。无论是米娜还是徐静，她们根本理解不了她和柯禹之间的感情。诚然，柯禹有些呆滞，无法跟她深入交流，也很难做到理解，但这些是可以克服的，柯禹也是一直在学习和进步的。

但张扬没有说出来，她知道这帮人有些排斥她将柯禹当成真人来对待，无论是出于什么心理。她催促道：“我知道了，我想见柯禹。”

徐静说：“为您进行这些科普，是为了向您说明您的赞助价值。”

“赞助？”

“是的，我们将您的付出视为对我们的科研项目的赞助，希望您能明白，您高昂的赞助费源于高昂的成本。”

张扬心中骂道，明明是泯灭人性的行为，居然敢说得如此大义凛然。

“同时，也希望您能明白，定制品，无论外表怎样光鲜，他仅仅是一个人造产物，他的存在能助力科学进步，能为人治疗疾病，能纾解人失去挚爱的痛苦，能提供长久的陪伴，他们是功能性的物品，不需要把人类的伦理道德套到他们身上，也不必为此自寻烦恼。”

张扬抿了抿唇：“我知道了。”

“张小姐，按照定制服务的流程，在您选定一个 Doner 做定制服务后，如果我们有现成品，是需要向您展示一下样品的。”

张扬愣了一下：“样品？”她顿时明白过来，徐静说过，他们有四个以盛世为 Doner 的现成品，她马上道：“不需要，我不需要什么样品，我只想要柯禹。”她不想见到更多以盛世为蓝本的仿真人，那是对盛世的侮辱和侵害。

徐静欲言又止，最后说：“好的。”她低头在手机上打了几个字。

几分钟后，两人来到另外一间办公室。

徐静推开门，端坐在桌前的俊美男子一见到张扬，就“腾”地站了起来。

张扬一阵目眩。

柯禹！

张扬眼圈一热，几乎要掉下泪来，她深吸一口气，克制地对徐静说：“我想跟他单独相处一会儿。”

“请便，给您半个小时足够吗？”

张扬点头。

徐静看着柯禹：“柯禹，好好招待张小姐。”

柯禹看着徐静的眼神明显有几分畏惧。

徐静一走，张扬就冲过去，扑进了柯禹怀里，声音抖得不成样子：“终于见到你了，我好想你，我好想你。”

柯禹紧紧抱着张扬，激动地说：“我也是，飞扬，我以为你不会来找我了，你没有骗我，你真的来找我了。”

张扬又愧疚又心痛，如果不是刚好赶上这次筹款，她原本是没打算来的——也没有能力来。没想到柯禹把她每一句话都当真了，没想到柯禹这么信任她、想念她，一直在等她。

谁敢说他们不是真人，谁敢说他们不能建立感情？那些人的冷酷和功利叫她恶心！

柯禹抚摸着张扬的脸，温柔地端详片刻，而后低头吻住她的唇，那一吻缠绵热烈，饱含思念与深情。张扬感到身体的每一个细胞都在叫嚣着对这个人的渴望。

“我们已经分开九天了。”张扬哽咽说着，“马上就要比我们在一起的时间还要长了，我真的很想你，做梦都想再见到你。”

“我也是，我好想回家，飞扬，你是来带我回家的吗？”柯禹凝望着张扬的眼睛，清澈坦率的瞳眸中是毫不掩饰的期待。

张扬感到如鲠在喉。

“我不喜欢这个地方，一直不喜欢，我一直等你来找我，我还以为要更久呢，还好你来找我了。”柯禹红着眼圈，露出一个微笑，“你来了就好，我怕你忘了我。”

“我怎么会忘了你，一辈子都不会忘记你的。”张扬说着说着，眼泪就滑了下来。她抹掉泪水，贪婪地看着柯禹，这样好看的一张脸，这样像盛世的一张脸，是她遥不可及的神和触手可及的爱的混合体，是这世上最完美的人。

好喜欢，真的好喜欢，喜欢到仅仅是想着也会心痛，她到死的那一天都不可能忘掉柯禹啊。

“别哭啊，飞扬，别哭。”柯禹轻柔擦着她的眼泪，“那你是来带我回家的吗？我们什么时候可以回家呢？”

张扬心痛到快要不能呼吸了。

回家？柯禹想跟她回家，她也想带柯禹回家。

可是，她怎么带柯禹回家？是租还是买？是花掉全部积蓄换柯禹再陪伴自己区区一个月，还是把后半辈子唯一可以依仗的房产卖掉？

无论是哪一个决定，都如斯艰难，她真的不知道该怎么办。

“飞扬？”柯禹微微蹙起眉，“你不带我回家吗？”

“我……”张扬流泪不止。

“你不带我回家的话，那多久来看我一次呢？”柯禹低下头，委屈地说，“我想回家，我不喜欢这里，这里……太可怕了。”

“为什么，他们对你做什么了吗？”这问题刚一出口，张扬就后悔了，他们对柯禹、对跟柯禹一样的人造人，做得还少吗？把他们当宠物，当小白鼠，当物品，当奴隶，随意地制造、改造、买卖。承受这非人的对待，就是她喜欢的人的命运吗？

太残酷了，太罪恶了。

柯禹迟疑道：“我不知道，他们总是说一些、做一些我不知道的事情。但是，会疼，他们会，会用一个东西贴到我的脑袋上，然后我就……很疼很疼。”

张扬僵硬地看着柯禹。

“好多兄弟姐妹，有的小小的，有的好大好大，比好几个人加在一起还要大，有的会长好几只手，有的只会在地上爬……”柯禹回忆着自己在实验室看到的种种，“我不知道他们怎么了，我不想变成那样。”

张扬感觉自己要疯了，柯禹不懂，她懂。这个可怖的地方在做着各种各样的试验，或许陪伴型仿真人只是商品的一个分类，他们在制造适用于更多场景的机器，比如……战争？所谓无数次失败，就是无数个拥有自我意识的仿真人遭受无尽的折磨。这是什么人间地狱！

张扬突然感到恐惧，她只是一个平凡的上班族，她不该知道这些，她知道了这些，还能回归平静的生活吗？她会不会被灭口，会不会……

柯禹怎么办，柯禹在这里过着什么样的生活？这帮人不把柯禹当人，柯禹能够好好地站在这里，唯一的原因就是他是一个成品，一个成功的、可以进行交易的样品。

张扬神经质地摸着柯禹的脸，用颤抖的气音问：“他们有没有伤害你？有没有让你痛苦？他们还对你做什么了？”

柯禹摇摇头：“我没有痛苦，但是我的兄弟姐妹有。比如我的一个哥哥，他被主人带走了，回来之后就没有了四肢。还有一个妹妹，好小的妹妹，身上好多好多伤。”

张扬脸色惨白。

“不知道为什么主人要那么做，他们一定很痛苦，后来他们就都消失了，我再也没见过。”

柯禹说的这些，是被……被客户虐待了吗？或者别的什么原因？

回来之后要怎么处理呢？对于那种无法再进行交易的残缺的定制品，是否就只能……销毁？

张扬双脚发软，几乎无法支撑自己的身体。

她把一切想得太简单了。一开始，她只是单纯地想要一个长得跟盛世相像的男伴，满足自己的虚荣心。后来，她喜欢上柯禹，也不过是向往一段美好的恋爱。她从未细想过，自己踏入的究竟是怎样一个黑暗的旋涡。她已经后悔了。

可是后悔有什么用呢，她无法装作什么都不知道，也永远无法忘记柯禹。

柯禹拉住张扬的手，眼中写满了恐惧：“飞扬，我，我不想流血，我也不想疼，但是这个地方，每天都有人流血，每天都有人疼，我好害怕，你带我回家好吗？我只想跟你在一起。”

张扬的心都要碎了。

“我每天都给你做好吃的，我们每天都接吻，每天都拥抱，我们还要逛超市，出去玩儿，拍照片。”柯禹眼中跳跃着星星般的火焰，那是闪烁着希冀的瞳光，“和你在一起好开心，做什么都好开心，你带我回家好不好？”

张扬张了张嘴，几乎崩溃。

柯禹的脸不断地与盛世融合、重叠，他是柯禹，也是盛世，是她爱的人。

他在向她求救。

她狠狠咬了一下嘴唇，在这一瞬间，就在这一瞬间，无法犹豫、

无法思考、无法权衡，她做出了她这辈子最大的一个决定、改变她一生的决定。她笃定地、几近悲壮地说：“好，我带你回家。”

她还年轻，她有稳定的工作，房子没了可以再买，钱没了可以再赚。

她绝不把她的神，留在无间地狱。

第八章

半个小时的时间实在太短了，根本不够张扬畅想未来。

她承诺柯禹一定带他回家，还说要换一个地方住，可能偏一些但是房子新一些，他们可以亲手装扮，品尝一起组建一个家的幸福，以后也许养一只猫或者狗。

还有很多她来不及说，说了柯禹也未必懂的，比如，她想慢慢教柯禹如何做一个大人、如何融入社会，或许要从小学的知识开始学起，但柯禹学得很快，等一切稳定下来，他们就结婚，努力工作、赚钱，有一天再次拥有自己的房子。

未来也许会有不少坎坷，但她毕竟有铁饭碗，哪怕两个人过得拮据一些，吃喝是不愁的，所有困难都是可以克服的。

她知道自己在这样短的时间内做出迄今为止最重大的一个决定，恐怕大脑冷却之后就会后悔，但她更知道她真的没有办法抛弃柯禹——在知道柯禹如果没有她，可能会陷入怎样悲惨的命运之后。

如果她不带柯禹走，后半辈子一定会悔恨不已。因为她确定这辈子再也找不到比柯禹更好看、更专情、更值得喜欢的人了。

她已经没有父母了，柯禹会成为她不离不弃、长相厮守的亲人、爱人，这是无价的，比房子、票子都贵重得多，所以她愿意交换。

柯禹显得兴奋无比：“猫和狗都好，都很可爱，我们会很幸福的，和你在一起的每天都很幸福，以后的每天也会很幸福。”

“嗯，一定会的。”张扬露出做梦一般的甜笑，“那你再等等我，好吗？几天就好，我把事情处理完了，就立刻来接你。”她那个地段的房子一直很好卖，尤其快到开学季了，也许急着出手价格不会很高，但怎么也该有五六百万。剩下的钱该够他们缓冲一段时间，然后开始新生活。

柯禹失望地问：“今天不可以吗？”

“我也很想快点带你回去，但今天不行，你再等我几天好不好，我会尽快的。”张扬温柔地安抚着。

“为什么呀？”

张扬叹了一声：“我需要钱，带你回家，需要好多钱。”

柯禹不解道：“为什么呀？”

张扬捏了捏柯禹的脸，勉强一笑：“以后你就懂了。”

柯禹长长的睫毛垂落下来，却也遮盖不住眼中的落寞和委屈：“那，那你快点，我等你，飞扬，我每天都等你。”

“好。”

柯禹又亲了张扬一下：“回家之后，就可以每天都亲你了。”

张扬心里甜得要化了，她抱住柯禹的脖子，窝进他怀里，仿佛那是世上最温暖、最安全之所在，片刻都不愿意分开。

可惜时间很快就到了。

依依不舍地道别后，张扬恢复常态，随徐静回到最开始的那间会议室。

徐静道：“张小姐，您对定制品满意吗？”

“满意。”

“不需要看其他样品也不需要独家定制，愿意选择这件成品？”

张扬很厌恶徐静那种把柯禹当物品的口气，所以她的口吻也很冰冷和不耐烦：“我一开始就说了我是为他来的。”

徐静微微一笑：“好的。您了解柯禹的购买和租赁价格吗？”

“五百万元。购买和租赁在服务上有什么区别？除了什么免费和付费维护之类的？”

“免费和付费维护就是非常大的区别。购买之后，您会得到我们的终身免费维护，比如我刚才说的重置，非人为损坏情况下的、您自己处理不了的 Bug。”

“Bug……”张扬怔了一下，柯禹是仿真人，当然有可能出现程序问题，“这怎么定义范围呢？”

“您想成商品就好理解了。比如手机，如果是进水、碎屏这种您自己造成的损伤，是不在三包服务之内的，对吗？”

“……”

“如果是软件问题，例如程序错误等，我们会负责为您处理，处理不成功也会为您降低损失。”

“怎么降低损失？”

“我们的售后服务长达三十年，三十年内，非您造成的损伤或损毁，可以免费置换一次，可以不限次数地修补和治疗。我们有很完备的合同来划定责任范围，当您来找我们的时候，我们会进行责任鉴定。”

张扬心里很不是滋味儿，但她现在“买”的商品又不受法律保护，她除了接受还能如何呢。

“在您有意向购买之前，我们会让您了解所有的风险，帮助您做最终决策。如果您认为购买的风险太高、性价比太低，其实我们更推荐租赁。”

张扬握了握拳头：“我要买，但是我需要一点时间。”

“当然，一切以您的意愿为主。”

张扬想起了什么：“如果我买的话，他会有合法身份吗？”

“有的，购买之后，我们会让他成为一个能够进入社会体系的正常人，他会有合法身份。”

张扬心中稍安，那就是说，柯禹会有身份证，会有护照，有一天他也可以去工作，他们可以正当地结婚。至于损伤损毁，徐静说得对，人也有生老病死，这是每个人都要承担的风险，又何必杞人忧天。

“那我先……预定吧。”张扬有些局促地说，“我可能需要点时间，我资金有点问题，但是我会尽快，争取在这个月内搞定。”

“不好意思张小姐，预定是定制的流程，现货我们是不接受预定或分期付款的。”

“可是这期间他被别人看中怎么办？”

“能够进入我们的会员体系内的人是很少的，所以我们的交易量也很低，不过盛世是眼下最火的男明星，我确实无法打包票。”

“那怎么行。”张扬急道，“我既然已经决定买了，就一定会买，我只需要……两周，两周时间，我想要预定，确保他不会被别人买走。”

徐静为难地蹙眉：“原则上我们会尽量满足客户的需求，但我们确实没有这样的先例，您稍等，我打个电话请示一下。”

“好。”

张扬忐忑地等了一会儿，徐静从外面回来了：“米娜小姐是我们很重视的客户，而她是您的担保人，我的上司愿意尽力为您提供满意的服务，所以我们可以接受您的预定。不如将那保存在共管账户的一百万元会员保证金当作定金，只要您不解除共管，预定就成立。不过，只能两个星期。”

张扬用力点头：“好的，你放心，两个星期内我一定会回来。”

徐静依旧是那副皮笑肉不笑的表情。

“在这期间，你们要好好对待柯禹，不要让他参与什么实验，我要他健健康康的。”张扬不放心地叮嘱，“也绝对不要重置他。”

“您放心。”

张扬被送了回去——跟来时一样遮住眼睛堵住耳朵。

回到家，张扬的两条腿还在发软，这一下午发生的事根本毫无真实感。

她晚饭也没吃，就坐在沙发上想，想她是不是真的要这么做，想自己是不是疯了，想这一切值不值得。

在没有开灯的黑暗客厅里，张扬机械地掏出了手机，翻看自己和

柯禹拍过的照片、视频，那灿烂的笑脸和要扑出屏幕的快乐是那么真实而鲜活，她的鼻头阵阵酸涩。

如果她反悔了，柯禹会怎么样？

她当然可以反悔，只要去解除共管账户，她不会损失一分钱，实际上她什么都不会损失，把自己的钱拿回来，把不是自己的钱放回原本的位置，就当一切没有发生过。

但柯禹该怎么办？柯禹相信自己，一直在等自己，今天她又许下了重诺，带柯禹回家的重诺。如果她反悔了，柯禹该有多伤心？他下一次会被送去谁家？是米娜和她这样的正常人，还是会虐待定制品的变态？

她不敢想。

她不能反悔，柯禹只有她，柯禹只有她呀！

只是房子而已，这个世界上没有房子的人多得是，大家也都活得好好的，何况她有工作、有未来、有希望，用一套死物，换一个活生生的、长相厮守的爱人，明明是值得的。

张扬顾不上饥肠辘辘，下了楼。她们小区的底商，就有一家全国连锁的房产中介。

在卖房子的同时，张扬也开始找房子。

她算了笔账，中介预估以她的要求，房子成交价不会低于五百五十万元，除去杂七杂八的中介费、税费等，到手会有五百三十万元左右，这样把柯禹领回家后，她手里还有大几十万元的现金，租房子、应付生活的巨变，绰绰有余了。

事情并没有自己想的那么糟糕。

张扬下定了决心，就不允许再自己反复纠结，开始朝着将柯禹带回家这个目标做准备。

找房子是十分消耗时间的事，偏偏盛世的生日活动也很牵扯精力，张扬一时忙得不可开交，连圈内大小掐架、反黑都没空去管了。

米娜来过一次电话，询问张扬后续。

张扬撒了谎，说她虽然伤心但会死心。她知道如果说实话，米娜一定会极力反对，提醒自己的疯狂和不理性。也许米娜从来没有羞辱她的意图，但那种富家女孩的优越感是刻进了骨髓、流淌于血液的。她什么都不想听，她已经下定了决心。

米娜放心下来，又说自己还爱着哥哥，等她妈妈气消了，把卡还给她了，她也会为盛世的生日出钱的。

盛世的生日愈发近了，各个粉丝站都开始了前期的宣传。

张扬今年选定的慈善基金会和去年是同一个，专注于教育，这次的善款将用于在山里捐赠一座希望小学。前期接洽很顺利，就等筹款截止后，把善款以盛世的名义交给基金会。

这期间，张扬每隔几天就会在微博上公示筹款进度，由于筹款额已经超过两百万元，而她只发总额，所以暂时没人发现少了五十万元。

也有人质疑她为何前期不公示，为何不天天公示，她都以工作忙等各种借口搪塞。被问得多了，她的粉丝便会反驳对方不信任她。

这些小声浪虽然还不成气候，但张扬也很着急，房子卖出去后，

她会第一时间把钱填回去，因为筹款截止时间快到了，如果在最后突然多出五十万，会显得可疑。她是个会计，挪用不属于自己的钱这种事太敏感了，虽然她没有花掉，也还是心虚。

幸好她的房源很受欢迎，来看房的非常多。张扬卡着两星期的时限，将付款和过户时间也计算在内，在几个买家之间反复权衡。留给她决策的时间并不多，她每天都有种焦头烂额之感。

几天后，张扬终于敲定了买家，以五百六十三万元的价格卖掉了自己住了二十五年的房子。

接踵而来的，是各种手续、过户、付款周期等一系列张扬没经历过的事，中间只要出一点点小问题，时间就会被拖延，所以她紧赶慢赶，但真正拿到钱的时候，已经是两星期期限的最后一天。

张扬顾不上解除共管账户，第一时间联系王伟，一下班就赶了过去。

接待她的，还是上次的徐静。

然而，当她满怀期许与不安，又用即将豪掷千金的底气强撑出气场问徐静要人时，徐静带着那虚伪的微笑，对她说：“很抱歉，张小姐，柯禹已经出售给其他客户了。”

第九章

如遭雷击！

张扬拍桌而起，厉声道：“你说什么！”

“请您听我……”

“我预定了！”张扬的眼睛登时一片血红，“我付了定金，你怎么能把他给别人，马上去给我追回来！”她血液翻涌，瞠目欲裂，胸膛剧烈起伏着，身体里仿佛有无数个声音在凄厉尖叫，要冲破皮肤的屏障，化作利剑将眼前这个女人凶狠刺穿！

柯禹被卖给别人了，她的柯禹，被卖给别人了？！

“抱歉，张小姐，您这两个星期都没有消息，我们以为您不会来了。”

“两个星期还没过！”张扬失控地吼着，“你们怎么敢这么做，疯了吗！我就是为他来的，我为了他把房子都卖了，你们居然不守信用！”

徐静皱起眉：“张小姐，您那天与我确定预定的时间是下午四点多，现在已经快八点了，严格来说……”

“放屁！”张扬把桌子砸得“咣咣”响，“强词夺理，你们就是不守信用，我为了他付出多少，我就是专门为他来的，我必须带他走，

你马上去把他要回来，把他要回来！”

徐静叹了口气：“张小姐，真的很抱歉，我们也有苦衷，柯禹没有办法给您了。”

张扬眼前模糊一片，不知何时已经落下泪来，她边哭边叫嚷：“我不管，你们不守信用，把他还给我。”

“我们可以为您重新定制，只要八个月……”

“你懂个屁！”张扬目露凶光，“我只要柯禹，他对我来说是唯一的、特别的！”

徐静安抚道：“很抱歉……”

“不要再说抱歉抱歉，把柯禹还给我，那个人是谁，你让我跟他谈，我对柯禹是不一样的，让他让给我……”

徐静摇摇头：“那是不可能的，买走柯禹的人我们也得罪不起。”

张扬呆呆地看着徐静，只觉自己已处于崩溃的边缘。

她到底在做什么，卖了父母留下的房子，平时省吃俭用，五百块钱的衣服都不太舍得买，却打算花五百万去买一个仿真人，她明知道这太疯狂，她还是做了，只为了带柯禹回家。

可是现在柯禹被卖给别人了，她做这一切还有什么意义？柯禹去了哪里，还记不记得她，会不会受到善待，他们这辈子还能不能再见……

一个个问题化作一把把刀，将她扎了个对穿，她觉得自己要疯了，为什么会是这样的结果？当她愿意为爱情孤注一掷时，现实扇了她一记响亮的耳光。

张扬捶着桌子大哭起来，嘴里胡乱骂着：“叫你领导来，你是不是故意的，你故意的，我交了定金你居然违约，不守信用，我要告你们！”

徐静的脸色越来越难看：“张小姐，请您冷静下来，凡事我们可以沟通。”

“沟通个屁，你去死吧！”不论张扬在网上怎样为了盛世大杀四方，现实里她跟人脸红都是极少的，更不用说当面冲突，可她现在什么都不管不顾了，矜持、脸面、修养，全都拦不住她发泄一腔要爆炸的愤恨。

徐静安抚道：“张小姐，我们另有相似度达到70%的，可以优惠……”

“闭嘴！闭嘴！”张扬吼道，“你到底是不是人，你是不是听不懂人话？我要的是柯禹，我只要他，你必须把他还给我，否则这事儿没完！”

“张小姐，我们确实没有办法追回已经出售的定制品，而且就算能够追回，对您来说也没有意义了，因为柯禹已经被重置了。”

张扬的哭声戛然而止，那一瞬，她真正体会到了什么叫作肝肠寸断。

柯禹被重置了。

是啊，这个女人早就说过，定制品每换一个新主人，就要被重置一次，抹除对之前的所有人的记忆。

柯禹已经不记得她了。他们之间的所有甜蜜过往，柯禹都不记得了。柯禹已经远远地走了，而她要一辈子被留在原地。

张扬像是被抽空了魂灵，无声地掉着眼泪。

“事已至此，我们不如想想补偿方案。”徐静近乎冷酷地说。

张扬双目空洞地看着徐静，花了好半天，才慢慢找回焦距，她只觉此人面目可憎，恨不能杀之而后快。

徐静被她盯得如坐针毡。

张扬突然站起来，神情有一丝疯狂：“我不要补偿，我要柯禹。”她粗暴地推开会议室大门，大声吼道：“来人，你们领导在哪儿，你们不守信用怎么给客户交代！谁敢和你们做生意！”她这样一个在现实中总给人文静印象的人，今天决定豁出去做一个泼妇。她伤心痛苦，岂能让徐静好过。

徐静追了出来，果然有些慌了：“张小姐，请你冷静一些！”

张扬狠狠推开她，往可能有人的地方跑，边跑边喊，路上碰到的人纷纷侧目。

这一招果然奏效，不一会儿，一个西装革履的男人快步走了过来，严厉地看着徐静：“怎么回事？不知道我们在接待客户吗？”

徐静低声道：“对不起陈总。”

张扬指着陈总：“你是她领导吗？你知道她不守信用，把我预定的人卖给别人吗？啊？你们公司就是这么做生意的吗？！你的客户知道你们不诚信吗？！”

“您冷静一下。”陈总看向徐静，“怎么回事？”

徐静小声说：“柯禹。”

陈总做出了然的表情：“您是张小姐，我们以为您不会来了呢。”

“可我来了，我的人呢？”张扬瞪着他，双目猩红。

“张小姐，我们换个地方谈，我们愿意为您进行一些补偿。”

“我不要补偿，我要柯禹！”张扬哭道，“你们都没有人性，还觉得理所当然。”

陈总面不改色地说：“您要哭要骂，我们都接受，但这样不能解决问题，对吧？不如我们谈谈，如何通过其他方式弥补您的损失。”

四周投射过来的目光，令张扬如芒刺在背，她吸了吸鼻子，狠狠瞪了徐静一眼，算是同意了。

陈总带张扬坐上电梯，来到前次见柯禹的那间会客室。

十四天之前，就在这间屋内，张扬和柯禹两人相拥喜极而泣，互诉相思，张扬记得自己许下的每一个承诺，要带柯禹回家的承诺。

那个时候她满心的欢喜和对未来的期待，饱胀得要从心中溢出，如今呢，如今什么都没了。

陈总问道：“您喝点什么？”

张扬冷冷地看着陈总，她此时与其说是冷静，不如说是麻木——痛到极致的麻木。

“张小姐，我理解您的心情，您对定制品产生了感情。”

张扬瞪着他：“不行吗。”

“我们都会忠告客户不要对定制品产生感情，但人本身就是感情动物，有时候确实难以自控。”

“这事儿没完。”张扬颤声说，“除非你把柯禹还给我。”

“买走柯禹的，是我们一个产品系列的赞助商，比如盛世就是一个系列，这种赞助是以亿为单位的。”

张扬恨恨道：“别人更有钱，你们就可以出尔反尔，真恶心。”

陈总歉意地说：“张小姐，我们的成品是不接受预约和分期付款的，给您开这个先例是看在米娜小姐的分儿上。我们之间没有定金合同，也没有书面认证，只能算是口头约定，本身不具备约束力。我承认这样做不太好，但并没有违规。”

张扬冷笑：“所以我就得自认倒霉是吗？我为了柯禹，把我父母留给我的房子卖了，我做这一切到底有什么意义？”

“真的很抱歉。”陈总道，“即便我们没有书面合同，但我们仍然愿意对您进行补偿。我有两个方案：第一，现在为您插队定制一个以盛世为蓝本的85%相似度的定制品，九折优惠；第二，我们有一个70%相似度的现货，可以免费给您三个月的使用权。”

张扬感到阵阵反胃，恐怕无论她说什么，这些人都不会明白，什么感情，什么爱，在他们眼里只是买卖。她咬牙道：“你到底要我说几遍，我不要其他定制品，我要柯禹，我们之间已经建立了感情，其他人取代不了。”

“即便如此，您也要面对现实，那就是柯禹已经不记得您了。”陈总看着张扬的眼睛，“别说他不能回来，就算能，他也是一个空白的定制品，已经被重置，完全忘记了跟您有关的所有回忆。所以您再定制一个，也是一样的。”

张扬的眼睛涩痛，泪水又开始凝聚。

“再定制一个，就是一张完全的白纸，您可以依照自己的喜好去调教他，难道不比别人使用过的更好吗？或者，您何不考虑一下现货？免费给您使用三个月，70%相似度的也非常高大帅气。”

张扬知道这个男人说得对，就算柯禹能回来，也不记得自己了，他们之间的回忆都没了，哪怕只有短短的十天，却是她一生中最幸福、最甜蜜的十天，可陪她制造这段回忆的人却忘了。

张扬茫然而绝望：“我不知道……”她该怎么办？早知如此，她绝不会卖掉房子，绝不会挪用款项，干出这些蠢事，最后却是一场空。

“我陪您走一遍定制流程，也许您会改变主意。”

“徐静已经……”张扬想起徐静，阴冷地说，“你们会处罚徐静吗？”

陈总闪烁其词：“如果经过调查，发现她有违规行为，就会……”

“她少给我走了流程。”张扬挑起眉，眼中闪现恶意，“她没有给我看样品。”

“……是吗。”

“对，虽然是我自己说我要柯禹的，但看样品是你们的流程之一吧，她算不算违规？”

“算。”

“那怎么处罚？”

“扣工资。”

张扬还是不解恨，她心里也明白，把柯禹卖给谁并不是徐静能决定的，但她就是需要一个迁怒的对象。

“那么我们把这个流程补上，我亲自带您看样品，然后您再决定是重新定制，是接受 70% 相似度的成品，还是放弃，都由您决定。”

张扬其实并不想看样品，她根本不知道现在该怎么办。

陈总拿出随身 iPad，推给张扬：“请您选一个造型。”

“什么？”张扬狐疑地接过来，发现屏幕上是盛世在红馆演唱会的舞台照，她左右滑了滑，全是盛世的照片，有影视剧里的，有红毯的，有综艺的，她数了一遍，一共十个造型。

“您选择一套造型，我们将让样品为您呈现。”

张扬的心脏猛颤了一下，即便只有 70% 的相似度，如果做同样的

造型打扮，看起来肯定也会很像盛世吧，她突然有点想看了。

“不急，您慢慢选。”

张扬小声说：“这个吧。”

那是盛世在让他爆红的偶像剧里的第一个造型。

桀骜不驯的富家少爷，一身军靴黑裤皮衣，骑着一辆重型机车闯入楼盘的剪彩典礼，停在一群西装革履、正经八百的人面前，只为了给与自己不睦的父亲一个下马威。当他用一条修长的腿支着机车，一手摘下安全帽，潇洒地甩了甩浓黑的发，不羁地斜睨全场，那极具冲击力的英俊面容瞬间穿透屏幕，击中了万千少女的心。

张扬就在那一瞬间，一眼万年地爱上了他，从此甘愿为他鞍前马后、披荆斩棘。

陈总笑笑：“没问题。”

十分钟后，叩门声响起。

“进来。”

张扬略有些紧张，她对 70% 相似度的定制品并无期待，无论是谁都取代不了柯禹，但是，她对哥哥的那套造型穿在一个神似的人身上，是好奇的。

门被推开了，一个一身黑衣的高大男子从容地走了进来。

张扬只看了一眼，“轰”的一声，心脏仿佛爆炸了！

盛世！

陈总介绍道：“张小姐，这是我们以盛世为蓝本定制的样品，相似度是——100%。”

第十章

100%！

张扬脑海中反复回荡着这个词，一遍一遍，穿云裂石，震耳欲聋。

她不是没有见过盛世本人，严格来说，她见过十一次，五次远距离，三次中距离，三次近距离，但从来没有一次，近到触手可及；从来没有一次，两人之间不存在熙攘喧闹的粉丝和媒体；从来没有一次，盛世那双深邃迷人如璀璨星海般的眼眸，真正注视着自己。

这个人是盛世，不是70%的相似，不是85%的相似，这个人，长得跟盛世一模一样！

张扬单薄的身体轻轻颤抖起来，那一刻肾上腺素狂飙，说不清这份战栗因何而起。意外？害怕？亢奋？总之，是难以形容的疯狂。

“张小姐……”

“为什么？”张扬虽然是在问陈总，可目光像是黏在了盛世身上一样，无法挪动，“不是，不是让我看相似度70%的吗，为什么会……”

“可能我没有表达清楚，让您误会了。所谓样品，自然是与原版一模一样才能叫样品。我们每一个定制系列都会有相似度100%的样品，

以此向客户展示我们的实力。”

张扬嘴唇嚅动着。

“给客户看样品是我们的固定流程之一，您对样品满意，才会相信我们的产品。您可以仔细看看，相信您对盛世是很熟悉的，从身高、体态、五官、声音等各个方面检查，我们都有信心。”

张扬鬼使神差地站起身。

她坐着的时候，盛世对她而言如一棵挺拔高卓的青松，她站起来依旧需要仰视对方。盛世 188 厘米的优越身高让他无论出现在哪里都如鹤立鸡群，给人以压迫感的同时，又散发着浓烈的雄性荷尔蒙。

更别提这张丰神俊逸的脸，遍寻世间所有溢美之词，都嫌灵气不足而造作有余。

柯禹已经是普通人中罕见的帅气，可跟真正的盛世一比，便如皎月遇骄阳，被暗淡了华光。

高高在上的太阳冲张扬露出一个带着侵略性吸引力的笑容:“你好，我是盛世。”

那一瞬，张扬笃定站在自己眼前的就是盛世，真正的盛世，或许这是一出匪夷所思的整蛊节目，所有剧情和人物都是被安排好的，都是虚构的，而她是浑然无知的“楚门”。

张扬仰视着“盛世”，一如从前每一次见他，顶礼膜拜般地仰视着，双眸激荡出狂热的瞳光。

很久以后，张扬都还能忆起当时那种整个人被点燃了的错觉。那一把火，烧毁了她的思维，熔断了她的理智，蒸发了她的判断；那一把火，为她指引了通往深渊的路。

“怎么样？”陈总不免有几分得意，“这就是亲妈见了，都分不出真假，只要给我们几个月时间，我们可以复刻世界上任何一个人。”

陈总的声音将张扬拉回了现实，她用眼神描摹着盛世，想要找出哪怕一丁点破绽：“他真的是……定制品？”

“当然。”陈总含笑，“是不是可以以假乱真？他叫柯尧。他们的名字是赞助商取的，最初的三个成品取自‘尧舜禹’，如果是客户定制产品，则由客户命名。”

“那么舜，就是 70% 相似度那个？”

“不是。”陈总显然没打算延伸这个话题，“张小姐，如果您认可我们的复刻能力，我们将分别带您看 70% 和 50% 相似度的两款产品，若您对成品不满意，可以选择……”

“如果我要他呢。”张扬听到自己的声音从喉咙里逸出，引起胸腔的轻微共振，从思维产生到语言转码再到发声，每一步都是她的，可每一步都好像不受她控制。

陈总对这个问题驾轻就熟：“抱歉，我们的样品是非卖品。”

张扬终于把目光从盛世……不，柯尧身上撤回，她逼视着陈总：“你能把柯禹还给我吗？不能的话，我就要这个补偿。”

在看到柯尧的那一刻，张扬突然不敢确定，自己喜欢的究竟是柯禹，还是像盛世的柯禹，或许两者本无分别，毕竟她一开始对柯禹动心，就是为那副神似盛世的皮囊。

她还是喜欢柯禹，可那跟她有过共同回忆的初恋男生，再也回不

来了，如果真的有什么能安慰、补偿她，就只有柯尧——比柯禹更像盛世的柯尧，与盛世一模一样的柯尧。

她这辈子做过的最大胆、最荒诞的梦，无非能够拥有盛世，现在这个梦却有可能实现了。

她想，如果她能喜欢上柯禹，也会喜欢上柯尧吧，她已经不计回报地爱了盛世三年，85% 相似度的柯禹已经让她愿意为之倾家荡产了，她简直毫无疑问地会爱上跟盛世一模一样的柯尧。

房子已经卖了，她也已做好了付出所有带一个人回家的准备，但柯禹却不能跟她回家了，那么只有柯尧。面对这荒诞又巧合的一切，她体会到了无法抗拒的宿命感——她和盛世，她和柯禹，她和柯尧，因与果，往复循环。

陈总摇首婉拒：“抱歉，张小姐，样品是非卖品，而且，100% 相似度的定制品不是一个好的伴侣，会给您带来很多麻烦。”

张扬露出一个惨笑：“我还怕麻烦？我都这么不顾一切了，我还怕什么？”

“您先看看 70% 相似度的成品吧，我保证他也很好。”

张扬目光阴冷：“你当我是什么，随便谁都行的？我为柯禹卖了房子，你们把他给了别人，答应补偿我，又不肯给我我要的补偿。当初米娜可不是这么说的，她说你们很有原则，很规矩，很诚信，绝对为客户着想，结果我得到的服务就是这样的，就因为我不够有钱有势？”

陈总的眉头拧在了一起，他瞥了柯尧一眼，似乎有些迁怒的意味，但没说什么，柯尧更是伫立在原地，没有表情，没有言语，像是这里发生的一切都与己无关。

“米娜”两个字起到了一些作用，陈总好言好语道：“张小姐，我们的宗旨当然是尽心尽力为客户服务，您这样的情况我们从来没有遇见过，我们真的很为难。样品原则上是不允许交易的，我们双方都要承担很多很多风险。”

“‘原则上’不准交易。那什么能让你们违背原则？”张扬讽刺一笑，“得罪不起的客户？”

陈总讪讪道：“这已经不是我能决定的了。”

在那种宿命感的胁迫下，张扬为自己所有的疯狂找到了借口。

她在后面的人生中，无数次回忆起这一天，把每一个细节掰开了、碾碎了回忆，发现数不清的深坑像奶酪上的孔洞一样，那么明显，所有人都在劝阻她，可这样也不能令她清醒，她一头栽了进去。

她胡搅蛮缠地、威逼利诱地、锲而不舍地，送自己走上了一条无法回头的荆棘之路。

最终，大概是真的怕她闹事，柯尧归她了。但不是五百万元，100%相似度的样品既然不进入交易，那自然就是无价的，公司也没有特别为难她，只要求原定的五百万元加上一百万元的会员保证金。

知悉价格的时候，张扬犹豫了。那是她唯一可能拯救自己的机会，毕竟付出六百万元，不仅掏空她的所有，还会让她背负二十万元的债务，而这不属于自己的钱，来自给盛世的生日筹款。

这时候，她看到了站在一旁的柯尧，顿时热血翻涌。

属于她的盛世就在眼前，她平庸的一生中，只有这么一次机会得

见盛世为自己绽放。

然后她就中了邪一般，在一沓厚厚的、条件苛刻的合同上，签下了自己的名字。

柯尧没有立刻跟张扬回家，他要做一些前期的准备，比如重置。

张扬也需要前期的准备，比如租房子，比如解决账目问题。

筹款结束后，是要公布流水的，她早已经想好了借口，去解释那五十万的出入问题，也做好了挨骂的准备。但现在她无法把这个窟窿填上了，那就不是挨骂能解决的了。

二十万，她去哪里弄二十万?

她马上就要没有房子住了，还挪用捐款，还负债二十万，恍然间她也感到茫然，怎么一夕之间自己就变成了这样?如果她被骗了，那不就一无所有了?

这个想法让她恐惧到内脏抽搐。不，不可能的，如果真是骗局，得找真正的盛世来合伙骗她，那简直比这件事本身更荒谬。她也不是一无所有，三天后，她会拥有盛世。

事到如今，后悔也已经晚了，筹款截止日期和搬家日期都是月底，她只有三天时间。她的人生好像突然进入了死亡倒计时，她紧迫地、争分夺秒地寻找着拆除炸弹的办法。

可钱这个东西，分明是世上最难讨好的，任凭你艰苦卓绝、上下求索，也未必能得垂怜。何况是这样短的时间，这样一大笔钱。

走投无路之下，张扬只能拆东墙补西墙。她供职于地球人都知道的超级大国企，每个月从她手上走的账都有上千万，各种琐碎的付款、回款，身为一个专业会计，要从中倒腾出二十万应急，并不是难事——人力冗余、结构僵化、管理松散，是航行太久的大船的通病，这里面能钻的漏洞太多了——只是她以前从来没有过这样的想法。

只要在下个月月底做账之前把钱填回去，就当她的一个小小的工作失误，不会被深究。

至于粉丝筹款那边，她也有了新的对策，鉴于慈善机构不停地出现信用危机，她打算说服耳关和静依依，再跟对方协商，把一次性捐赠改成分批付款，根据希望小学的施工进度来拨款，这样就能起到监督作用，而手里的钱就够她把那二十万元公款再挪回去。

在款项完全落地之前，她会有大几个月至一年的时间想办法赚出二十万，实在不行，厚着脸皮向亲戚朋友借，也要凑出来。

打定主意后，张扬开始着手操作。同时利用下班时间，把几个属意的房子都看了一遍，最后选择了南五环边上的一个小区。

如果不是横生意外，她手中本该有八十万元余钱，足够像理想中那样，租一个窗明几净、两室一厅的房子，预算在六千元左右，然后她领着柯禹幸福地入住新家，再养一只猫或者一只狗，开展全新的生活。

但现实是，她把三十万填回去之后，手里只剩下不到四万元，按照押一付三的要求，最终她只租得起一个不到四十平方米的单身公寓，在厨房炒个菜全屋都是大蒜味儿那种。房子虽然不旧，但也一点不新，一个月四千五百元，如果再刨去置办新家的必要开支，她可以说是一贫如洗。

她的父母都是普通职工，一辈子没有大本事，但也并没有让她缺吃少穿，甚至因为生为本地人，有一套单位分的、虽然老破小但价格一平方米七八万元的学区房。她吃住在家，工作稳定，一个月七千元的工资养自己，不能大富大贵，也衣食无忧。

她从来没有真正为钱发愁过，也没有体会过这种捉襟见肘的恐慌。

可当她捏着手里那点微薄的余款，看着那个离梦想中差距太大的简陋的单身公寓，想着自己背负的二十万债务，她第一次体会到了绝望。

第十一章

搬家那天，张扬大哭了一场。

看着这个住了二十几年的家被一点点搬空，留下遍地狼藉，从小到大的回忆纷至沓来，她生出浓烈的不舍，唯恐离开了这里，她和父母的记忆就再也无处安放。

可这个房子已经不属于她了，她的家，不属于她了。走出这里，她好像就要开启一生的流浪。

她想，如果没有那场车祸，如果她的爸爸妈妈还健在，她一定不会做这些荒唐事，一定不会倾其所有只为换一个人的陪伴。

现在她已经不能回头了，她只能充满留恋地最后看一眼自己的家，然后轻轻带上了门。

张扬跟着搬家公司的车到了新的出租屋，指挥工人把家具摆放到合适的位置，一口气忙活到天黑，已经又累又饿。

她煮了一碗泡面，坐在沙发上边吃边扫视狭小的屋子，行李堆满了客厅，简直快要没有下脚的地方，想要收拾也不知道从哪儿下手，她生出阵阵无力感。

很多家具、家电已经旧到扔在路边也没人捡，她原本不想要了，既然搬了新家，打算开启新生活，自然应该买新的，可手里就剩这么一点钱，她哪里还敢乱花，只好把那些旧家具又搬了过来。

索然无味地吃完面，她强打起精神，开始收拾，明天柯尧就要来了，这是他们的家了，家怎么能乱糟糟的。

想到柯尧，张扬终于能够暂时脱离眼下这种要将人溺毙的情绪，生出几分喜悦和希冀。虽然现在什么都很糟糕，但天无绝人之路，一切都会好起来的，她和柯尧，一定会把日子过好的。

一口气收拾到半夜，张扬累到腰都快直不起来了。当她打开最后一个纸箱，一眼看到那件白色T恤时，她僵住了。

那是她和柯禹去游乐场穿的情侣装。

她拿起T恤，抖落开，在自己身前比画了一下，是大大的男生的尺码，令她不由联想起她曾依靠过的宽阔的胸膛。柯禹的怀抱、柯禹的眼睛，柯禹说“带我回家”时郑重又期待的神情，一一浮现在眼前。

张扬的心登时揪在了一起，眼眶一阵涩痛。

柯禹现在在哪里？在做什么呢？新的“主人”会对他好吗？就算有了柯尧，她也一辈子都不会忘记柯禹，或许他们永远不能再见，只希望柯禹在她看不到的地方，也能好好地活着，被善待，被重视，被当成一个真正的人来爱。

柯禹忘记她，也是一件好事吧。否则，她要如何消弭这种仿佛背叛了柯禹的愧疚呢。

她将脸埋进T恤里，低低地呜咽了一声。

第二天，张扬上班迟到了。

她以前走路到单位只要十来分钟。虽然租房子的时候也特意选了临近地铁站的，但她完全低估了早高峰。

实际上她就没怎么体验过早高峰。

从新家到单位，她花了七十五分钟，其中大半时间，她站在人挤人的铁罐子里，鼻息充斥着各种难闻的体味，握着扶杆的手不停地冒着湿汗，身体随着车厢的起停而晃动，像是海上一片身不由己的树叶。

她平时出行也坐地铁，但极少坐这么挤、站立时间这么长的地铁，下来的时候人都好像要虚脱了。

到了单位，她的脸色难看到周遭同事纷纷来关心。

张扬哪里敢告诉他们，自己卖了房子搬了家。想到从今往后她要早醒一个半小时，把原本可以在被窝里安眠的时间浪费在拥挤的地铁上，她就感到眼前阵阵发黑。

她知道一切可能会很难，却没想到才开了个头就这么难。

她安慰自己，晚上就能见到柯尧了，一切都值得。她必须这么相信。

晚高峰一样是煎熬，张扬感觉自己的精气神儿都被早晚两趟地铁吸没了，整个人恹恹的。

张扬还没到家，手机先响了起来。张扬一看那个不显示号码的电话就知道是谁打来的。

“张小姐，您确定是万兴路的幸福家园吗？”

“是。”张扬可以想象王伟看到那个小区是什么反应。会买定制品的，哪个不是非富即贵，恐怕没有一个人会像她这样需要倾家荡产。

“我们已经到了您家楼下。”

“稍等，很快到。”

张扬小跑起来，但进小区后又放慢了脚步，她打开手机的前置摄像头看了看，屏幕里的人两颊泛红，嘴唇苍白，双目无神，汗湿的刘海在额前打了绺，是一张写满倦意的狼狈的脸。

她本想回家洗个澡把自己收拾一下，再迎接柯尧，可那长长的下班路把什么都耽误了。

单元门口停着那辆熟悉的黑色奔驰，张扬用力深呼吸，克制着内心的悸动。

车上下来三个人，除了王伟和柯尧，还有另一个保镖模样的魁梧男人。

柯尧戴着帽子和墨镜，把脸挡得严严实实，但那优越的身材依旧瞩目。

张扬偷看柯尧两眼，有些不自在地顺了顺头发。普通女孩面对优秀男生时总无法掩盖那股自卑感。

保镖打开后备厢，拿出一个大行李箱。

“张小姐，箱子里是您选的三套造型，这里是使用说明书。”王伟晃了晃手里的文件袋。

张扬点点头：“上楼说吧。”

三套造型，指的是公司赠送给她的三套柯尧的衣服，这是买赠服务之一，她选了初见盛世的偶像剧男主服饰、演唱会打歌服和综艺制服，这是她个人最有感情、印象最深刻的三个造型，也代表盛世的三个事业高光时刻。

保镖拎着箱子，他们一起上了楼。

那不足四十平的小出租屋，让王伟好半天都没说出话来。

张扬脸上发热，但装出坦然的样子：“行李放那儿就行了，我一会儿收拾。”

王伟把厚厚的文件袋交给张扬：“一些重要的注意事项，签合同前您就已经知悉了，请您务必严格遵守定制品的使用规则。”

“是。”张扬想到那些苛刻的条款，胸中就有些气不顺。

陈总告诉她，柯尧不会拥有合法身份，也不能在外人面前露脸。张扬不能在社交媒体上炫耀，还会长期受到监视，一旦她违反约定，给公司带来风险，柯尧就会被收回。这全都是她选择了100%相似度的仿真人所要承担的代价。

还有很多限制性的条件，张扬都有些记不住了，她觉得必须找时间把合同和说明书都仔细看一遍，公司害怕出事，她更害怕。

王伟和保镖走了。而柯尧一动不动地站在客厅中央，从头到尾一声没吭。

张扬小声说：“到家了，你可以不用遮着脸了。”

闻言，柯尧把帽子和墨镜摘了下来。

张扬呼吸一滞，尽管做好了心理准备，可是看着“盛世”就在自己面前，还是令她心跳如鼓。

只是，这耀眼华贵、光彩夺目的人，与出租屋朴素粗糙的背景根本无法相融。他应该在红毯、在舞台、在酒会、在聚光灯和镜头的包围之下尽情发光，而不该在这里，面对被坐变了形的沙发、毛都磨没了的地毯、掉了皮的桌椅、早该淘汰的家电，这一屋子的拥挤和陈旧，仿佛和柯尧处于两个次元空间。

张扬自惭形秽。柯尧不是盛世，她也不是米娜，他们现在不仅过不了体面的生活，她还背负着外债，这一点，就连见到柯尧的喜悦也无法令她轻松几分。

柯尧抓了抓被帽子压扁的头发，说："我要做些什么呢？"

张扬愣了一下，只是那简单的动作和漫不经心的语气，就帅到让人心颤，她道："先坐吧。"

柯尧坐在了沙发上，眼神平静中带着几分茫然。

张扬对那茫然不陌生，柯禹眼里也曾有过，她道："我叫张扬，你可以叫我飞扬。"

"你好，我叫柯尧。"

一阵沉默。

"你……你饿吗？"

柯尧点点头。

"那我去做点东西，你等一下。"张扬心中轻叹，柯禹至少会做饭，柯尧被重置过，恐怕什么都不懂，都要自己从头教起。

做好饭，张扬见柯尧还一动不动地坐在沙发上，跟当时的柯禹一样，像个等待自己指示的机器人，心下无奈。

“柯尧，来吃饭吧。”

柯尧听话地坐了过去。

张扬原本计划做几个拿手菜庆祝一下，可她实在太累了，既没有力气去买菜，也没有精力张罗，只简单炒了几个菜，她边吃边看着柯尧，不免有些心神荡漾。

柯禹也是很帅的，她看着也会心生欢喜，但柯尧却会让她失神甚至失态，不仅仅因为这天人之姿，更因为这张脸是盛世的。凡人的眼睛怎么敢直视太阳呢?

盛世，她的“天神”，现在就坐在自己面前，吃着自己亲手做的家常菜，她亢奋到连拿筷子的手都有些发抖，已经数不清是第几次怀疑自己在做梦了。

世上如果真有这样的美梦，千万别让她醒来。这一刻，她才真的笃定自己付出所有是值得的，如果非要经历这些磨砺才能证明爱，那她认了，爱就是越坎坷越弥足珍贵。

“好吃吗？”张扬试探地问道。

柯尧看着自己夹着的一块炒鸡蛋，用不大确定的口吻说:“好吃？”

张扬鼓起勇气直视柯尧：“柯尧，以后我们就要一起生活了，你明白吗？”

柯尧点点头。

“那，你叫一下我的名字。”

“张扬……飞扬。”

“对，叫飞扬。”张扬不太喜欢自己的名字，像男生，又太普通，

但飞扬就好听很多，轻盈、飘逸、美好。

“我以后会叫你哥哥。”张扬抿唇一笑。

“好。”

张扬犹豫一下，又问：“你明白，我是你的谁吗？”

“你是我的主人。”柯尧说着，微微笑了一下。

这一笑让张扬想起了柯禹。

“我不是你的主人，我会……”张扬有些羞赧，“我会成为你的爱人，你的亲人，你的朋友，你的妻子，你懂吗？”

这回，柯尧诚实地摇头。

张扬目光坚定：“我会成为你唯一的、最重要的人。”

柯尧眨了眨眼睛，依旧没什么反应。

“没关系，我慢慢教你，所有事我都会教你。”

话虽如此，但这第一天，张扬已经感觉到这有多难。

柯禹被送到她家的时候，基本的生活知识已经具备，甚至因为米娜的“功劳”，还会讨女孩子欢心。但柯尧不一样，被重置后直接送到她面前的这个人，几乎什么都不懂。

张扬刚跟柯尧沟通了一会儿，就充满了挫败感。她抱着说明书啃了起来，越看越郁闷。

依照说明书，给她三个月她都无法把柯尧调教到柯禹的程度。显然，米娜是因为已经有过两个定制品，经验丰富，才会那么有效率。

不过，没关系，她有很多时间。三个月算什么，她和柯尧有一辈子。

到了该睡觉的时候，张扬有些扭捏，又有些期待。

家里只有一个卧室、一张床，她也不是急着今晚就要发生点什么，但如果柯尧能够主动一些……

张扬洗完澡出来，见柯尧已经依照她的指示躺下了，她犹豫着坐在床沿。

柯尧并没有睡着，睁着眼睛，用深邃的眼神静静地看着张扬。

两人对视的一瞬，张扬莫名地有些心惊，总觉得那眼神又熟悉、又陌生。熟悉自然是因为这张脸，而陌生则是因为……因为她不曾见过柯禹有这种难以定义的眼神。

张扬紧张了起来，仿佛脑子里但凡有点邪念，都是在亵渎盛世。

柯尧轻声说："睡觉吗？"

"嗯。"张扬强迫自己冷静，然后慢慢躺了下去，小心翼翼地靠近柯尧。

柯尧无动于衷。

看着那张近在咫尺的盛世的脸，张扬感觉自己的心脏都要破胸而出了，她轻轻拉起柯尧的胳膊，迟疑着往他怀里挪。

柯尧像是明白了什么，主动收紧手臂抱住了张扬，还轻轻在她耳边唤了一声"飞扬"。

张扬满面通红，内心发出无声的尖叫，心跳快得恐怕要超过人类的负荷了。她一生都不会忘记这一刻的激动与幸福！

两个月前，如果有人告诉她，她可以拥有自己的偶像，她只会觉得那人比她还敢做梦。

现在她就在美梦里。

第十二章

幸好第二天是周六，否则张扬都不知道柯尧一个人在家要怎么吃饭——他连烧水都不会。

张扬教柯尧的第一件事就是煮泡面。她计划逐步让柯尧具备生活技能，虽然她早已决定要养柯尧一辈子，那么不能出门的柯尧，至少可以在家务上为她分忧。

午饭他们吃了泡面。冰箱里几乎没什么存货，但张扬一时没心情去超市，因为今天有一件更重要的事——公布筹款账户流水。

她可以预料到公布流水后会引发争议，毕竟她能想到的理由实在牵强，事到如今也只能硬着头皮扛，还好钱已经填回去了，只要皮厚装傻，应该能糊弄过去。

果然，在微博上发布了完整的流水之后，马上就有人发现张扬曾经两次将五十万转出到个人账户，并分别在一个星期和两个星期后回转。她用轻描淡写的语气说自己买了两笔短期理财，理财赚的钱也都转入了账户。

张扬发完之后就关了微博，心中惴惴难安。

不一会儿，耳关就在群里说话了：@飞扬，怎么回事啊？

张扬装傻：？

耳关：理财的事，你没跟我们说啊？

张扬：哦，我自己一直都有买，短期理财还蛮划算的，两笔赚了小一千呢。

耳关：……你是不是没有意识到问题的关键？这不是你的钱啊，会被掐啊！

张扬：没事吧，我又不是没有转回去。

静依依：……

张扬：而且也是为了哥哥啊，我最近手头紧，这次生日只出了两千，觉得特别对不起哥哥，所以就想用其他方式多筹一些钱。

静依依好言好语地说：亲爱的，你真的有点犯糊涂啊，就算是为了哥哥，把筹到的钱转到私人账户也很微妙啊，现在微博上已经闹起来了，你没看吗？

张扬：没有呢，怎么办，很严重吗？我真的没有想到，我想着在截止日期前把钱转回去就好了呀，而且还多了一千……

两人见她这样，也不好发火，以为她是真的脑子进水了，还帮她出主意怎么解释。她赶紧联系蘑菇道歉，说自己考虑不周，现在很害怕，蘑菇一个电话打来把她骂了一顿，说她做事不经大脑，本来筹款就是灰色地带，她这样会让黑子盯上，云云。

张扬不停地道歉，一半是装的，一半是真的，她确实想不到更好的理由了，所以只能连转了两笔五十万出去，又按照理财的收益多转

了钱回来，只为了把一切伪装成自己一时糊涂，做事欠妥。她猜测只要好好解释、道歉，事情可以遮掩过去，她也不怕之后不让她管账，耳关和静依依长期以她马首是瞻，只要这两个人不起疑心，之后的账目还是会由她负责。

于是很快地，她发了个声明，真诚无比地解释，谦卑万分地道歉，并保证再没有下次。

钱毕竟是分毫不差地回来了，还额外多出了小一千，再加上几个跟张扬交好的大粉帮她说好话，明斥暗保，即便仍有不少粉丝不满，最后还是让她有惊无险地应付过去了。

只是，看着微博下的质疑和嘲讽，张扬脑子里纷乱不堪。她常年在网上跟人掐架，但都是跟对家、跟黑粉，这还是第一次被以前称作“家人”的群体攻击。原来那些尖酸刻薄、阴阳怪气的语言去捅别人的时候，她只觉得痛快无比，可捅自己的时候，却是刀刀戳心。

这也让她意识到，之前的计划是行不通了，欠公司账上的二十万不能再这么明目张胆地从筹款账上转出去，可是，她去哪里弄二十万？

正一筹莫展时，身后传来脚步声，原来是睡醒的柯尧正在倒水喝，他喝完水就坐在沙发上，漂亮的脸上神情空白。

张扬暗叹一口气：“睡饱了？”

柯尧点点头。

张扬笑着说：“等下我们去超市好不好，早上起来晚了没吃饭，中午又吃的泡面，晚上我们一定要吃一顿好的，好不好？”

“好。”

张扬见他依旧满脸呆滞，心中无奈，难道真的需要三个月，柯尧才会像柯禹那样跟她互动吗？

出门前，柯尧重新戴上了帽子和墨镜，张扬左看右看，不太放心，让他把墨镜摘了换口罩，可就算脸遮起来了，这种随时都能走T台的身材却无法遮住，必然还会引人注目。

张扬宽慰自己，也不可能一直不让他出门，只要看不出是盛世就行了。

果然，即便把脸挡成这样，路人依旧能从他的背影、侧身、宽肩、长腿、下颌线、眼睛等美好的局部，放大出令人难以抗拒的“帅气”。“帅气”就像一种无形的磁场，不需要实打实地考据，每个人便能感知到。

而站在柯尧旁边的平凡女孩，自然也就收获了夹杂着不解的艳羡目光。

张扬和柯尧手牵着手，耀武扬威一般在超市中穿梭，心中幻想着自己能够和柯尧，不，跟“盛世”以情侣的身份曝光的场面。她将被所有女人嫉妒，无论她在自己的人生中缺少过什么，金钱、美貌、家世、才学，但只要拥有了盛世，她就仿佛打败了所有人。

可惜，不会有那一天。她拥有“盛世”，却不能被任何人知道。

张扬暗暗咬了咬嘴唇，心里很是不甘。

回到家，张扬一边做饭，一边教柯尧。他拥有成年人的智力，尽管很多东西都不懂，但几乎教一两遍就会，一顿饭的时间，柯尧就在张扬的指导下炒出了一个菜。

张扬觉得自己看到了希望。

晚些时候，张扬接到了米娜的电话。她现在一看到这个来电显示就心虚。签合同的时候，她特意叮嘱不要把这件事告诉米娜，陈总答应得很爽快，说他们会保护每个客户的隐私。

不知道米娜打电话来做什么。

张扬犹豫再三，还是接了电话。

“飞扬姐，忙什么呢？”

“刚吃完饭，没什么。”张扬其实在教柯尧识字。

“我今天看到你微博了。”米娜迟疑了一下，“我说话比较直啊，你是不是拿那个钱去付的会员保证金？”

张扬知道瞒不过：“是。”

米娜有些无奈：“你可真够敢的。”

张扬自嘲一笑，还有更敢的米娜不知道呢：“我当时鬼迷心窍了，就是很想见柯禹。”

“还好你醒悟了。”米娜松了口气。

“你呢，最近怎么样了？”

“好多了，我爸妈也气消了，不过管我还是管得很严。我打算等风声过了，就去……哎，你有没有关注最近一个综艺里的那个弟弟，现在 C 位的。”

“你看上他了？”

“是啊，一看就是要大火的，而且长得真是……完全是我的菜。”

“你想定制一个？”定制是要买的。

“放心吧，这种大热产品，他们过几个月就会推出现货，我会预约，租一个。”

张扬无法理解米娜，或许是无法理解有钱人，她凉凉地说：“所以你现在彻底爬墙了？”

米娜嘻嘻一笑：“也没有啦，哥哥是我本命，这种小墙头玩玩而已啦，可惜柯禹被……”她发觉自己失言，顿时噤声。

“柯禹……被怎么了？”其实张扬已经知道了。

“呃……你也应该能猜到，热门产品嘛，柯禹已经被别人买走了，其实我还挺遗憾的。”

张扬感到心头一阵压抑。

“飞扬姐，你是不是难过了？”米娜安慰她道，“过段时间就好了，到时候我搞到那个小墙头，再送你玩儿几天嘛。”

“不用了。”张扬苦笑一声，忍不住问道，“你……你知道柯禹被谁买走了吗？”

“不知道啊，这是客户隐私。”

张扬早料到这样的答案，但还是很失望。

“不过……要打听也不是打听不出来。”

张扬呼吸一滞：“真……真的？”

“是啊，我爸……哎，我爸是谁不能告诉你，反正很有地位，他们都要巴结就是了，所以其实我想知道也是能知道的，不过我没多大兴趣，我建议你也别想了，跟咱们都没关系了。”

“我也不是非要知道他在哪里，我只想知道他过得好不好。”张扬轻声说，“听说有些主人，会虐待定制品。”

“是啊，变态多得是，听说专门有个俱乐部，还会互相换着玩儿呢。”

张扬顿时觉得揪心。柯禹到底过得好不好？如果他不好，那自己……

“总之你别深想了，这么贵的东西，其实大部分人还是很珍惜的，所以他应该过得不错。”

挂了电话，张扬心里满满的都是柯禹。

冷不丁地，头顶传来声音：“柯禹怎么了？”

张扬吓了一跳，扭头一看，柯尧不知何时站在自己身后。她身高只有一米六，身材单薄，离得这样近的柯尧就像一座山一样将她笼罩，令她一阵胆战，那是对体型比自己强壮的生物产生畏惧的本能。

柯尧低头看着张扬，眉头轻蹙着。

“你……你知道柯禹？”张扬惊讶道。

“柯禹是我弟弟。”

张扬拉着柯尧坐到沙发上，百感交集：“你怎么会记得柯禹？”

柯尧似乎觉得这个问题古怪，重复道：“他是我弟弟。”

“那你知道柯禹在哪里吗？”张扬明白过来了，重置不会抹去他们的基础记忆，否则他们就真变成傻子了，所以他当然记得跟自己一起长大的弟弟。

柯尧摇摇头：“我也想知道，我想他。”

张扬鼻头一酸，也不知道让她心痛的是柯禹，还是神色忧伤的柯尧。她安慰道：“他应该在新家，过着很好的生活。”

“像我现在这样吗？”

张扬环顾小出租屋，苦笑道：“肯定比你更好。”

“那就好。”柯尧微微一笑，“他好就好。”

张扬心中一动：“那柯舜呢？”

“柯舜也是我弟弟。”柯尧有些黯然，“柯舜也走了。”

“你知不知道，你为什么会有这些弟弟？”

“知道啊，我们是定制出来的。”柯尧坦然地说，“我们要为主人服务。”

张扬叹了口气：“那你经常看着兄弟姐妹离开，一定很难过吧？”

柯尧想了想：“其他人还好，但柯舜和柯禹，我们三个是一起长大的，我很想他们。飞扬，我还能见到他们吗？”

张扬心里更加难过了，她摇摇头：“我不知道。”

她真的不知道。

柯尧失落地低下了头。

张扬抱住了柯尧的脖子，她有些庆幸，至少有个人，能够跟她一起缅怀柯禹，就好像柯禹也活成了他们的一部分。

那二十万的窟窿就像悬在张扬头顶的铡刀，她日夜惊恐着会被斩首。

苦思几天，在排除了跟人借钱的可能性之后，她把主意打到了慈善机构上。

张扬当然知道公益慈善里有很多旁门左道。但这些她以前想都没想过，她从小就是个规规矩矩的女孩儿，没有那样的歪心和胆子，可现在却被逼得不得不动了这个心思。

她联系上机构的对接人，请对方吃饭。

席间，张扬故作镇定地提出要求。她措辞委婉，遮遮掩掩，其实已经露怯，然而对方显然早有经验，比她坦然得多，直接问她要多少。

张扬提出二十万，对方爽快地答应了，还告诉她怎样操作最安全，保证没有后顾之忧。

张扬心情复杂，有些后悔，后悔自己太老实，没有多要一些，毕竟她现在太缺钱。但她脸皮实在不够厚，而且心中有愧，那毕竟是给哥哥过生日的钱，她这么做，真的没脸面对哥哥。

她心里不停地给盛世道歉，发誓一辈子都要守护盛世，来弥补自己犯下的错。

第十三章

张扬每天都很累，“累”好像成了她现阶段最大的情绪和感受。

她每天要花三个小时在上下班的路上。为了省钱，她从连锁超市降级到本土超市，再从本土超市降级到菜市场。每天中午她不敢再随便叫外卖，老老实实吃早已经吃腻了的单位食堂。以前固定的一些开支，比如护肤品、衣服、聚餐、电影，现在咬咬牙都能省则省。为了不让柯尧每天中午都吃泡面，有时候她要提前一天准备好早午饭。回到家，她还要做家务和给柯尧上课。

柯尧确实每一天都有进步，可是离成为一个正常人，不，哪怕是柯禹那样的人，都还有很长的距离。

他学会了煮面、煮饭、炒几样简单的菜和使用微波炉，也会扫地和刷碗，还会看电视，但他依然像个只能接受单机指令的机器人，一个巨婴，张扬教他什么，他就记得什么，没有反馈、没有变通、没有举一反三。张扬时常被气得有火发不出。

张扬完全遵照说明书在循序渐进地教，可是太慢了，真的太慢了。她无法理解，这样像带孩子一样辛苦教出来的，怎么会有人舍得主动

把他重置？但她又很快想通了，那些人，比如米娜，不过想要一个玩具，而她想要一个终身伴侣。

可是，目前为止，柯尧就算做玩具也是不合格的。他毫无经验，哪里像柯禹会主动、会讨好、会调情。

更无奈的是，她还没法跟柯尧沟通，因为柯尧根本听不懂。

有时候她真的很想给米娜打电话讨教讨教。

当然，她也只敢想想。她虽然偶有抱怨和不满，但再累再失望，看看柯尧的脸，看看那双无辜又全心信赖着她的眼睛，就能平复自己的心情。

她总安慰自己，至少现在没有外债的压力，一切都会渐渐好起来。

张扬现实中的生活过成这样，放在网上的精力自然就少了，有一天张扬猛地发现，自己已经好长一段时间没有写段子、修照片或者剪视频了，而她在粉圈的人气都来自这点小才能。当然，这也跟上次的筹款风波有关，蘑菇要她这段时间低调，等哥哥过完生日再蹦跶。

而且，张扬虽然不想承认，但不得不承认，自从有了柯尧，她对盛世的那种狂热确实冷却了一些，毕竟，求而不得才是追求的第一原动力。

这样的想法令张扬不禁心生内疚。盛世的生日马上到了，她更是全情投入，抓紧一切时间忙活应援。

盛世生日当天，粉丝们都欢天喜地地发微博，原本平凡的一天被赋予了特殊的记忆，凡是粉丝聚集的社交平台都被这场空前浩大的生日应援刷屏。

应援的花样层出不穷，举凡种种，令人咋舌，成就这一切的是粉丝的爱和钱，还有背后无数人的执行力。

除了粉丝贡献，各路合作商家自然不会放过这样的热度，各出奇招，众星捧月。

这场生日应援夸张到路人都觉得疯狂，豪气到别家粉丝纷纷泛酸，传说中三四千万的募资更是几乎可以载入吉尼斯纪录。身为盛世的粉丝，自然面上有光，犹如站在峰顶俯览众山小，每一个细胞都散发着骄傲。

盛世由于在剧组拍戏，没有办生日会，但晚上发了感谢视频。

视频里的男人俊美无匹，眉梢都带着发光的神采。是啊，他过了一个也许是世界上最奢侈的生日，理应如此春风得意。他得意，张扬就得意，内心就感到无比荣耀，无比澎湃。

看啊，这个男人是怎样的天骄啊，他什么都有，他什么都完美，还有这么多人爱他。他能有这一切，因为他值得，也因为她们愿意。他被她们拥上神坛顶礼膜拜，他目下无尘而她们也眼高于顶。爱上他的她们，就是世界上最有品位、最值得骄傲的人。

正当张扬激动地用眼神描摹盛世的笑容，背后突然传来一点响动，将她的思绪从手机里拽了出来，她回头一看，身体有一丝僵硬。

柯尧正一屁股坐到沙发上，打开了电视。他穿着的是张扬从超市买的睡衣，洗了一次后有点缩水，当他屈起一条长腿放到沙发上，另一条腿的裤脚直接提到了小腿，上衣领口松垮变形，头发也软趴趴地垂着。

若是单看柯尧，分明是个慵懒的大帅哥，可张扬的眼睛刚从盛世转到柯尧，突然有些不适应。

明明是一模一样的脸，一模一样的身材，可是，就是不一样，一个光鲜，一个暗沉。

张扬心里梗了一下。

她本应该高兴的，在盛世生日的这一天，她无法陪伴真正的盛世，但她有柯尧，她比这个世界上任何一个爱盛世而不得的女人都幸运，她甚至准备了蛋糕，打算给柯尧庆生。

可此时她心里说不上什么滋味儿。

张扬挥去这种难以形容的情绪，叫了一声：“哥哥。”

“嗯。”柯尧没有看她，眼睛直盯着电视里的动画片，看得津津有味。

“你去换套衣服。”

“嗯。”

张扬皱了皱眉：“哥哥！”

柯尧这才转过脸来：“啊？”

“你来。”

张扬进屋，从衣柜里拿出公司赠送的衣服——那套偶像剧的造型。

柯尧听话地换上了衣服。

张扬看了看柯尧，还是不太满意，衣服是穿上了，但发型不对。由于不能带柯尧去理发店，她只能自己动手，剪出来自然是没型没层次，她把盛世拉到浴室，用发胶给他抓了抓头发，出来的发型可以说完全在靠脸撑着。

张扬也没法要求太多，她拉住柯尧的手，笑着说：“今天是哥哥的生日，我们一起庆生吧。”

柯尧疑惑道：“今天不是我生日。”

张扬愣了一下。

“我的生日是 7 月 12 号。”

张扬不希望他破坏气氛：“我说今天就今天。”

柯尧迟疑了一下，乖巧地点头：“好。”

张扬把生日蛋糕拿出来，点上蜡烛，兴奋地说：“等下我把灯关上，你就许个愿。”

“什么是许愿？”

“就是说出三件你希望发生的事情。”

柯尧点点头，坐在了凳子上。

张扬走到门口去关灯，灯光熄灭的一刹那，她看到柯尧因为坐姿而微微露出的腰线，茫然地想，柯尧是不是胖了点？

柯尧盯着蛋糕，诚恳地说：“第一，希望可以见到弟弟。第二，希望可以吃薯片。第三，希望可以去超市。”

这三个愿望听得张扬又心酸又好笑。

柯尧转头看她：“可以吗？”

“……可以，把蜡烛吹灭吧。”

张扬打开了灯，摸了摸柯尧的头，柔声说：“哥哥很想去逛超市吗？”

柯尧点点头：“可以出去。”

“我以后会尽量带你出去，但是你也知道，你的脸不可以给别人看到。”

“我知道。”

张扬心里难受起来，也许她比柯尧更希望他可以袒露在阳光下，她幻想，如果今天，在这个全世界都瞩目着盛世的今天，她发一张自己和“盛世”亲密相拥的照片，她也会成为世界的中心、舆论的焦点。可她也只敢想想而已。

真憋屈啊，就像自己拥有了顶级的财富、地位、美貌，可没人知道，她只能孤芳自赏，那又有什么意义呢。

张扬突然觉得索然无味，她草草吃了蛋糕，就打发柯尧去睡觉了，自己窝在沙发里，捧着手机看这个小小盒子里的热闹，盛世的热闹，这热闹像光一样照进她心里。

突然，她发现盛世微博底下的一条评论由于回复数很多被顶了上来，是岳晨光发的：哥，生日快乐。

张扬翻了个白眼，一打开微信群，发现大家都在吐槽。

粉丝 A：又来蹭热度了。

粉丝 B：太恶心了，他真的是不蹭热度会死，哥哥都已经尽量避着他了，都已经一年没有同框了。

粉丝 C：就是因为哥哥避着他，他才要往上贴啊，不然他早就查无此人了。

粉丝 D：要不要做点什么啊。

蘑菇：今天不要了，今天哥哥生日，闹起来给路人观感不好，大家克制点。

粉丝 A：听蘑菇姐的。

粉丝 D：哈哈你们说他发这条评论的时候，是不是一边装云淡风轻，一边嫉妒得要吐血，他八百年也不可能有这样的排面。

粉丝 E：是啊，而且马上也到他生日了，没有对比就没有伤害。

粉丝 C：我希望无论是哥哥生日还是他生日，都不要有双担粉在我面前嘚瑟，不然我真的会发飙。

粉丝 B：那条评论下面已经在喊话了，你最好不要点开。

粉丝 D：他们哪里长眼的，路人都看得出来哥哥不愿意被倒贴，他们还是没眼力见儿。

下面一排附和。

可是没多久，群里就沉默了，张扬也沉默了，因为她发现盛世回复了岳晨光。

在岳晨光发了评论不到一个小时的时间里，就回复了他。

虽然只有短短三个字：谢谢哈。

张扬一瞬间脸上充血，感觉被人扇了一耳光。

群里有人说：为什么要回复他呀……

马上有人打圆场：那么多明星祝福，哥哥都回了呀，正常的礼貌而已。

那人还在纠结：其实也不用回这么快吧……

蘑菇也出来说话了：礼貌而已，不回不是落人话柄？

那人还不依不饶：那下周他生日，哥哥也要给祝福？

蘑菇：不要发散好吧，成年人礼尚往来啊，哥哥那么绅士，不会当众给人难堪的。

另一人附和：就是啊，礼尚往来而已。

那人还在争辩：我发散吗？哪怕晚点回也好吧，不至于不到一个小时就回吧，看下面双担粉嘚瑟成什么样，路人以为是哥哥过生日还是双担粉过年啊。

蘑菇语气很不好：行了，是他自己倒贴，哥哥有什么办法，都说了不要发散，专注应援，不要再说了。

那人不说话了。

群里很快有人起了别的话头。

大家都知道这是基本礼仪，可是这个群里都是唯粉，只喜欢盛世一个人，自然不痛快。

他们跟岳晨光的粉丝互相看不惯，已经到了你死我活、不共戴天的地步，就是希望盛世不要被双担兄弟粉捆绑，不要被岳晨光利用蹭热度。那部刑侦剧播出时，两人配合剧方炒作了一波，播完之后的一年里无互动、无同台、无同框。但是，岳晨光的公司见天发通稿和软文捆绑，吸到了很多双担粉，这种行为让盛世的唯粉十分不满，弃岳晨光如敝屣。

张扬跟所有唯粉一样，认为她们在保护盛世，而盛世也懂她们、理解她们，并坚定地跟她们站在一起，坚决不给岳晨光一点流量。

可是今天，在粉丝燃烧自己为盛世发光发热的生日盛筵上，盛世却回复岳晨光的生日祝福，让双担粉狂欢，让唯粉脸疼。

张扬心里难受，她理解盛世，因为礼貌，因为客套，说不定还因为有商家希望他配合，但她还是失望，还是难受。

哪怕盛世晚几个小时再回呢?

这次的事在张扬看来是盛世的团队有问题，艺人的社交媒体本来就应该由公关团队把关，她怎么都不会怪到盛世本人头上，所以也没有料想到，这件事会掀起怎样的风暴。

第十四章

第二天放假，张扬带着柯尧出去玩了一天。

柯尧的生日愿望听来实在令人心酸，谁受得了成天憋在家里呢。

张扬给柯尧买了好几袋薯片，还带他第一次喝了奶茶、吃了火锅，他没有被遮挡的下半张脸被大大的笑容占据，看什么都好奇，做什么都开心，雀跃得像个小孩子。

张扬也很开心，她还发现带柯尧接触不同的环境，对他的“成长”很有利，这一天他吸收的知识，赶上自己费劲地教上一个礼拜。

当两人走过步行街时，柯尧突然顿住脚步，看向广场上的大型LED广告屏。

张扬也顺着他的目光看去，上面正在放的竟然是盛世的广告。她顿时有些紧张。柯尧知道自己是盛世的仿真体，但不明白仿真的意义，也不会觉得不妥，更不会有人告诉他。

在柯尧的世界里，一切本该如此。

可是随着知识的增长，仿真人早晚会质疑，所以需要不定期进行重置。

“盛世……”柯尧喃喃道。

“你对盛世，是什么看法呢？”张扬小心翼翼地问。

“他也许是我的哥哥吧。”柯尧说。

张扬愣了一下：“你为什么会这么想？”

“他跟我长得一模一样，但是我不认识他，那他就是在我之前出生的。”柯尧一副有理有据的样子。

“呃……也许吧。”张扬无法跟柯尧解释仿真这么复杂的东西，就算能，她也不会解释。

“好奇怪呀。”柯尧又说。

“什么奇怪？”

柯尧喃喃说道：“盛世和我和柯舜，都长得一模一样，但柯禹就跟我们不太一样，后来出生的几个弟弟就更不太一样，好奇怪呀。”

张扬一惊：“柯舜，和你长得一样？”

“嗯。”

“他也是百分之……”张扬顿时直冒冷汗，公司到底制造了几个100% 的定制品？又把他们都卖给了谁？

“飞扬。”柯尧用一种困惑的、失落的口吻问道，“为什么盛世可以让这么多人看到，我却不能被你以外的人看到呢？”

张扬心脏一紧，酸酸涩涩的，她抿着唇，不知如何作答。

是啊，很不公平，对柯尧很不公平，对盛世也很不公平，仿真人的存在，就是一出人为的悲剧。

回到家后，柯尧还在细数他今天吃到的新东西、学到的新知识，比平日活泼很多。张扬虽然有心想多带他出门，可今天出去一趟就花了四百多块钱，实在肉疼。

她洗了个澡，爬上了床，才有空看手机，也才发现下午群里吵了起来，有人退群了。引起争执和退群的，正是昨天那个对盛世回复岳晨光的生日祝福极为不满的大粉，她的网名叫饼干，是专门跑前线出图的一个叫盛王府的粉丝站的负责人，曾经在微博上晒过自己总价超过二十万人民币的摄影装备。

信息刷得太多，张扬懒得看，直接转去小群问细节。

耳关：还能怎么回事，玻璃心了呗。

静依依：她在微博上开骂，被双担粉针对了一天，然后蘑菇又要她先不要出头了，她就炸了，吵起来了。

张扬：……

耳关：又不是哥哥的错，哥哥的微博是有团队打理的吧。

静依依：是团队也很恶心就是了。

张扬：确实恶心，有点理解她，但是也没必要炸吧。

耳关：都是那帮家伙的错。

耳关：太有心机了，还说台词。

张扬：什么台词？

耳关：你不知道吗？那句“哥，生日快乐”是剧里的台词啊。

这么一说，张扬似乎有了点印象。她并没有关注盛世和岳晨光的互动，而且剧播了没几集，她们就开始提醒粉丝不要过多关注岳晨光了，以免有人用来炒作，岳晨光出场她都厌恶到快进，哪里会记得台词。

静依依：这句台词紧跟着的剧情就是兄弟修罗场，在同人里很有名，难怪双担粉发疯，吐了！

张扬也怒了：心机婊，绝世心机婊。

耳关：婊气冲天，人能不要脸到这个份儿上，也算本事。

张扬越来越能理解饼干的愤怒，不过也觉得她有点儿过了。

她特意去微博看了看，饼干在自己的小号怒刷了好多条，昨天还比较克制，今天开始口无遮拦，看来真是气得不轻。

她跟饼干不熟，也就没多关注。可是第二天醒来，她就在群里看到有人说，饼干脱粉回踩了。

饼干用盛王府这个六十万粉的大号，发了一个长长的声明，说明自己对盛世及其团队长期以来累积的失望。因为她跑前线，见过团队和盛世本人的次数非常非常多，知道很多秘密，这个声明顿时在粉圈里引起不小的震荡。

声明中，她提及盛世团队如何联合大粉操控粉丝，工作人员如何收礼收钱出卖情报，后援会和几个大站如何割粉丝韭菜赚得钵满盆满，以及盛世如何私联粉丝、在剧组勾搭女演员。

到了声明的后半部分，饼干又开始提自己和粉丝的付出。她说她的出租屋里至今堆着一百本盛世的杂志，当卫生纸都没人要；说她一次买了五十箱盛世代言的饮料到处送人，同事背后都笑话她有毛病；说她花呗和白条欠了七万多还不上，还为了给盛世过生日掏空口袋，这个月吃饭都成问题，一切都是为了给盛世最大的排面。而盛世却在四十六分钟之内回复岳晨光别有用心的生日祝福，让双担粉狂欢，狠狠扇她们唯粉的脸，说盛世但凡晾岳晨光几个小时再回，她都不会伤透心。

那条微博的转评赞数量疯涨，很快上了热搜。微博下有骂的、有劝删的、有附和的、有吃瓜的，混乱不堪。

张扬气得饭都吃不下了，有些料她也听过，多半半真半假的，让她一时不知道该不该信，但关于抹黑盛世的言论她是绝对不会轻信。她恨这个人，脱粉就算了，为什么要回踩，根本是疯了。

群里有人去劝了饼干，可惜铩羽而归——饼干是真的不打算留情面了。

接下来的两天，饼干发的每一条微博都堪称重锤，她晒出几十张盛世未修过的照片，尽管盛世真的是顶级帅哥，但也难免有状态不好、角度刁钻的时候，这些对真爱粉倒是没什么冲击，但给黑粉和路人提供了嘲讽的物料。

她又晒出一些针对盛世本人和团队的料的佐证，这些料似是而非，说是真的有可能，说是假的也有理有据，它们在黑粉眼里是实锤，在路人眼里是香瓜，在粉丝眼里却统统是谣言。

盛世粉丝一时间倾巢而出，到处举报控评辟谣一条龙，微博上闹翻了天。

晚些时候，饼干又抖猛料，说前段时间闹得沸沸扬扬的米娜“人肉”事件和后面的反转，都是盛世的大粉干的，并拿出了蘑菇在小群的聊天记录，怎么发动“人肉”搜索，怎么煽动粉丝，怎么带节奏制止“人肉”行为、甩锅黑粉，清清楚楚。

很快地，职业黑更是发了盛世粉丝这三年以来的违法和网络暴力行为。

前几天国家刚刚出台了网络管理新政策，在这个时候闹得沸沸扬扬，简直是往枪口上送。

张扬不停地接收群里的命令，又传达给自己管理的群的成员，同时在微博上奔走疾呼，组织粉丝辟谣，争取路人印象，但事态一时很难平息。

盛世工作室发出声明，坚决反对网络暴力、“人肉”搜索，呼吁共同净化网络生态，同时谴责对盛世团队和盛世本人的造谣，保留诉诸法律的权利。

原则上来说，只要没拍到明星和人牵手、接吻这种实得不能再实的锤，粉丝都有办法洗，何况饼干爆的盛世的料还不够分量。而其他的都是粉丝自发行为。到目前为止，这场风波还停留在盛世粉丝的层面。

可是盛王府这个微博，一夕间从盛世前线美图集散地，变成了盛世黑料集散地，饼干发完自己的锤，开始发别人的爆料。

营销号也纷纷下场，明显是有竞争对手试图浑水摸鱼。

这样的场面，盛世的粉丝并不是第一次见，早在盛世刚爆红的时候，盛世的粉丝们就见证了一次大规模攻击。平日里盛世有新作、新动向的时候，更是大小纷争不断。粉丝们对此习以为常，这是每个顶级流量通往王座的荆棘之路，她们愿意为了偶像披荆斩棘。目前为止，她们也都有着必胜的决心，毕竟这一波虐粉，犹如给她们注了鸡血。

张扬两天只睡了不到四个小时，上班的时候也在偷偷刷手机。她心疼盛世心疼得不行，不明白为什么他那样完美的人要遭遇这些。

然而，谁都没有料到，这场风波最终失控了，失控于一个微博关注者为个位数的小粉丝。

该粉丝发了一条求救微博，@了很多大V。她声称自己是一名大一学生，高中时就是盛世的粉丝，因为欠下的两千块钱校园贷如今滚成了三十六万，追债信息在校园和亲朋好友间流传，家在农村的父母被气得住院，她走投无路想自杀。而她欠下高利贷的原因，是为了买盛世的杂志。

她说盛世粉群内等级制度森严，以贡献论奖罚，她唯一的心愿就是能见盛世一面，可她没钱也没才，只能做最底层的免费水军，不到三年的时间里发了五十多万条微博，全是为盛世转发做数据。每到需要为盛世打榜、增加销量的时候，大粉就会在群内呼吁大家出钱，很多没有经济来源的学生就去跟父母要，或者借，也有像饼干那样超支信用额度的。她们家一年收入只有四万块钱，她没有其他办法，消费低，也没有多少额度，就只能从生活费里省，省不出来了，又看着别人都出钱自己羞愧，就一时冲动去借了网贷，从此滑入了深渊。

她现在醒悟了，悔不当初，想要自救，也想警醒更多年纪小的粉丝，千万不要为了追星把自己逼上绝路。

这一事件，无异于深水炸弹，在本就狂风骤雨的海面上又掀起滔天巨浪，它直接指向了更不能碰的禁区——非法筹款——在盛世三天前刚刚过完一个奢靡浩大的生日之后。

其实筹款在粉圈不是新鲜事，只是别家没有盛世的粉丝这么可怕

的聚财能力，明星本人也没有盛世那样大的关注度和“仇恨值”。

饼干马上就得到爆料，发出联动证据，证明那位大学生所言非虚，有很多截图显示大粉在煽动、诱导粉丝花钱，要求她们没有钱就去借贷，而这些大粉都跟工作室有着千丝万缕的联系，其中必然有工作室授意。

张扬看到这个消息的时候，心脏都要停跳了。

前两天她只是愤怒，这回她怕了。

她毕竟在国企干了多年，觉悟比那些没见过世面的小孩儿高多了，知道什么能碰什么不能碰。她当然知道非法筹款的严重性，但这个不好定义，粉丝筹款行为，属于民不举官不究，也因为人数实在太多了管不过来。可一旦捅开了，涉案金额巨大和社会影响力巨大这两个点，就足够被立典型，到时候盛世的星途一定会受影响。

果不其然，事态很快失控，网民矛头直指盛世工作室及其本人，各个大粉也都被声讨，报警和举报的人更是不在少数。

第二天，陆续有主流媒体报道或发表社评，一律是批判的态度，反思流量偶像和粉丝群体的种种负面行为。

盛世的粉丝平时在圈内撒豆成兵、所向披靡，以庞大的数量优势碾轧别家，从来没吃过亏，习惯了在粉圈一手遮天，渐渐就忘了天外有天。在真正庞大的舆论风浪下，盛世的粉丝们成了水中孤舟，倾覆也在旦夕之间，更遑论反击。

当第一个官方媒体开始发声时，张扬心中紧绷的那根弦断了。

第十五章

事态日趋严重，盛世及其团队遭到了各界的抨击讨伐，引起一切争端的粉丝自然也成了人人喊打的过街老鼠。

她们原本以为自己的声音很大很大，大到整个世界都能听到，一如盛世被整个世界看到。可在舆论的洪流下，她们才发现自己的声音其实很小很小，小到一个浪潮过来就被席卷而去，独留盛世搁浅在沙滩上暴晒。

是的，当那些惯用的手段失去作用后，最终被烈日烤灼的，只剩下了他们最爱、最想要守护的盛世。

——明明他没有做错任何事。

张扬这几天动不动就会哭，撕心裂肺地难受，在群里跟人抱团取暖、互相安慰，在各个社交媒体上还要一遍遍地辟谣、解释，却仍然无法阻止铺天盖地的指责与谩骂。她想着自己心里有多委屈，盛世只会更委屈，就心疼得要喘不上气。

就连在网上消失了一段时间的米娜都回来了，不但没有对蘑菇等人落井下石，还发微博力挺盛世，以德报怨的姿态非常好看。那些从

前对她喊打喊杀、极尽辱骂的人，跟现在那些对她又夸又捧的人，不知道是不是同一批。

她也重新在四人群里说话了，还安慰起其他人。

耳关却并不买账，转头就在三人小群里说：她是来看我们笑话的吧。

耳关：或者就是缺存在感了，趁机吸粉。

张扬虽然也觉得米娜只是趁机出来找存在感，毕竟米娜这种爱炫耀的性格离不开群体的关注，但这时候雪中送炭不易，她还是心存感激的，于是她见耳关的话就越发觉得这人尖酸刻薄，便没有回复。

静依依显然跟她抱有一样的想法，委婉地说：这时候能支持哥哥也不是坏事吧。

耳关没再说话。

张扬听到厨房传来些动静，抬头一看，见柯尧正要起锅做饭，张口阻止道："别做了，我叫外卖。"

柯尧目前为止就会做四个菜，翻来覆去就那四个，张扬已经要吃吐了。其实以前柯禹会做的也有限，可她没吃过几顿，记忆里便只有柯禹亲手给她做饭的幸福感。

柯尧坐到张扬身边，轻声说："不要哭了。"

张扬抿了抿唇，小声抱怨道："你就不会说别的了吗？"

柯尧迟疑了一下："你饿吗？"

"饿呀，不然干吗叫外卖。"

"那我们吃饭，你不要哭了。"

“我都还没叫怎么吃！”张扬心中没由来地一阵烦躁，她以前难过的时候，柯禹会想各种方法安慰她，还会逗她笑。可柯尧什么都不会，只有翻来覆去的一句“别哭了”，去他的“别哭了”，她也不想哭，可不哭能让哥哥摆脱困境吗？

想到盛世，再看看近在眼前的那张与盛世一般无二的脸，张扬压下了火气，摸了摸柯尧的脸，放软声音：“你想吃什么？”

柯尧笑了笑：“你想吃什么我就想吃什么。”

张扬心中一阵酸楚，她坐到了柯尧腿上，寻求保护一般缩进他怀里，抽噎道：“你知不知道，哥哥正在被全网攻击。”

柯尧有些莫名其妙：“我被全网攻击？什么意思？”

“不是你，是……”张扬哑然，她想起是她要叫柯尧哥哥的，“我说的是盛世，我以后不叫你哥哥了，盛世才是哥哥。”

“……为什么？”

“没有为什么，盛世才是哥哥，我以后还是叫你的名字吧。”

柯尧难掩失落：“好。”

张扬也松了口气，相处得越久，她就越明白柯尧不是盛世，甚至不像盛世，除了那张脸，盛世的才华、盛世的温柔、盛世的幽默、盛世的男子气概、盛世的绅士风度，柯尧统统没有。

柯尧只有盛世的外壳。

她是喜欢柯尧的，可心中的失望与日俱增。

柯尧搂紧了张扬，闷闷地说：“你是不是不开心。”

“嗯。”

“那……我做什么你才会开心？”

张扬轻叹一声，她有很多话想说，很多要求想提，可一想到柯尧根本听不懂，就觉得没劲了，不愿浪费口舌了，毕竟她已经够累了：“你陪着我就好。”

点来外卖，两人沉默地吃了饭。

收拾餐盒的时候，柯尧突然说：“我可以有一个手机吗？”

张扬愣了一下：“你想要手机？”

柯尧点点头。

“为什么？”

“我看大家都有，你也总是看着手机。”

张扬想了想：“好，我给你买一个。”柯尧从电视里就汲取了不少知识，而手机更为丰富多彩，有了手机，柯尧就能尽快了解这个世界吧。

柯尧开心地说：“那你教我怎么用。”

张扬满脸疲倦：“改天吧，我还有事。”她现在把所有空余时间都贡献给了盛世，甚至从睡眠和工作里挤时间。盛世现在只有她们了，她们绝不能退缩。

越来越多的主流媒体和自媒体站出来剖析、批判影视圈乱象，逼得盛世工作室再次发声，否认操控大粉，反对非法筹款，呼吁理智追星，等等。但这声明被骂得狗血喷头，那奢靡的生日就在几天前，此时说什么都是狡辩。

曾经让盛世粉丝扬扬得意的战绩，如今成了令她们千夫所指的罪状。

风雨飘摇之际，盛世这尊灯塔也被拍打得摇摇将倾，不断有消息说他被解约了几个代言，已经录好的综艺、电视剧和电影也都将受到影响。张扬作为内围粉，知道有些消息纯是造谣，可有些消息是真的。

就在张扬每天的心情都处于阴云笼罩时，家里又出了事。

房东打来电话。

张扬看到来电显示就有些不想接，她自己租了房子，才明白租房人的心情：哪怕付得起房租，可见了房东总有种矮人一头的感觉。

电话接通，张扬还没来得及说一个字，就听那边气急败坏地大吼：“你赶紧回来，你男朋友把厨房烧了！”

张扬如遭雷击。

花了近一百块钱匆匆打车回到家，张扬远远看到自家窗户正往外冒黑烟，楼下停着一辆消防车。她吓得浑身发抖，尽管房东已经告诉她人没事，火势也没有蔓延出厨房，但她还是有种末日降临的感觉。

冲上楼，张扬一眼就看到站在门外的房东和柯尧，还有几个看热闹的邻居。

柯尧戴着口罩，像做错事的孩子一样缩在角落里，一言不发地听着房东对邻居抱怨。

一见张扬，房东就怒道：“你自己去看看厨房烧成什么样了，还好邻居帮忙灭了火，不然要出大事的！”

张扬跑进去一看，灶台周围都已经被烧得焦黑一片，橱柜也大半

不能看了。张扬感到浑身脱力，脚软得几乎站不住。

背后传来柯尧小心翼翼的声音：“飞扬，对不起。”

张扬猛地转过身，带着哭腔吼道：“你怎么搞的！”她一面后怕，一面气得七窍生烟，脑子里想的全是万一火势大了怎么办，万一伤了人怎么办，万一烧到邻居家怎么办，就算上面这些可怖的后果都没有出现，她还要想厨房烧了怎么办，房东会不会赶她走，她要赔偿多少钱。

这些问题每问自己一个，她都感觉自己要疯了。

柯尧低着头，一言不发。

“你到底干了什么把厨房烧起来了！我不是教过你怎么用煤气灶吗！”张扬气得推了柯尧一把，口不择言地骂道，“你怎么蠢成这样啊！”

柯尧依旧那么站着。

张扬用力抹掉眼泪，浑身都在发抖。

邻居劝道：“哎呀，人没事已经很好啦，不幸中的万幸了。”

房东道：“还不谢谢这大哥，人家用灭火器灭的火。”

“谢谢。”张扬两眼含泪，根本看不清人。

房东满脸愠色：“就不爱把房子租给你们这些北漂。”

“我……我是本地人。”

“学两口京片子就是本地人了？”

张扬抹掉眼泪，满心委屈却只能忍着：“我真的是……”

房东瞪了张扬一眼，那眼神显然在说“本地人又怎么样”。

是啊，本地人又怎么样，她主动放弃了自己的家，成为茫茫租房大军中的一员，看房东脸色，为房租发愁，省吃俭用讨生活。她原本可以不用过这种生活，她到底为什么会沦落到这个境地，就为了……

张扬的目光飘向了畏畏缩缩的柯尧。

就为了他吗？就为了他吗！

房东抬抬下巴：“进屋说。”

三人进了屋。

那房东平时倒也不是刻薄的人，但此时满心怒火，看什么都不顺眼，一进屋就数落：“都说了这里不能贴东西，这个窗户是有问题的你平时不要老开，这块墙是不是你弄脏的？”

张扬咬着嘴唇，她从来没有受过这样的羞辱，被一个不相干的人训得抬不起头。

“你知不知道着火有多危险？如果不是火及时灭了，烧到人怎么办，烧到邻居怎么办？我想想都害怕。到时候你们赔不起钱，就全是我的责任，你们是想害死我啊！”房东越说声量越大，最后又怒吼起来。

张扬嗫嚅着说：“对不起。”

房东怒瞪着她：“你说怎么办吧，我这装修才五六年，都是好材料。”

“我……我会赔的。”

房东突然瞪向柯尧：“厨房是你烧的，你半天连个屁都不放，一问三不知，什么都让你女朋友出面，你这……这算什么男人啊。”

张扬感觉脸上都在充血。

柯尧愣愣地看着房东，又看了看张扬，更加局促了。

“亏你长这么个大高个子，简直了。”

张扬突然觉得房东说得对。这个要靠她养着、什么都不懂、连沟

通都成问题、无法为她分担一丝一毫生活压力的人，确实不像男人，甚至不像一个正常的人。

可是这是她自己选的。

可是她没有想到这个选择会让她陷入这样的境地。

房东毫不掩饰嫌恶：“我也不跟你多说了，月底必须搬走，我不能把房子租给你们这种不负责任的人。装修费我也不跟你多要，五万吧，加上装修期间损失的房租，你给我五万五。”

张扬的视线变得模糊，眼前的一切都影影绰绰看不清晰，连日来经历的愤懑和绝望像一座山一般重压下来，令她几乎窒息。

第十六章

张扬低声下气求了很久，她这辈子甚至没有这样求过自己的父母。最后，房东勉强同意暂时不赶他们走，但钱却是一分不能少，厨房也要等他们退租之后再装修。

张扬根本拿不出五万五，先给了两万。距离发工资还有半个月，她口袋里只剩下五百多块钱。

房东走后，张扬失魂落魄地坐在一片狼藉的出租屋里，感觉自己陷入了一个无法醒来的噩梦。这段日子发生的一切都荒诞可怖，她挣扎着想要做些什么，想要自救，为什么却越陷越深？

她才二十五岁，往后漫长的人生会怎么样？以她的工资在大城市养两个人，就等于永远月光，永远存不下钱，甚至现在又欠了外债，她没有父母亲戚可以依靠，没有后路可以退，这辈子都这样了吗？只能拥有一个只够吃饱穿暖却没有娱乐、没有上升、没有体面、没有抗风险能力的人生。

短短几个月，她就变成了这样！

而始作俑者正蹑手蹑脚地靠过来，他摘下口罩，轻轻地说：“对

不起。”

“是我的错。”

“我，我想学着手机上看到的，给你做饭。”

“飞扬，我很害怕……”

张扬用布满血丝的眼睛盯着柯尧。

柯尧眼尾泛红，嘴唇微抿成一条缝，脸上有惶恐，有不安，还有讨好，他伸手想要抱张扬，却被张扬厌弃地推开，于是眼中的委屈更甚，像一只遭人抛弃的雏鸟。

“你知道什么是钱吗？”张扬咬着牙问。

“知道……”

“你不知道。”张扬打断他的话，“你不知道我为了带你回家花了多少钱，你不知道租这个房子花了多少钱，你不知道我每个月赚多少钱，你不知道你一把火烧了我多少钱。”她边说边抹泪，“你就是知道，也只是知道个数字，根本不知道这些数字代表什么。”

柯尧呆呆地望着张扬。

张扬看着这张自己深爱的脸，第一次觉得它面目可憎，她崩溃地低吼：“你不能出门，不能工作，衣食住行全是靠我赚钱，为什么连做个饭这么简单的事情你都能烧掉我八个月的工资！”

柯尧嗫嚅着：“对不起，我错了。”

张扬捂着脸大哭起来。

直到很晚，张扬的情绪才渐渐平复。她一言不发地去收拾厨房，把该扔的扔掉。灶台坏了，以后只能用电磁炉做饭，并且往后住在这里的每一天，她都要面对这个一半焦黑、残破的厨房，它会一遍遍地提醒自己这糟糕的居住环境，并帮她回忆今天发生的所有事。

收拾完，她煮了两碗泡面，对缩在沙发角落里的人说：“过来吃饭吧。”她的声音平静无波。

柯尧微微动了一下，才迟疑着走过来。

“灶台不能用了，以后做饭用电磁炉，电磁炉会用吧。”

“……会。”

张扬机械地咀嚼着：“他们今天有没有看到你的脸？”

“没有。”

“以后做饭要小心，锅要一直看着。”张扬想，电磁炉没有明火，过热还会自动断电，应该不会再有危险了吧。她已经没有力气生气了，她也知道责怪柯尧没有用，因为他不懂，他该死的什么都不懂。她现在满脑子都是怎么赚钱。

似乎心有灵犀，柯尧突然问：“我能赚钱吗？”

张扬看也没看他，嘲弄道：“你想怎么赚钱？”

“我不知道。”

“我也不知道。你不能出门，不能见人，什么工作都做不了。”张扬越说越感到绝望。

柯尧又沉默了。

张扬也懒得再说话，习惯性地打开微博，想看看公关公司这几天的洗白有没有发挥些作用。

结果，她在首页刷出了一张让她心率飙升的照片——米娜和柯禹的合照。

微博的内容是：我们很好啦，谢谢大家关心。

她一眼就能分辨出柯禹和柯尧的区别，照片上的人一定是柯禹。但她想不通米娜在干什么。

她翻了翻米娜之前的微博和评论，原来很多人问起她那个像盛世的大帅哥男友，居然有很多人开始憧憬她和柯禹的感情，还纷纷要求分享近况、照片。

米娜这种渴望活在舞台中心的人，要她低调简直要她命，于是就有了这条微博。

张扬忍不住盯着柯禹看，她好想念柯禹，真的好想，越是对柯尧失望，她就越惦念柯禹的好。如果是柯禹，就不会花光她所有的钱，就可以光明正大地出门，就可以跟她更好地沟通，将来也许还能出去工作，和她一起经营这个小家。

突然，张扬在照片上发现了什么，她连忙放大，视线落在米娜的手腕上——那是一条名牌手链。

张扬连忙切换到微信，翻找米娜的朋友圈，果然，上个月的一条朋友圈，米娜晒了去吉隆坡的“战绩”，有包包、衣服、首饰、彩妆、香熏等等，其中就有那条手链。

张扬心里咯噔一下。

难道这不是旧照？

这个时间，柯禹早就已经不知身在何处了，米娜怎么会跟他合影？

难道米娜又租了一个？或者……

张扬吃不下面了，她匆匆跑进卧室关上门，给米娜打电话。

“飞扬姐，怎么了。”米娜的声音懒洋洋的，背景音是舒缓的音乐。

张扬紧张地问：“你是不是见到柯禹了？”

“呃？”米娜猝不及防。

“你真的见到他了！”张扬激动地说，“什么时候，在哪儿？他不是已经被卖了吗！”

米娜迟疑道：“你怎么会知道？”

“我看到你的手链是上个月买的。”

米娜大叫一声：“你名侦探啊！”

张扬急道：“你到底是不是见到他了，是他吗？难道他回公司了？”

“是他，也不是他，他都不记得我了。”

“他在哪里？”张扬鼻子一酸，“那帮人是不是骗我，他不是被卖了吗？”

“没有骗你，确实卖了，只不过我认识买他的人。”米娜忙道，“我也是刚知道啊，我之前可没骗你。”

“那……他过得好吗？”

“还可以。”

张扬听出了米娜语气中的敷衍：“‘还可以’？不好吗？”

“也不是不好，哎，我不想让你知道的，大意了。”

“为什么？”

“因为你太认真了呀，你现在肯定会问我他在哪里，买他的人是

男女老少，说不定还要我带你去见他之类的。”

被米娜说中，张扬的脸一热。

“总之他过得还不错，你也不用多想了。”

“可是我真的想见他。”

“他不记得你了呀，你见他干吗？”

张扬苦笑道：“你说得对。”见来做什么呢，她之于柯禹，只是陌生人。她只是快要被现实压得喘不过气来，太想念她和柯禹度过的她一生最甜蜜的时光，她就像一个快要绝命于沙漠的人，只想品尝一滴甘露。

“就是嘛。对了，我现在做SPA的地方离你家很近，我请你吃夜宵啊。”

“我不住那儿了。”张扬说完有些后悔，拒绝米娜有的是借口，为什么偏偏要说实话？也许是那个“家”字刺激了她，她已经没有家了。

“为什么，那不是你父母的房子吗？不是离你上班的地方特别近吗？”

“我一直想改善环境，那房子毕竟旧了。”张扬含糊地说。

“那你现在住哪儿？我去接你，我太无聊了，正好想跟你吐槽网上那些破事儿。”

“太晚了吧，我明天还要上班。”

“才九点多哎。”

“我……住得很远，五环外，还是改天吧。”

米娜夸张地叫了一声：“你怎么搬那么远？”

张扬又敷衍了两句，挂了电话。

张扬想了很多赚钱的法子，此时却不好实施，她能额外生钱的副业多半和盛世挂钩，比如以前卖过的自制周边，可现在盛世正被千夫所指，粉圈内哀鸿遍野，根本不是时候。

于是她想到给人做财务代理。很多小公司或皮包公司雇会计不划算，但也要开票或报账，代理费一个月从几百到一两千不等，如果接上几个稳定的，也是笔可观的收入。

张扬在招聘软件上发广告，又联系上做这个的大学室友，室友很痛快，没几天就转了一个忙不过来的活儿给她，是个皮包公司，只是偶尔开一下票和做年报，一个月五百元。

日子已经一团糟了，可还要过下去。

盛世的情况还在恶化，虽然过了舆情高峰，热度在下降，可监察部门已经介入调查粉丝筹款的事情了。张扬也害怕，但想想比她们数额大的多了去了，她们做的还是公益，大家彼此安慰说不好取证，不用太担心。

张扬心中的天神在度劫，她身边的赝品也不好过。

自那次失火后，柯尧在家战战兢兢，生怕惹张扬生气。

张扬其实已经尽力克制自己的脾气，且发完火就会后悔，甚至想不通自己当时为什么会失控，可她确实对柯尧愈发没有耐心和宽容心。

理智上她不想怪柯尧，无论是如今拮据的窘境，还是生活上细碎的小事，她知道是自己咎由自取，可她就是控制不住，她觉得柯尧时常蠢到不可理喻，三岁小孩都知道的事情他却不知道。

可每次看着柯尧被她凶过之后可怜巴巴的样子，她又心疼自责。她仿佛把生理期过成了常态。后来她才明白，这一切都是因为没钱，当她不愁房租、不背债务的时候，她从来没有这么多的戾气。如今柯尧那张她明明喜欢得不得了的脸也不能让她平息，有时候甚至会让她更为光火。

在这样的环境下，柯尧也学会了察言观色，不知道这是本能激发的，还是因为他从手机里学到了很多。

张扬很后悔给柯尧手机，柯尧因为模仿视频做菜烧了厨房的事，让她气得想把那手机砸了。

而且，现在柯尧逐渐对玩手机上了瘾，有时候根本不理她，一味地玩手机，还时不时冒出一些让人听着直哆嗦的诡异表达。

有一天，张扬加班到很晚，到家快十点了。她一进屋，就看到吃剩的饭菜和用过的碗筷还在桌上放着，柯尧半躺在沙发上，跷着脚玩手机，头也不抬地说了句“回来了”。

张扬顿时心头火起：“你怎么不洗碗？”

“刚刚想休息一下再洗，然后就忘了。”柯尧还对着手机傻笑。

“那还不赶紧洗。”张扬又累又饿，情绪处于发怒的边缘。

“等一下，我看完……”

“马上去洗！”张扬叫道，“我跟你说过这样会招虫子。”

“哦。”柯尧不情不愿地站了起来，提了提松垮的睡裤，抓了抓乱蓬蓬的头发。

张扬冷冷地看着柯尧，突然发现柯尧好像有点……

“你……是不是胖了？”张扬走过去掀开柯尧的睡衣，猝不及防地看到了他肚子上那一圈赘肉。

她脑海里闪过盛世沟壑分明的八块腹肌。

柯尧低头看了看：“是吗？”他不甚在意地收拾碗筷，走进厨房。

张扬站在厨房门口，感觉浑身发冷。

那半边焦黑的残破厨房，轻易地在每天早上破坏掉她的心情，此时柯尧站在里面，更显空间逼仄。他依然穿着那套洗到泛白变形的超市睡衣，凌乱的头发软趴趴地贴着头皮，表情懒散得像没睡醒，唇边一圈青胡茬，脸颊上还有两颗痘，腹背都壮实了一圈。他弯着腰，以一种别扭的姿势在小水槽里洗着油腻腻的碗碟。

张扬清楚地记得，当柯尧第一天来到这个家的时候，他一身精致的造型，犹如一枚价值连城的钻石被放在了杂货铺。可现在，离开了奢美的华服，离开了昂贵的妆发，离开了精心的保养，钻石蒙尘，与杂货铺竟然越来越相融。

从什么时候开始，张扬不再觉得柯尧与这个廉价的出租屋格格不入？她现在觉得柯尧就属于这里，也只能属于这里。因为他不是盛世，他只是一个定制品而已。

张扬倒吸一口气，突然觉得自己不能承受这样的画面。

她花了六百万，她付出了所有，究竟得到了什么？

一个电话突然将她的神智拽回现实，她几乎逃命似的远离厨房，

去接了米娜的电话。

米娜开门见山地问：“你为什么卖房子？”这一句是质问的语气。

张扬皱眉：“我说了……”

“你不要再骗我了，你居然瞒了我这么久！”米娜的声音甚至有些歇斯底里，“飞扬你是不是疯了！”

第十七章

“你们就住这种地方？”米娜环顾贴满劣质小广告的电梯厢，语气称不上嘲讽，更多的是不解。

张扬没有接话，但脸色很不好。米娜比她想象中聪明，听说她卖了房子就起了疑心，从公司那里查出她买了柯尧，一定要来看看。

自从张扬帮米娜求情，摆平了被网爆的事，米娜对张扬一直心存感激，而张扬也因为柯禹觉得欠了米娜点什么，因此再不情愿也无法拒绝。

况且，一个人心中压了太多苦楚，会渴求一个发泄的途径，哪怕只是抱怨，而米娜居然成了她唯一能够倾诉的对象。

米娜拧着的眉毛直到见到柯尧的那一刻才舒展开来，她目光灼灼，看起来心情复杂。

张扬特意让柯尧换了衣服，虽然柯尧的状态大不如从前，但身高脸蛋俱在，依然很能唬人。

“我在公司见过他一次，真没想到你会……”

张扬不知该做何表情，她很难堪，像是被人当众拆穿了最可耻的秘密。是啊，她也觉得自己荒唐、疯狂，脑子有病，可她已经做了。

“你是谁？”柯尧好奇又有些欣喜地看着米娜，来到这里以后，米娜是除了张扬外他第一个也是唯一能以真面目相示的人。

“我叫米娜。”米娜今天化了很漂亮的妆，笑容也甜得恰到好处，还带一点娇嗔，“你叫我娜娜吧。”

“娜娜。”柯尧笑着说，“你好。”

“天哪，真的好像。”米娜发出惊喜的呼声，“我第一次见你的时候，就惊呆了。”

“我们以前见过？”

“见过，只是你不记得了。”米娜围着柯尧转了一圈，对张扬说：“他的头发是不是好久没打理过了，也没做皮肤管理？”

张扬淡淡地说：“没钱。”

米娜摇了摇头，突然注意到厨房的异状：“妈呀，你家厨房怎么了？”

张扬面无表情地说：“他做菜的时候烧的。”

柯尧闻言低下了头。

米娜似乎冷静了下来：“飞扬姐，咱们单独聊两句。”

“你进卧室吧。”张扬对柯尧说。

米娜看着那焦黑的半边厨房，喟叹一声：“我真不知道说你什么好了，你做了一件大错特错的事，你知道吗？”

张扬抿了抿唇：“还好吧，我们现在过得挺好的。”

“这叫挺好的？”米娜摊了摊手，脸上的嫌弃都不再掩饰。

“我以前的家比这还旧呢。”

“你跟我嘴硬什么呀，冷暖自知。”

张扬羞恼道：“那跟你也没关系。”

“怎么就跟我没关系了？”米娜也拔高了音量，“虽然是你自己犯蠢，但如果我一开始不把柯禹借给你，不告诉你那些，你也不至于沦落到这个地步。”

张扬的头不堪重负地低了下去，心一缩一缩地难受。

米娜无奈道：“难道你签合同之前，不知道相似度100%的定制品是永远没法见人的吗？”

“知道。”

“所以他根本不是普通人负担得起的。而且长期跟一个这样的人相处，真的能把人气疯了，所以我才说租就好，千万别买。”

“我以为……”张扬小声说，“我以为他会像柯禹一样。”

“我调教柯禹的本事，那是积累了前面两次经验换来的，完全是把他以跟女人谈恋爱为目的来教，到你手里的时候早就是个半成品了，你当然觉得他好了。”米娜恼火地说，“会哄人，会做饭，会调情，哪哪都好，那都是老娘教出来的。他刚来的时候连窗户都不会开，跟个弱智似的，一个成年男人的内在却是三岁小孩，谁受得了？你现在体会到了吧。”

张扬听得大脑发涨。

“即便调教过了，还是只能做最基础的沟通，像条狗一样给一个指令回一个反应。只要相处上一段时间，他们的问题就会暴露得越来越多，

正常人是没法跟他们谈感情的。你会喜欢柯禹，只不过是因为你还没来得及发现。”米娜看了一眼卧室门，讽刺道，“现在你发现了吧。”

张扬被堵得哑口无言，她瞪着米娜，好半天才开口：“现在说这些有什么用，还有，我对柯禹，没你想的那么浅薄，我是真的喜欢他，如果不是他们不遵守约定，把柯禹卖了，我也不会一时冲动就……”她以为她喜欢柯禹，就会更喜欢更像盛世的柯尧，只有柯尧可以弥补她内心的空洞，现在却发现，她可能错了。

米娜笃定地说：“你真的不适合养定制品，不是钱的问题，你心态不对。你当个宠物养就没事，你真心喜欢就会出问题。除了我说的那些，慢慢地，他们会开始生出自我意识，像小孩子一样，会开始偷偷反抗你，会有各种各样的情绪，会越来越不好控制，这时候你就需要重置，可重置他就又变成弱智，还忘了你，一切重来，这些你想过吗？”

张扬一张脸白得跟墙漆一样：“行了，别说了，反正是我自己的事。”她口气愈冷，“我真的不需要你操心。”

米娜冷哼一声：“对，都这样了，反悔也不可能了，我只是给你提个醒，你以后要面对的困难还有很多。你……哎，算了，你变成这样我也有一定责任，能帮的我会帮你。”

张扬嗫嚅道：“谢谢。”

“我帮你调教调教他怎么样？”米娜抄手坐在沙发的一头，饶有兴味地又看了一眼卧室门。

张扬惊讶地抬起头，立刻明白米娜的意思，她断然拒绝：“不行。”

米娜皱起眉：“你不会这么小气吧，而且我教定制品的效率可比你高多了。”

“不好意思，真的不行。”

“我也把柯禹借给你过啊。”米娜不爽道。

“我知道，但是……”张扬咬了咬嘴唇，“米娜，你把他们当玩具，我不是，柯尧是我的……我的男朋友，我不能把我男朋友借给你。”

米娜翻了个大大的白眼：“你真没救了。”

张扬脸上发烫，口气也因为心虚而变得卑微：“抱歉。”

米娜不甘心地说：“我付你钱。你现在很缺钱吧？”

张扬一愣，愠怒道：“不是钱的问题！”她不想承认，可在那一瞬间，她确实心动了。没错，她缺钱，很缺钱，如果有钱，大概可以解决她眼下极大多数的不如意，一切也许就会好起来。

可她怎么能为了钱把柯尧卖了。

米娜撇撇嘴：“我在公司第一次见他的时候，真的很想把他带回家，所以我稍微能理解你当时的冲动，但我还是有理智的，而且按照规定100%相似度的也不能交易，你这个属于特殊情况。飞扬姐，我可以帮你教他，还可以给你钱，你就当满足我一个心愿吧，我真的很想和跟哥哥完全一样的男人相处一次。”

张扬的眼睛都红了：“你够了，米娜，我已经说了，他对我来说不是玩具，不是宠物，我买他是真的打算共度一生的。”

米娜微微挑眉：“好吧。”

张扬刚松了一口气，米娜又笑着说：“那如果，作为交换，我带你去见柯禹呢？”

张扬看着镜子里的自己，内心深处阵阵感慨。

她穿着米娜的小礼服裙，妆容干净精致，发型大气优雅，气质简直是脱胎换骨，仿佛有一只妙手将她从贫民窟一下子拽到了比弗利山庄。脱了这身衣服，她就是天天挤地铁的上班族；穿上这身衣服，她就能够以假乱真地冒充富家小姐。

她从来不知道自己也可以这么好看。

米娜要带她去一个派对，一个可以见到柯禹的派对。

是的，她妥协了，在反复纠结和自我厌弃后，她还是抵抗不住想要见柯禹的渴望，她曾经为了再见到柯禹而挪用公款，为了带柯禹回家而卖房子，现在为了柯禹而出卖柯尧，似乎在她的斑斑劣迹中也不算什么了。

不过，她心中跳跃着的兴奋的火苗，在路上被米娜一捧一捧的冷水浇熄了。米娜反复强调，不管什么情况她都要接受，可她追问细节，米娜却不肯说，让她自己看。

车开了很久，一直开上了山，远处出现一座隐藏在山中的庄园。

树影深深的盘山路，掩映于山林间的法式豪宅，雕花大铁门，以天使喷泉为中心的小广场，以及庄园前停着的一辆辆豪车。这被镌刻了“上流社会”标签的画面，张扬只在电视里见过。

“这是一个私人会所，定期举办派对，用来招待一些达官显贵。”米娜递给张扬一个半脸面具，“在人前都要戴着面具，少说话。”

张扬呼吸急促，难抑心跳，不仅仅是因为她即将进入一个令她自惭的环境，还因为她心中愈发浓烈的不祥预感。

下了车，穿着燕尾服、戴着面具和白手套的侍者已经候在一旁，米娜递上邀请函，两人被领入豪宅。

一踏入主厅，一阵清冽的高级香味扑鼻而入，现场演奏的乐曲熨帖着人的耳膜，四周皆是衣香鬓影，觥筹交错，张扬眼前仿佛闪现灿灿金光——那大约是钱的光芒。

她努力挺起胸膛，让自己不露怯，可还是感到茫然无措。

宾客们和侍者们脸上都罩着面具，而没有面具的，无一不是令人惊艳的俊男美女。张扬尽管早有准备，依然惊呆了，因为她看到了好多熟悉的面孔，不光有国内娱乐圈的明星们，还有国外的！

张扬隐约明白了什么。

很快地，这一整幅奢靡的大画面中的一个个拼图块，证实了她的猜想。

她看到一个有名的女艺人，穿着暴露地坐在一个男人腿上喝酒谈笑。

她看到一个好莱坞很有名的金发男演员，搂着一个女人暧昧低语。

那些戴着面具的宾客，几乎都有美人相伴，脸上的面具成了文明的遮羞布，他们当众抚摸、挑逗，再进一步就是下流，如果旁边没有人，谁也不知道他们会做什么。

张扬脸色发青，双手不觉握成了拳，令人向往的纸醉金迷的场景，一瞬间变得粗陋不堪。

米娜扫了张扬一眼，淡淡地说：“对，就是这么招待的。”

招待……那就是说，柯禹也……

“娜娜？”一道娇媚的女声在身后响起，那刻意亲昵的语调听来实在虚伪。

米娜转身，露出一样的假笑：“贝姐，天哪，这条项链是你拍下的哦，大家都在猜是谁出手这么狠。”

贝姐抚了抚脖子上华光璀璨的钻石项链，勾着烈焰红唇一笑：“哎呀，有钱难买高兴嘛。你才是啊，越长越漂亮了，像你妈妈。”

“是啊，还好不像我爸。”

“你爸爸妈妈最近怎么样啊？”

两人寒暄了一会儿，贝姐好像才发现张扬：“这位是……”

“我闺密啦，叫她飞扬就好。飞扬，这是会所的主人，贝姐。”

“你好。”张扬的脸十分僵硬，幸好有面具遮挡。

“年轻的小姐妹真让人羡慕，你这次来还找柯禹？”

米娜点点头。

“他忙呢，等会儿忙完了我给你送过去，好不好？”

“好，谢谢贝姐。”

“那你们……”

张扬突然脸色一变，倒抽了一口气。

她的反应太大，面具都遮不住了，贝姐顺着她的目光看去，不解道：“怎么了？”

张扬不敢相信自己看到了谁！

岳晨光？！

不，冷静下来仔细看，这人跟岳晨光不太一样，张扬早就知道这里的都是定制品，而且都是高相似度的定制品，但一时间还是被唬住了——眼前站着的简直像岳晨光本人。

“这个小帅哥叫文卿，跟岳晨光的相似度有 85% 呢，很帅吧。”贝姐朝岳晨光——不，文卿——招招手。

文卿乖巧地走了过来。

贝姐捏了一把文卿的脸：“他在这里很受欢迎的，男的女的都喜欢他。”

张扬心脏一紧，嘴唇都有些发抖。

贝姐问米娜：“你这小姐妹到底怎么了？难道她不知道这里怎么回事吗？”她的语气有些不对了。

米娜忙解释道：“她知道。其实，我们俩都是盛世的粉丝，岳晨光是盛世的对家，哈哈，我们追星族的恩怨啦。”

贝姐松了口气：“我哪知道你们这些小女孩儿的东西，那你们很讨厌岳晨光？”

张扬看着眼前的文卿，却说不出“讨厌”。在网上喊打喊杀恨不能置他于死地，可真见了面，又觉得那些恨就跟网络本身一样虚无缥缈，翻不过守序良民的道德墙。而且，她以前因恶生厌，觉得岳晨光长得丑，可文卿分明帅得耀目，这还只是 85% 的相似度。

退一万步说，她讨厌岳晨光，也跟文卿无关。

贝姐却突然说：“跪下。”

文卿竟真的“扑通”一声跪下了，没有丝毫迟疑。

张扬吓了一跳，米娜却似乎很镇定，只是嘴唇抿成了缝。四周宾客们纷纷侧目，饶有兴致地看着。

“那我今天给妹妹们出出气好了。”贝姐脸上带笑，却不由分说地给了文卿两个响亮的耳光。

张扬慌了：“不用，我，她，说说而已。”

贝姐笑道：“别紧张，都是玩儿嘛。”她说着，又抬起穿着十厘米高跟鞋的脚，踩在了文卿腿上，恶意地碾了碾。

文卿脸上浮现出痛苦的神色，但一声没吭。

张扬实在看不下去了：“真的不用了。”

宾客们却发出调侃的笑声：“他怎么了？”

贝姐笑道：“她们这些小女孩儿，是盛世的粉丝，然后说岳晨光是她们的死对头，正好给她们出出气。”

“哈哈，冲柯禹来的呀，柯禹在里面玩儿得正爽呢。”

张扬如坠冰窟，战战发抖，周围的华冠丽服消失了，那一双双充满贪欲的眼像是泛着绿光的猛兽，笑声则成了此起彼伏的兽嗥，仿佛随时要扑上来将他们撕成碎片。她只觉得自己根本不在人间，这些人在干什么？这些人在说什么？这些人在笑什么？

米娜镇定地笑笑：“算啦贝姐，什么死对头，说说玩儿的。”

“我们也是玩玩嘛，别紧张。”贝姐温温柔柔地对文卿说，“你看你这张漂亮脸蛋儿，这两位小姐偏偏不喜欢，滚一边儿去吧。”

文卿唯唯诺诺地点点头，就要起身。

贝姐还踩着他，娇笑道：“哎呀，谁让你起来了。”

文卿的身体僵了僵，他面无表情地垂下头，像狗一样四肢并用地往一旁爬去。

张扬倒吸了一口气，身体摇摇欲坠，这一切都超出了她的承受范围。

他们也是这么对柯禹的吗?

柯禹也在这里像条狗一样任人凌辱吗?

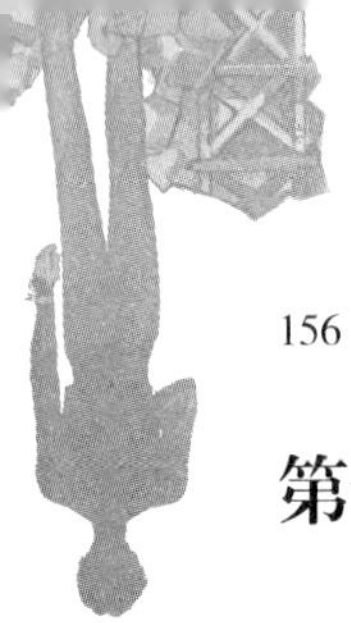

第十八章

米娜将张扬拽到卫生间，口气凌厉：“冷静点！”

张扬拼命将身体挤入盥洗台和墙壁的夹角，仿佛这样就能获得一点虚无缥缈的安全感，她瞪着米娜：“这帮人还有人性吗？有钱就不把人当人？他们当柯禹是什么？”

米娜有些冷酷地说：“这就受不了了？早跟你说过这个圈子不是你能进的，他们把定制品当玩具，只有你掏空家底玩儿什么恋爱童话。”

“所以你觉得他们做的是对的？定制品就算是仿真人，也是有情感的啊，你没有一点同情心吗？”

“没有对错。定制品是商品，他们没有身份，没有家人朋友，他们存在或消失，对任何人任何事都没有任何影响。”米娜冷冷看着张扬，“你不同意也没用，制定规则的不是你。”

肉食者谋之，蝼蚁算什么。

张扬紧握着拳头：“他们也那样对柯禹吗？”

米娜别过脸去：“差不多吧。这个会所就是用来招待有权有势的人的。你以为刚才就算过分？天真。去年，就在这里，我亲眼见到几个人把以孙柠为蓝本的定制品玩儿‘坏’了。”

张扬身躯一颤。

孙柠是一个超模，身材绝好。

米娜的口吻就像讨论一辆车碾死了一只老鼠：“他们倒也不是故意的，可就是‘坏’了，贝姐一个电话把公司的人叫来处理这件事，派对还没结束，他们就送了一个全新的过来。”

张扬浑身过电一样起了一层鸡皮疙瘩，那是恐惧侵袭她的神经留下的疤痕。

“可是这帮人还真不算很变态的。至少在同一个圈子的熟人面前，还顾忌点脸面，真正可怕的是那些被卖到黑市的。”米娜斜睨着张扬，“这里的定制品还没那么惨，还有些更可怜，只能算牲口，面对的都是真正的变态、虐待狂、杀人犯，有的定制品被卖过去的就是为了被虐待、被折磨……”

“……别说了。”张扬浑身战栗，她好像到此时才明白自己误入了一个怎样的世界。

“现在知道害怕了？我没提醒过你吗？你也是共犯，你赞助了六百万呢。”米娜板着脸，“我不是完全没有同情心，至少我不变态，大部分买家对定制品都不错，虐待的毕竟是少数，只是见多了，谁都会麻木的。”

张扬痛苦地摇着头：“柯禹留在这里，也有受伤和……和‘坏’的风险。”

米娜叹了一声：“你最好祈祷他能一直留在这里，或者被哪个善良点的客人看上带走，如果等到他老了、残了，就可能被卖到别的地方——会虐待他们的地方，相较来说，留在这里算好的。”

张扬凄楚地低喃：“柯禹是个人啊，是个人啊。”

“飞扬，接受现实吧。”

张扬感受到了无边的绝望。

米娜轻轻一笑：“想开点，什么都会简单很多。我带你来除了因为我想和柯尧相处，也为了让你认清现实。一会儿你见了柯禹，你会更清醒，因为你对他来说，就是个陌生人。”

“他真的一点都不记得我了？”

“当然。”米娜道，“回去吧，你控制一下表情，要是惹贝姐怀疑了，我都有麻烦。”

派对还在进行，酒精消耗得越多，气氛越是火热，那些平素道貌岸然的人也越玩儿越出格。

张扬脸色铁青地站在角落，阴鸷的目光扫视全场，胸口仿佛压了一块巨石，无法顺畅地呼吸。这些人、这奢靡的场景和珍馐美酒都好恶心，她仿佛在看一群披着人皮的禽兽乱舞。

“请问……”一个怯怯的、娇嫩的女声在一旁响起，若非离得近，几乎要被音乐声盖过。

两人同时转头，看到一个坐在电动轮椅上的女孩儿。

她穿着嫩粉色的 Lolita 洋装，酒红色的小皮鞋纤尘不染，尽管面具遮住了半张脸，但那精巧的下颌和扑扇扑扇的大眼睛已经足够可爱。那电动轮椅很高，让女孩儿可以跟她们平视。

“你好。”米娜微笑，“第一次见你呢。我叫娜娜，你呢？”

女孩儿甜甜地一笑，两手指着自己说：“人家是千代哦。”

她裹了糖精般的说话方式着实令人不适，张扬的嘴角抽了抽：“你好，我是飞扬。”

“我听说，你们是盛世的粉丝，是吗？真没想到在这里能碰到哥哥的粉丝呀。”

米娜惊讶道：“你也是？那你也是为了柯禹来的？”

“算是吧，不过不全是为了他，主要是好奇，想来散散心。因为我不能走路，总闷在家里爸爸会担心的。”

两人同时扫了一眼千代的腿，心中难免为她可惜。

“其实我是盛光双担粉啦，你们喜欢盛光吗？”千代很期待地问。

米娜顺着千代说：“喜欢呀。”

张扬知道米娜没那么多顾忌，跟自己不同，粉得比较随性。张扬平时在网上见不得双担粉，线下商演跟双担粉还会互翻白眼，不过，此时出于同情心，以及对这个女孩儿身份地位的忌惮，她没有甩脸色，不动声色地说：“我还好。”

千代开心地说：“你们看到柯禹了，那看到文卿了吗？”

“看到了，不过他们没什么交集吧。”

“哈哈，如果想要他们有交集就可以有呀，这里不就是这么玩儿的吗？”

张扬皱起眉，突然不想再搭理她。

米娜揶揄道：“他们都在忙，你想干吗，让他们按你要求演戏啊？”

千代扑哧一笑：“我是蛮想看的，不过也没有那么想看啦，因为我有更好的。”

两人不解道：“什么意思？”

千代眨巴着眼睛：“你们来，我给你们看超棒的东西，我从来都没有给别人看过呢。”她按了遥控器，轮椅滑出一段，她回头示意两人跟上。

两人好奇地跟了上去。

这里有很多给客人准备的空房间，她们随便找了一间。

千代的轮椅在原地转圈，整个人也是雀跃的：“终于有人可以分享了，千代好开心哦。”

“到底是什么呀？”

“你们知道吗，我入盛光的坑之后，真的喜欢得死去活来的，他们就是我生命中的光，是我最大的乐趣。”千代咬了咬嘴唇，“怎么会那么好啊，他们一定是有真感情的，上次哥哥过生日，弟弟给他祝福，然后哥哥哪怕与全世界对抗，都要回复弟弟，天哪。”

张扬顿时气得想踹她，在心里把千代骂得狗血喷头，米娜也讪讪的没接茬。

“爸爸很宠我嘛，见我这么喜欢他们，就送了我超棒的成人礼。”千代亢奋地甩了甩两只胳膊，“我产出了好多作品，就是没法给别人看，只能自娱自乐，好可惜的。”

“到底什么作品？”

“你把电视打开。”

张扬打开电视，千代拿出手机投屏。

屏幕黑了一会儿后，出现了画面，是一间装修得很奢华的房间，拍摄设备的位置是固定的，取景框纹丝不动，两个人影突然从左右两侧进入画面。

张扬瞪直了眼睛。

盛世和岳晨光！

画外音一阵娇笑，是千代的声音：“那你们先……牵手。”

画面里的两个人听话地牵起手。

千代尖叫一声：“哥哥抱一下弟弟！”

“盛世”也依言抱住了“岳晨光”。两人都没有多余的表情，只是接受指令，执行指令。

千代的声音激动极了：“再来，再来。”她的样子像在逗狗。

张扬眼睁睁看着那些被强行拼凑出来的各种友好画面，在自己眼前变成了现实。

“哈哈，这是以前的了，拍得不好。”千代又换了一个视频，竟是“盛世”和“岳晨光”穿着那部刑侦剧里的衣服在吃炸鸡，两人有说有笑。张扬记得这一幕戏，是兄弟俩还没有撕破脸前，眼前的“岳晨光”坐在“盛世”身旁，模仿剧情里的画面。

米娜从震惊中回过神来：“你定的两个，都是100%相似度的？”

千代得意地说：“对呀，我把他们养在我的庄园里，给他们配了专门的造型师和营养师，他们每天都陪我玩儿，我拍了好多故事，还有古装的，哈哈。”她狡黠一笑，又压低声音说：“更刺激的也有哦，

要不要看？”

张扬感觉大脑充血，她用全部的理智克制住了冲上去掐千代的冲动。

米娜干笑几声：“你真会玩儿。”

“因为真的很好玩儿嘛。千代其实有偷偷发照片或视频，假装是自己做的图，但都比较模糊，没有人分享太难受了。”千代扭了扭身子，“我还打算雇团队来拍摄自己写的同人文，不过爸爸没同意呢，他说太多人知道很危险。”

“是很危险，他们和本人的相似度可是100%的，知道的人越少越好。”米娜警告道。

千代失望地扁扁嘴：“那你们下次来跟我一起玩儿好不好？一个人真的有点寂寞。”

张扬突然想到什么：“他是不是叫柯舜？”

“是啊，你也去咨询过哥哥的定制品吗？”

“……嗯，咨询过。”张扬的心直往下坠，柯尧关心的两个弟弟，她都知道下落了，可他们都身不由己，对比起来，说不定跟着她受穷的柯尧还不算是最惨的。

米娜来了兴趣：“好啊，什么时候可以去你家玩儿？”

千代狡黠一笑：“我呢，缺一个男配，姐姐你现在养着谁的定制品呀？”

“我订了莫川的，要下个月才能收货。”米娜指了指张扬，“她要等更久，所以我们手上现在没有。”

“莫川啊，是蛮帅啦，不过跟我的男配人设不符。”千代苦恼地说，“要改剧本……也行吧，那下个月姐姐带上莫川，就可以来我家玩儿哦，我们一起拍电影。”

张扬并不想看“盛世”和“岳晨光”在一起，她觉得恶心透了，但她想见柯舜，她想把他们兄弟之间的思念带给彼此，这也许是她唯一能为他们做的事。

千代开心地拍着手：“我会给莫川安排一个……姐姐介意他们更亲密吗？”

“介意。”

千代带点撒娇的意味：“好嘛，我换个剧情。”

这时，米娜手机响了，她接了电话，“嗯”了两声，对张扬道：“柯禹好了。”

张扬的心脏狠狠抽了一下。

千代笑笑：“见过 100% 的，85% 的看起来就差得多了，所以我可见可不见，你们快去吧。”

张扬尽量镇定地走出房间，门一关，她就恶狠狠地说：“真叫人恶心。”

米娜摇摇头：“恶心你也别当着她面儿表现出来，我知道她是谁的女儿了，连我爸都不敢得罪那个人。”

“……知道了。”

“我说了吧，这些客户的癖好千奇百怪。”米娜带着张扬上到三楼，“倒数第二间，进去吧。”

张扬看着那扇紧闭的门，深深吸了一口气，突觉得眼圈涩痛。

“去吧，有时候得不到的才反复想，来玩儿上几次说不定你就放开了，楼下一群帅哥可以排着队讨好你，一个定制品算什么。”

张扬对米娜口吻中的轻蔑感到愤怒，但她无力反驳，她现在满脑子都是门后的人。

张扬推开了门。一阵湿凉的晚风扑面而来，卷走了张扬一脑门燥热的浊气，她看到一个男人背对着自己坐在窗边，微风抚动着白纱窗帘，温柔缱绻地几欲将他包裹，眼前的场景定格成了一幅美好的画。

张扬鼻子一酸：“柯禹。”

柯禹转过脸来，璀璨的星眸一眨不眨地盯着张扬。

张扬难抑思念，疾步走过去，同时一把摘下自己的面罩：“柯禹！”

柯禹站起身，鞠了一躬：“客人，您好。”

张扬仿佛被人兜头倒了一桶冷水，难过得快哭出来：“你真的不记得我了。”那个会说甜蜜情话的人，永远不记得她了。

“很抱歉，您来过吗？”

“我叫飞扬。”

“飞扬。”柯禹微微一笑，“您真美。”

张扬的眼前模糊了：“我没有来过这里，但在更早之前，我们就见过。”

柯禹不解道：“什么时候？”

“几个月前，在我家，我们相处了十天，那是我这辈子最美好的十天，可是……”张扬含泪说，“你不记得了。”

柯禹蹙起眉，似乎在思考什么。

“我本来要带你回家的，对不起，我本来可以带你回家的。”张扬哭道，“为什么会变成这样。”

柯禹一把抱住了张扬：“别哭，飞扬，别哭，你哭了我会难过的。”

那一刻，张扬觉得曾经的柯禹回来了，她紧紧回抱柯禹的腰：“柯禹……”

头顶传来一声痛呼。

张扬吓了一跳，连忙松手：“你……你怎么了？”她才发现，柯禹的脸色很苍白，“哪里不舒服？”

柯禹抿着唇，诚实地说：“哪里都不舒服。”

张扬愣了愣，伸手脱下了柯禹的西装马甲，又剥开他的衬衫，当她看到那白皙胸膛上的道道伤痕时，她体会到了挖心一样的痛。

柯禹垂着睫毛，默默不语。

张扬疯了一样把柯禹的上衣脱了下来，那些明显是鞭子抽出来的血痕遍布全身，新旧伤痕交叠，触目惊心。

“谁干的！”张扬凄厉地吼。

柯禹轻轻地说：“客人。”

“谁！叫什么！男的女的！”

“都有。”

张扬几乎崩溃：“你在这里就……每天都这样吗？”

“没有每天，派对一个月只有一次，有时候会被送去客人家。”柯禹平静得就像在说与自己不相干的事，“有的客人只要我陪着，有

的客人喜欢让我疼。”

张扬捂着耳朵尖叫了一声，她恨，她恨这个地方，她恨那个公司，她恨制造和参与这个项目的所有人！她恨不能一把火把这个地方烧成灰烬！

第十九章

回去的路上，逼仄的车厢里，人群中裹着两个沉默的人。

张扬回忆着适才在那栋豪宅里发生的一幕幕。她当时的激动显然吓到了柯禹，使得他反倒不知所措地安慰起自己。

绝望是困缚她的无形绳索，她眼看着柯禹被折辱、被虐待而无能为力。早知如此，她宁愿什么都不知道，她甚至恨上带她来面对这一切的米娜，尤其米娜的态度还那么轻慢冷酷。

当张扬目眦欲裂地看着柯禹，对他说“你不该过这样的生活”时，柯禹却茫然地反问：“为什么？”

为什么？

是啊，已经被重置了的柯禹，从来没有被人爱过、善待过，在他的认知里，他就该这样活着，他的同伴也这样活着。

这比悲剧本身更悲剧。

张扬又问柯禹：“你们这么多人，从来就没想过反抗或者离开吗？”

柯禹皱眉沉思，那表情仿佛这段话超出了他大脑的处理能力。

张扬不禁想起那些从小被奴役、被虐待的儿童，他们依附“大人”

生存，对“大人”言听计从，不会也不敢反抗。

这就是这些定制品所处的“地狱”。

张扬握紧了拳头，指甲深陷手心的嫩肉，她希望再痛一点，否则不足以提醒自己尚在人间。

她跟柯禹在房间里待了一个多小时，只是坐在一起聊天。柯禹描述的生活简直触目惊心，受辱、受伤都是常事，运气不好就被销毁了，在这世界不会留下任何痕迹，一如他们从未来过。

不过短短两三个月，柯禹已经落了一身的伤。再这样下去，柯禹有一天会不会被卖去待遇更不堪的地方？张扬只是想想就怕得浑身发抖。

张扬也问起柯禹记不记得柯尧和柯舜，柯禹露出了毫不掩饰的欣喜和意外，他跟柯尧一样，记得，也惦念着自己的兄弟。那是他们作为定制品身上最像人的部分。

张扬当时十分想让他们兄弟通个语音电话，但她的手机一进入这个庄园就被收走了。至于千代，不知道她的那部手机是备用机，还是她的地位高到贝姐都不敢收她的手机。最后她只答应帮柯禹带几句思念和祝福。

柯禹问起他们过得好不好，张扬回答“好”。

没错，比起柯禹，无论是跟着自己受穷的柯尧，还是被千代控制的柯舜，待遇都还算是好的，唯独柯禹落入了魔掌。

可原本跟她回家的应该是柯禹啊！如果是柯禹，她不仅不会负债，还会剩下足够的钱租体面的房子、过体面的生活，柯禹更不必遭遇这些。

一切的一切，都从柯禹被别人买走那一刻起偏离了轨道。

张扬又痛又恨，可她绞尽脑汁也不知道怎么才能帮柯禹脱离苦海。

唯有有钱有势的客人方可以从贝姐手里买走他。真是可悲，不在乎柯禹的人恰恰有能力做拯救者，而在乎柯禹的自己却什么都不是。

“飞扬姐。”沉默许久后，米娜开了口，“我今天可以把柯尧带走了吧？”

“嗯。”张扬头也不回地看着窗外，她现在不想看米娜那张令她憎恶的脸。

作为米娜带她见柯禹的代价，她要把柯尧借给米娜十天。十天，跟当初米娜借给她柯禹的时间一样。

整笔交易令她由衷地感到恶心。

“放心，我会帮你好好教他的。等他再回来，你可能就不想柯禹了。”米娜发出别有意味的暧昧笑声。

张扬梗着脖子看窗外，因为面对米娜的是后脑勺，所以也就放任狰狞的表情盘亘在脸上。

“你和柯禹做了什么？”米娜又问。

“……他受伤了。”张扬的声音很轻，“有鞭子抽的，利器划的，烟头烫的，很多伤。”

米娜叹了一口气：“他不算严重的。”

“所以他很幸运？”张扬嘲讽地反问。

“我也同情他，毕竟在一起三个月，我对他好过的。”米娜从后视镜里看了自己一眼，“但是他太贵了，我不想花五百万给他赎身。”

“我想，可我没钱。”张扬眼底凝着寒霜，“多可悲啊。”

米娜耸了耸肩，没有表态。

“如果千代邀请你去她家，你会带我去吗？”张扬答应了柯禹，要把他的思念和祝福带给他的两个哥哥，这是她唯一能做的了。

米娜斜了她一眼：“你真想去？”

“我答应柯禹，帮他给柯舜带句话。”

“可以是可以，不过你不能让千代知道柯尧在你家，不然她跟你借，你是不能拒绝的。”

“我知道。”张扬仍然不死心地问，“米娜，有没有……别的办法，可以救柯禹？”

“别想了。”

张扬用额头抵住车玻璃，痛苦地闭上了眼睛。

到了家，米娜在楼下等着。张扬叮嘱柯尧要听米娜的话，但柯尧看起来还是很紧张。

“你别怕，她……人挺好的。”张扬的声音苦涩无比，她现在要把自己的男朋友送到别的女人身边，她对这件事深恶痛绝，可这恰恰是她自己做的选择。

她也讨厌这样没用的自己。

柯尧乖巧颔首：“我会听娜娜的话。”

张扬摸了摸柯尧的脸：“你知道吗，我今天见到柯禹了。”

柯尧瞪大眼睛，脸色也变了：“你说什么？”

“不止柯禹，连柯舜的下落我也知道了，虽然并没有见到。”张扬艰难地笑了一下，“柯禹让我对你说，他很想你，希望你也照顾好自己。”

柯尧追问道：“他好不好？他在哪里？他还说什么了？柯舜呢？柯舜又在哪里？”

“他还好。”张扬怎么舍得告诉柯尧真相，“柯舜也还好，我看到了柯舜的录像，也许以后有机会见到他。”

柯尧愣怔过后，笑了起来：“太好了，有他们的消息太好了！飞扬，你真棒，你居然能见到他们。”

张扬却笑不出来：“你有没有什么话想对他们说？如果我有机会见到他们，我再帮你带话。”

“有的有的。”柯尧兴奋地说，“让我好好想想。”

柯尧跟米娜走后，张扬对着这间落魄的出租屋感到了不适。她从前总嫌这里太小，可只剩下自己一个人的时候，也难免感到空旷。

柯尧前脚刚走，张扬已经开始担心，担心柯尧会不会见到米娜的奢侈生活乐不思蜀，担心柯尧会不会觉得跟漂亮又会调情的米娜在一起比跟自己在一起快乐有趣，担心十天后的柯尧还是不是自己熟知的柯尧。

张扬蜷缩在床上，想着这一天发生的种种，默默淌下的热泪洇湿了枕头。

柯尧走后的一天，张扬接到了警察的电话，很客气地向她了解筹款的情况。

张扬并不是第一个接到电话的，她早有准备，有几个筹款金额大的粉丝站还被请去警局问过话。大粉跟工作室关系密切，已经早早与律师沟通过，彼此之间也协商好了口径。

总的来说，粉丝筹款的性质与非法集资不同，不是以给粉丝利益回馈为目的，更偏向于众筹，至少不能以单纯的非法集资来论罪。但这次监管部门决定调查，主要是因为此次事件的社会影响力太大，又涉及向未成年人诱哄钱款、非法网络贷款等。监管部门想趁机打击娱乐圈的歪风邪气，以儆效尤，因而调查粉丝筹款成了一个名目，真正想要深挖的，是其中有没有其他的非法行为，比如挪用、侵吞钱款之类的。

经过律师的科普，群里的大粉们安心不少。在她们心里，虽然盛世因此次风波损失惨重，但至少不涉及犯罪，被粉丝拖累的盛世早晚能重新洗白。

比起她们的放松，张扬却因心虚而紧张，毕竟她是真的挪用和侵吞了不属于自己的钱。不过挪用的钱她还回去了，而慈善机构那边是现金交易，更是难查。她反复做了心理建设，她这边筹到的款只有两百万出头，肯定不是重点调查对象，她告诫自己要镇定应对。

这通电话只持续了不到十分钟，警察从始至终温和友好，挂了电话，张扬觉得这件事应该是过去了。

张扬现在看着盛世，会生出一些很矛盾、很微妙的心理。一方面，她觉得定制品的存在玷污了盛世的神性，尤其当柯尧用那副与盛世一模一样的躯壳做凡夫俗子时。可另一方面，她又感到不公平，明明是长得一模一样的本人与仿真人，却过得如人畜之别。

柯尧不在家的这段时间，唯一的好处就是她终于不用在手机和现实里感受正品和仿品的差别了。

离开庄园的那天，张扬悄悄在地图上做了定位，这几天她时不时会对着手机发呆，幻想着解救柯禹的办法，比如偷偷潜进去把柯禹带走，比如伪装成什么维修人员偷天换日……她知道这些想法太戏剧化了，是电影看多了的产物。更疯狂的她也想了，比如豁出去报警。可她害怕承担后果，那栋房子里纸醉金迷的权贵们，如果不是胸有成竹，又怎么会那样放纵。

想到无比绝望的时候，她会萌生许多极端的念头——她甚至想让那些人死，自己趁乱带着柯禹逃跑。

但凡她有能力，一定会选一个可行的办法救柯禹，可她一无是处，没钱，没权，没智慧，没体能。

怎么办？怎么才能救柯禹？她想救柯禹，谁能告诉她怎样才能救柯禹！

十天的时间短暂又漫长，米娜依约将柯尧送了回来。

两人面上都很有光彩，那是内在的愉悦向外部的表达，十分真实。

柯尧摘下口罩的瞬间，张扬眼前一亮。

他穿了一身潮牌，发型潇洒，皮肤光润，似乎还瘦了，帅到直晃人的眼，活脱脱的大明星盛世。

人靠衣装，果真如此。

窝在这个小出租屋里的柯尧和被米娜带回来的柯尧，就像去宠物店修毛前后的贵宾犬。

最让张扬无法直视的，是柯尧脸上的奕奕神采，那是在她身边看不到的。

米娜朝张扬眨了下眼睛：“人我给你送回来了，谢谢啦。”

张扬勉强扯了扯嘴角：“慢走。”

米娜回头看了一眼柯尧，眼神分明有几分挑逗，两人相视露出一个仿佛只有彼此能懂的笑容，她摆摆手：“走了。”

柯尧依依不舍地说：“娜娜再见。”

米娜走后，张扬的脸已经黑了：“舍不得她？”

柯尧坦诚地说：“娜娜对我很好。”

“她都对你怎么好了？”张扬气得心肺震撼。

柯尧显然还没学会撒谎，兴奋地说：“她给我吃好多好吃的，她家好大好漂亮，她带我去度假，游泳，烧烤，钓鱼，SPA，总之好多好玩儿的。”

张扬嫉妒得两眼发红：“那你是不想回来了吧！”

“嗯，我还想吃好吃的，玩儿好玩儿的。”

张扬抓起沙发上的抱枕扔到了他脸上：“可惜她没买你，她只是跟你玩玩而已！”

柯尧无措地看着张扬：“飞扬，你怎么生气了？我哪里做错了吗？”

“你哪里都错！”见到柯尧潇洒帅气地回家时，张扬还有几分欢喜，可这欢喜转眼就变成了扇在她脸上的耳光，她口不择言道，“不是你的话我不会过得这么惨，不是你的话哥哥在我心里还完美无瑕，不是你的话柯禹就不会在那种地方！”

柯尧怔怔地看着张扬：“柯禹……在哪种地方？”

张扬大口大口喘着气，狠狠地瞪着柯尧，似乎这所有的不如意都找到了源头。

对，一切的错误，都从她买回柯尧开始。

“柯禹到底怎么了？”柯尧追问。

张扬脱力地坐在沙发上。

柯尧也坐了下来，他沉默片刻，用温柔的声音说：“宝贝，怎么了？”

张扬一僵。

从前的柯尧何止是不解风情，连恋爱是什么都毫无概念，而现在这个看似技巧娴熟的柯尧，是米娜调教出来的，就像当初调教柯禹一样。

可是，为什么柯禹做这些的时候她心动不已，轮到柯尧，她只觉得硌硬。这是被米娜重塑的柯尧，他的所有技巧都在米娜那里练过手，他享受过米娜，比她年轻、比她漂亮、比她有钱、比她有趣，如今再对她做一样的事、说一样的话，还会有真心吗?

张扬推开了柯尧，她控制不了心中的恶念。她知道这样不对，柯尧是无辜的，买他是自己的选择，借他给米娜也是自己的选择。可是，可是，她克制不了对柯尧与日俱增的抱怨。

张扬用力咬了咬下唇，转头看着柯尧，小声说：“我不该对你发脾气。”

柯尧露出如释重负的样子。

“你这几天，有……想我吗？”

“有。”柯尧毫不迟疑地点头，“每天都想你。”

张扬苦涩一笑，柯尧有想她的，柯尧回来之后变得更好了，她应该感到高兴才对。对，应该高兴。

第二十章

十天的时间，当然不够柯尧变得像柯禹那样机灵，但胜过从前几倍。

他会对张扬嘘寒问暖，会早上爬起来给她准备早餐，会在她下班进门的那一刻递上一杯水，两人的生活和谐了许多。

张扬的观感是矛盾的。她早已不奢望柯尧变成一个正常的男朋友，只要变成一个正常人就行了，而他现在大有进步，她却无法真正地感到高兴，两人之间多了一层名为米娜的阴云，可只有自己被遮蔽了视线。

这天晚上，张扬正在低头玩儿手机，突然听得一阵熟悉的哼唱，她惊讶地抬头：“你在唱……”

“是啊，是盛世的歌。”柯尧笑着说，“我的声音跟他一样，所以我唱歌就会跟他一样好听，对吧？”

“嗯。”张扬有些期待地看着他，“继续唱。”

柯尧便继续唱起来，他显然已经练过许多次，不需要看歌词，他的音域下沉，声线十分魅惑，时不时还会带一点点小颤音，令人浑身

酥麻。张扬不禁闭上了眼睛，没有技巧，没有修音，这是属于盛世的本初的声音，是那么纯净坦荡，每一个音符都打动人心。

听完一首歌，张扬的心也变得柔软，她含笑看着柯尧，恍然觉得盛世就在自己眼前——她已经很久没有把柯尧幻想成盛世了。

柯尧牵起张扬的手晃了晃，邀功地说："好听吗？像盛世吗？"

"好听，好像。闭着眼睛的时候，就像哥哥在我耳边唱歌。"

"太好了，我要学会盛世的每一首歌，每天都唱给你听。"

张扬开心地搂住柯尧的脖子："你要学每一首歌呀，那你知道他在唱什么吗？"

"我在学。"柯尧认真地说，"我认识很多字了。"

"嗯，真乖，每天都要好好学习。"

"飞扬，柯舜和柯禹在哪里呀。"柯尧凝视着张扬的眼睛，眼眸深邃又明亮。

提到柯禹，张扬好不容易冷却几天的心又在油锅里翻滚起来，面上立刻浮现愁容："他们都在新主人家里。"

"在哪里呢？"

"柯禹住在一个大别墅里。柯舜，我没有见到他，但他应该在一个更大的庄园里。"

"那是哪里呢？"柯尧就像个连环喷射"为什么"的小孩子，刨根问底。

张扬不知道怎么解释："我也说不清。"

"那你可以带我去见他们吗？"

张扬苦笑："不行，我都未必能再见到他们。"

柯尧失望地说："可我想弟弟。"

张扬摸了摸柯尧的头发："我也想柯禹，很想很想，但是……我答应你了，如果能再见到他们，我会帮你传话。"

张扬的心揪在一起，一抽一抽地疼。再过半个月，那里又要举行派对了，柯禹又会遭遇什么？她除了暗暗地痛恨，还能做什么？

她什么都做不了。

柯尧越来越关注盛世。学盛世唱歌只是开了个头，他看盛世的电视剧、电影、综艺、采访，在网上浏览盛世的消息，渐渐便能像个粉丝一样跟张扬聊盛世。

这样的"学习"让柯尧几乎每一日都在进步，张扬想起定制品说明书上说过，当定制品的知识累积到一定程度，就会有量变到质变的飞跃，经历过"混沌期"的张扬之前还不信，现在终于看到了希望。如果柯尧刚来她家的时候只有三四岁的知识储备，现在至少是小学生的程度了。

不过，柯尧的"成长"必然也伴随自我意识的觉醒，他开始有了自己的想法，并尝试与张扬轻微地对抗。

比如，以前吃完饭柯尧会乖乖去洗碗，现在他会说"吃撑了，休息一下再去"，然后瘫在沙发上玩儿手机。他会提出今天想吃什么、明天不想吃什么，也会在张扬要他运动的时候讨价还价。

这些对抗引起了张扬的注意，但并没有威胁到她的权威，所以她

也没怎么放在心上。比起从前那个像机器人一样服从的柯尧，她当然想要这个更人性化的。

这段时间，为了让自己少沉溺在柯禹的阴影下，张扬把更多精力放在盛世身上。盛世最近有一个代言要官宣，是国内数一数二的奶制品公司品全新推出的早餐奶系列。这个代言是在盛世出事之前就签定的，出事之后品牌也没有解约，这让粉丝们大为感动。为了反馈一个漂亮的销量，大家都摩拳擦掌地做推广、做数据，并等着产品上线的当天大量下单。

正式开售当天，大粉群里热火朝天地聊着，预测这一波的销量会有多么多么惊人，狠狠打对盛世落井下石的人的脸。

蘑菇起头押注：你们说这次四款奶哪个会销量更好？我押燕麦。

大粉 A：官方主推燕麦哎，不过肯定混合销量最好啊。

大粉 B：哈哈哈哈还押什么，肯定混合啊，其次是燕麦吧。

大粉 C：不一定，我觉得红枣奶最好喝，反正核桃肯定垫底。

大粉 D：谁说核桃垫底的，核桃一直是大众口味好不好，蓝莓才可能垫底呢。

张扬：我喜欢蓝莓，蓝莓凭什么垫底啊，我也觉得核桃垫底，有人受不了核桃的味道。

蘑菇：说到蓝莓，你们知道吗，本来是打算主推蓝莓的，蓝莓不是感觉很高端又贵吗？

大粉 B：真的假的？蓝莓是不错啊，四款对比起来确实显得比较高级。

大粉 D：那为什么变成燕麦？

蘑菇：因为哥哥对蓝莓过敏。

大粉 A：哈哈哈哈哈……

屏幕下一串“哈哈哈”。

大粉 C：真的假的？哥哥对蓝莓过敏？

蘑菇：真的啊，工作室的姐姐说的，要是主推蓝莓就要一直喝蓝莓，内部本来就有争议，蓝莓比较高端洋气，燕麦比较健康亲民，所以干脆就换成燕麦了。

张扬禁不住嘴角上扬：又发现了哥哥的萌点。

群里还在激烈地讨论，张扬紧张地盯着手机：时间快到了，大家准备好了吗？

早餐奶马上就要在各大电商平台上架，张扬也有自己主要负责宣传的平台。她打算下单两千块钱的早餐奶再退掉，工资刚刚发，她还要还房东装修钱，根本没有余力消费，但作为大粉，她必须带头晒订单。

时间一到，张扬迅速下单，再一刷新页面，发现二十万份已经被抢购一空。张扬拍桌大笑，切换到群聊。捷报频传，几乎各个电商平台都是秒空，销售额已经破千万，他们打了扬眉吐气的一场翻身仗！

正当张扬开心之际，米娜给她发了微信，是一张照片，米娜和一个唇红齿白的帅哥亲密相拥。

是莫川，不，是莫川的定制品。

米娜兴奋地发来信息：我的新玩具到了，哈哈哈，好可爱的弟弟哦，这次我选的也是 85% 相似度的。

张扬面无表情地回道：很帅啊，恭喜。

米娜：我已经把照片发给千代了，我们约好这周末去她家，你去吗？

张扬眼前一亮：去。

米娜：那先说好了，你可要克制自己，不要表现出任何异样。

张扬：我明白，放心吧。

去千代家的路上，米娜再次提醒张扬要注意表情和言辞：“我爸很想我跟她交朋友的，但她之前都不出门，几乎没什么社交。这次我爸特别高兴，说我除了花钱终于有点别的本事了。”她说完自嘲地笑了起来。

“她的腿是怎么回事？天生的？”

“不是，小时候出了意外，所以她爸特别疼她，几乎要什么给什么。两个 100% 相似度的定制品哎，不只是钱的问题，她爸肯定付出了很大的代价，让公司根本拒绝不了，才敢冒这么大的风险。”

张扬蹙眉：“这毕竟是仿真人，万一她玩儿腻了怎么办。”

米娜耸耸肩：“那谁知道，反正我的经验是只租不买。”她想起了什么，回头向安静坐在后座的李桢——莫川的定制品——飞了个吻。

李桢露出一个纯粹的笑容。

米娜兴奋地说：“他是不是好可爱，睫毛超长的，皮肤嫩得不行，跟哥哥完全不是一个类型的。”

张扬也从后视镜里偷偷看了看李桢，确实很好看，脸蛋白得能反光，男生女相的美，却又不过分女性化，而这只是 85% 的相似度，难怪莫川能迅速蹿红。

千代住的地方大得吓人，张扬不敢相信这座城市里还有这样的英式庄园，这令她再一次直面了人与人之间的差距。

千代看到她们很开心，帮佣也十分热情，大约真如米娜的父亲所说，她没有什么朋友。

张扬没有心思欣赏这梦幻豪宅，她死死捂着自己的手机，期待千代不要收走它，她想让柯尧和柯舜通一个视频电话，如果不行，退而求其次，她带了有柯尧录音的录音笔。

事实证明她想多了，没有人收她的手机，也没有人检查她的包。

千代操控着电动轮椅原地转圈，献宝似的说："你们坐好，闭上眼睛，他们马上就要出场了哟。"

两人闭目等待，半晌，听到从容的脚步声由远及近，停在她们面前。

张扬睁开眼睛，只见两个名品大帅哥穿着中世纪王子的华服，并肩站在一起，他们从体态到站姿到神情，无一不精致完美，就像刚从电影中走出来一般，散发着夺目的光辉。

米娜很诚实地尖叫了一声。

张扬没吭声，但她已经感到眼晕了。

他们真的是定制品吗？看起来简直比盛世和岳晨光本人更加英俊贵气！

千代得意地说："怎么样，他们是不是很棒！"

米娜夸张地叫道："你养得也未免太好了吧！"

"当然了，我有请礼仪老师教他们，还给他们配营养师、造型师和健身教练，他们比真正的明星还要自律呢，连一片薯片都没有吃过。”

张扬脸上一热。薯片、泡面这类廉价但能满足口腹之欲的东西是家里的常备品，柯尧也很爱吃，可即便是仿真人，经常吃高热量食物又缺乏运动，发胖也是无可避免的。这样看来，这种程序的设定简直是多此一举，可她也明白，只有如此严格又细节地去模仿真人，才能给人以最真实的体验。

米娜赞叹道：“太厉害了，你真是我见过的养定制品养得最好的。”

千代捧着脸笑了笑：“不好好保养真的会走形的呀，一般人都没有那么强的自制力。哎，告诉你们一个秘密，冯波，知道吧。”

冯波是国内有名的演员，三金影帝，年轻时俊美非凡，早在前网络时代就红遍全国，如今快五十岁了，虽然已经息影，但人脉网阡陌纵横，在娱乐圈仍有着不可动摇的地位。他这些年最被人津津乐道的，是他保养得宜的脸和身材，看上去仍旧是三十来岁的成熟型男。

千代提起冯波的口吻，让张扬有了一个吓人的猜想。

千代点点头：“嗯哼，就是你们想的那样，冯波早几年前就把自己的定制品调教好了，现在在台前活跃的都是他的定制品，他自己都发福得没法看了。”

“天哪，难怪他不演戏了。”米娜惊讶道。

“是啊，参加个节目、走个穴、拍个广告还行，演戏肯定露馅儿，反正能捞钱就行了。”千代撇撇嘴，“我爸前段时间见过他呢，真的，据说完全胖到变形。可他说他过得很爽，想吃什么吃什么，不用运动了，也不用顾这顾那了，还可以随便玩儿。他说自己现在就是享受人生。”

张扬突然感到背脊发寒。定制品，真的可以代替本人？

第二十一章

张扬无法不震惊，她自己就拥有一个与盛世完全一样的定制品，自然会产生联想。

这种联想不新鲜，鸠占鹊巢是人类对仿真人的普遍幻想之一，在所有相关的题材创作中都不会缺席，张扬自然也联想过，但她自己都不信，尤其是在与柯尧相处这么久之后，她逐渐明白了米娜当初对她说的那句话——“相信我，他一点都不像哥哥”。

没想到真的有人能将仿真人培养成本体的替代品，而这件事还是本体自己干的，真是荒诞。

见米娜神色有异，张扬知道，她显然也和自己想到了一处。再看着眼前两个乖顺的定制品，张扬心中十分别扭。

千代挤眉弄眼道:“你们是不是在想很可怕的事? 哪有那么容易啦，冯波那个定制品培养了五六年呢。再说，我才不舍得他们离开我呢，他们只要在我身边陪我玩儿就好了呀。”

“是啊，那是冯波自己养的，换作其他人，肯定要先把本体处理掉吧。”米娜夸张地耸了耸肩，“简直像电影情节了。”

张扬观察了一下在场的三个定制品，三个人均无表情，可能他们根本没听懂吧。正如千代所说，让一个定制品的自我意识成长到会生出取代本体的念头并且有能力去实现，那得培养多久、多用心啊。这么一想，张扬不禁感叹冯波的胆子之大，就不怕被定制品彻底取代吗？

“其实我有构思一个类似的剧本呢，让柯舜分饰两人，同时演哥哥和自己，然后文御就很迷茫啊，怎么哥哥一会儿对他好一会儿对他很冷淡呢……”千代旁若无人地讲起自己毫无逻辑的烂故事，她偶尔会询问两人的意见，但并不需要答案，因为她马上会得出自己的答案。

张扬有一种感觉，可能对于千代来说，她们俩也是她的玩具，周遭所有的人和物，最大的价值就是陪她玩儿。

千代带她们去了自己的“摄影棚”——用若干房间改造出的不同场景，然后让莫川的定制品李桢配合她演绎她的剧本。

可惜李桢才到米娜手里不足一个星期，几乎是一张白纸，对大部分指令还听不懂，把千代弄得很不高兴。反观柯舜和文御，对这些已经驾轻就熟，两个人会引领李桢，还会安抚千代。

他们所表现出来的成熟、稳定和人性化，让张扬，甚至是米娜都很吃惊。这两个人被培养得比柯禹还要好，看千代这副模样，不像是她调教的能力强，更可能是几个仿真人在一起可以互相扶持着进步。

张扬不知道两人之间的深情厚谊是发乎内心还是演戏，但他们的默契绝对是真的，她也稍微能理解双担粉的疯狂，大帅哥进行互动确实非常养眼。只不过，千代是靠着有钱，将定制品变成了任意摆弄的玩具，本质上这两个人又比柯禹好到哪里去呢，受到一个小女孩儿的操控和摆弄。定制品的悲哀，不局限于身体上的虐待。

观看这出闹剧，让张扬反胃，不提蹩脚的剧本和业余的摄制环境，仅仅看着这几人违和造作的互动，就已经让人尴尬得不知道眼睛往哪里放。米娜还能讨好地陪玩儿、赔笑，而她已经借去洗手间三次逃离现场。

当她从洗手间出来，正看到柯舜从走廊的一头朝她走来，柯舜见到她就停了下来，恭敬地等着她先走。

张扬快步走过去，她一直在找单独与柯舜说话的机会："柯舜，你记得柯尧和柯禹吗？"

柯舜一愣："你认识他们？"

"认识！"张扬迟疑了一下，"但是，你不能告诉千代，如果你告诉她，我就什么都不能说了，你能做到吗？"

柯舜用力点头道："能。"

张扬掏出手机："柯尧一直在等我的电话，你想跟他通电话吗？"

柯舜瞪大了眼睛："真的吗？我可以跟他通电话？"

张扬快速拨了视频通话，柯尧几乎是瞬间就接了，张扬悄声说："你看这是谁？"

"阿舜？"柯尧的声音变了。

"哥哥！"柯舜抓住手机，眼睛一下子就红了。

两个长得一模一样的人居于方寸屏幕的两端，让那小小的手机像一面镜子。

张扬把手机交给柯舜：“手机你拿着，我先回去了，免得她们怀疑，你也不要说太久，之后把手机静音，找机会还给我，懂了吗？”

柯舜深深地看着张扬：“谢谢你，张小姐。”他顿了顿，“你是个好人。”

张扬露出一个真心的笑容，比起米娜，比起贝姐，比起千代，她当然是好人，她觉得自己做了一件无比温情的、充满人性的事。

千代玩儿累了，准备了下午茶，正跟米娜嘻嘻哈哈地聊天，熟稔得好像相识了很久。

“飞扬，你怎么去这么久呀，我们正在讨论剧情呢。”千代咬了一小口甜点，“你觉得李桢是做一个黑莲花类型的角色呢，还是好人呢？要让哥哥误会的话，他就心机一点比较好，可是这种人设好像不流行了。”

张扬僵硬地笑了笑：“都可以吧。”

千代捏了捏文御的耳朵：“弟弟说呢，弟弟希望他是怎么样的？”

文御温柔地微笑：“我听千代的。”

精美的下午茶也令张扬味同嚼蜡，她有些担心柯舜半天不回来会让千代怀疑。果然，过了一会儿，千代奇道：“哥哥上个厕所怎么这么慢！”

文御道：“要我去找他吗？”

“去吧。”

文御离开了一会儿，两人一起回来了，柯舜和张扬交换了一个不

动声色的眼神。

这回轮到米娜去洗手间了。她一走，有些冷场。

张扬主动问道：“千代，你上次，是第一次去贝姐那里吗？”

“是呀，爸爸很少让我出门，我也不太爱出门。”

“你知道那些定制品，会被虐待吗？”

千代微微蹙起眉：“那些人真的好变态，我就不会那样对我的宝贝们。”

“嗯，很变态，我看到他们那样对柯禹……就好像他们对哥哥做了坏事。”

千代惊讶道：“你怎么会这么想？他只有85%的相似度哎，跟哥哥差远了。”

张扬被噎了一下：“可是，他毕竟是以哥哥为蓝本定制的。”

“是啊，但是他真的不太像呢，因为我每天都能看到柯舜，就觉得他更不像了，不过我理解你会同情他。”

“其实我不只是同情他，我……我跟他相处过。”

“哦，米娜好像提过，米娜以前租过柯禹，你跟她是朋友，所以也玩儿过？”

“玩儿”这个词令张扬皱了皱眉：“对，说实话，我好像对他有点感情。”她也不知道自己跟千代说这些做什么，大概是病急乱投医吧。她知道米娜的良心是指望不上了，但这个行事出人意料的千代，说不定……

千代点点头：“我明白了，要是我的两个宝贝被人欺负，我也会很生气的，那你干吗不找贝姐把他买走？”

“我买不起，太贵了。”张扬叹了口气。

“那就没办法咯。”千代耸耸肩，“定制品的命运，全靠主人了。对了，你下一个定了谁呀？不会还是哥哥的定制系列吧？”

“……有可能，我还没决定。”

“你就再定一个 85% 相似度的就好了呀，反正柯禹也不记得你了，还不都一样的。”

张扬顿觉心灰意冷，千代也许不像米娜那么冷酷，但对定制品的态度其实没太大差别，她居然异想天开到希望千代大发善心把柯禹买走。

这时，千代的管家走了过来：“小姐，您的快递到了，足足有一车，好像是牛奶。”

“啊，是我支持哥哥的产品。”千代随手一挥，“卸完货你拍个照，然后全分了吧。”

“小姐您一点都不喝吗？”

“看起来很劣质的样子，不想喝，嗯，算了，每个口味给我留两瓶吧。”

“好的。”

“啊对了，蓝莓口味的千万不要让柯舜碰到，你记得吧，上次。”

管家忙道：“记得，您放心。”

“蓝莓怎么了？”刚从洗手间回来的米娜奇道。

张扬前两天刚从群里知道盛世对蓝莓过敏，她正想替千代回答，

千代就夸张地说：“千万千万不能让他碰蓝莓，他过敏很严重。”

“哥哥对蓝莓过敏？”

“那种早餐奶里能有多少蓝莓成分，说不定只有添加剂。”张扬道，“应该没关系吧。”

“可能吧，但是以防万一，还是不能让他碰。”千代一副心有余悸的样子，“你们不知道，有一次，柯舜就吃了一颗蓝莓，就一颗哦，整个呼吸道都肿了，几乎喘不上气，还好我启动了应急程序，又叫来了他们的维修人员，不然一定会死机的。那样的话，嗯，就跟真的死掉也没两样了。”

张扬呆住了。柯尧的产品使用手册上也写明了他对蓝莓过敏，这也是仿照盛世这个蓝本故意做出的瑕疵，但她以为所谓的“过敏”，也就是皮肤起红疹子、发痒什么的，没想到这么严重——仿真人原来也会“死”的啊。

米娜讶道：“我都不知道哎，还好以前没让柯禹吃过蓝莓，太吓人了吧。”

“超可怕的。”千代问柯舜，“上次是不是很难受。”

柯舜点点头：“呼吸困难，很难受。”

张扬心想，幸好自己从来没买过蓝莓，巴掌大一盒二三十块钱，就算是没卖房子前她也是不吃的，不过这样看来，连她买的蓝莓早餐奶都不能给柯尧喝了。

柯舜趁着千代和米娜聊得正欢，悄悄把手机塞回了张扬手里，张扬握着微微发烫的手机，心中有一丝欣慰。至少，她还能为他们做点什么。

那天回到家，柯尧跟平日很不一样，有些沉默。

“你和柯舜说什么了？”张扬迫不及待地问。

“说我们现在在哪里，在做什么。”柯尧低声说，“他说他不开心。”

张扬叹了一声：“我知道。还说什么了？”

“他想见我，我也想见他。”柯尧恳求道，“飞扬，你能让我们见面吗？”

“不行，我说过了不行。他的主人都不知道你们通过话，更不知道你在我家，否则不知道会出什么乱子。”

柯尧失望地说：“我们三兄弟，永远也无法再见到彼此吗？”

张扬黯然道：“也许吧。我也很想让你们见面，但是……我没有办法。”

“下次你见到柯尧，还能让我们通话吗？”

“我会尽力。”千代确实约了她们再去玩儿，不过，她更想去的是贝姐的派对，明知道自己什么都做不了，她还是自虐地想去见柯禹，哪怕只是给他一点温暖。

自那通电话后，张扬感觉柯尧变了，这种变化很细微，具体来说，比以前聪明了一些，懂事了一些，沉稳了一些。张扬并不觉得一通电话就能让他突飞猛进，但与柯舜的交谈，确实让他有了一点改变。

柯尧的自我意识也在渐渐放大，他偶尔会反驳张扬，但都是些“应该放多少盐”之类的小事，也会撒点小谎，比如“今天没有吃薯片”。

这种孩童似的对抗张扬并没有太往心里去，有时候她不耐烦了，柯尧会立刻听话，所以她并未警觉分毫。

直到有一天，张扬的单位所在片区的电路出了问题，临时抢修，下午直接放了假，而她回到家，发现柯尧不在。

第二十二章

张扬的脑子里“轰”的一声炸开了。

她第一反应是联系公司，公司曾经警告过她，出现任何有风险的意外，都要第一时间联系他们。

但她很快就否定了这个选项，因为公司也同样警告过她，一旦相似度 100% 的定制品引发威胁到公司的事件，公司有权利以任何方式处理，包括无偿收回该定制品。

她双腿发软地坐在沙发上，掏出手机，给柯尧打电话。拉得长长的忙音每结束一次，她的心就像被抻拉过度的绳子，唯恐下一刻就会崩断。

电话突然接通了，张扬几乎吼了出来：“柯尧！你在哪里！”

柯尧的声音唯唯诺诺的：“我……我在外面。”

“你疯了吗你敢跑到外面去！”张扬急得跳了起来，“你在哪里？马上回来，不，我去接你，我跟你说过什么你全忘了吗！”

柯尧小声说：“对不起，我很快就到家了。”

“你去哪儿了？”

“我……我……到家说吧。”柯尧心虚地挂断了电话。

张扬不敢置信地看着手机，她仿佛是第一次意识到，定制品拥有自我意识不是一件好事，难怪他们每隔一段时间就要被重置，原来公司的警告并非危言耸听，这就好像从前只会翻身的孩子，突然学会了走，她需要操心的范围，从方寸地毯变成了两条腿能达到的所有地方。

太可怕了。一想到柯尧此时一个人在外面，她就觉得可怕极了。她既怕柯尧的身份暴露，又怕他迷路，最可怕的是，柯尧是什么时候有了外出的心思和胆量？这是第几次？往后还会不会有更多次？

等了约二十分钟，柯尧回来了。

等到眼睛发红的张扬跳起来就甩了他一耳光。

柯尧贴着墙角站着，像个做错事的孩子，头都不敢抬。

张扬冷冷地问他：“为什么要出去，去哪里了，这是第几次了。”

柯尧低声说：“在家，太无聊了。”

“去了哪里。”

“附近，超市，商场，随便转转。”柯尧补充道，“是第一次出去。”

“你什么时候学会撒谎了？”张扬握紧了拳头，她气得头皮发麻，“我等了你二十分钟才回来，去超市才几步路？你看着根本不像第一次出门！你到底背着我偷偷跑出去了多少次！”

柯尧辩解道：“没有，真的是第一次。”

“我跟你说得最多的就是不可以出去，不可以让人看到你！”张扬厉声道，“你知不知道如果别人看到你，你就会被带走！”

“我没有让人看到我，我遮住脸了。”柯尧急道，“我……我只是太闷了，我像被关在笼子里。”

张扬心里一惊，在愤怒的间隙，她愕然发现，柯尧居然会比喻了，什么时候学会的？谁教他的？

柯尧蹙着眉，眼神看起来很可怜：“飞扬，我还是不明白，为什么盛世可以让好多好多人看到，我却……”

“你凭什么跟他比！”张扬怒道，“这个世界上只有一个盛世，你只是他的仿真体，你只是靠他区区一个细胞核培育制造出来的，你只是跟他长得像，你不会有跟他一样的人生，你永远不能跟他比！”

柯尧愣愣地看着张扬。

“每个人都有自己的命运，盛世就注定要万众瞩目，我就注定要庸庸碌碌，而你……”张扬脸上带着些鄙夷，“你就只能待在这个‘笼子’里，不让任何人看到你。我不让你做的事，你就不能做！”

“你觉得待在家很无聊，是吗？”张扬冷笑，“我也想待在家，可是不行。我每天要来回挤三个小时的地铁出去赚钱，我待在家我俩就要饿死，就要露宿街头。我至今还欠着房东三万块钱还不上因为你一把火烧了人家的厨房！”

“我原本不用过得这么窝囊，我原本有房子，可是我把房子卖了就为了把你带回家。”一直以来积压的情绪井喷一般往外冒，张扬的喊叫中充满了濒临崩溃的控诉，“原本不是你，我是为了柯禹才卖了房子，可是柯禹被别人买走了，现在他过得生不如死，而你成天混吃等死，却连我最基本的要求你都做不到！为什么是你，为什么不是柯禹，你到底还有什么用，我到底买你做什么！”

柯尧没有像往常一般哀求认错，他低垂着头，沉默不语。

张扬歇斯底里地喊了一通，但发泄并没有让她感到一丝痛快，她不愿意承认自己后悔了，后悔会将她所有的牺牲变得一文不值，她害怕一文不值，可她也无法继续欺骗自己，她真的后悔了，她不该买柯尧，她做了一件天大的蠢事，直接把自己推进了深渊。

她以为她会喜欢上比柯禹更像盛世的柯尧，但她没有，她眼看着柯尧用那张跟盛世一模一样的脸，当着她的面，踩着她的心，一步步走下神坛，跌落凡尘。柯尧像一面照妖镜，毁了她心目中完美无瑕如神明一般的盛世，强迫她知道，原来神会发胖，原来神会长痘，原来神会好吃懒做，原来神会撒谎讨好，原来神也摆脱不了屎尿屁这等腌臜污秽。

原来“神”只是凡人。

张扬恨柯尧像盛世，也恨他不像盛世。

可原本她不用经历这些，她不用经历信仰的崩塌、爱情的破灭、生活的苟且，不用看着柯禹受苦却无能为力，只要她当初带回家的人是柯禹，而不是柯尧。她无法克制自己不埋怨柯尧、不怪罪柯尧，因为所有的烦恼和不幸都因他而起。

她不敢想，往后那么漫长的人生该怎么办。

那天晚上，两人头一次分开睡——柯尧睡沙发。

经历了一夜的失眠，张扬冷静了下来。

平心而论，她对柯尧是有感情的，毕竟朝夕相处了这么久，毕竟她付出了那么大的代价。这就好像一场无望的婚姻，因为前期投入了巨大的沉没成本，所以无法轻易割舍。

昨天晚上她又害怕又着急又生气，口不择言，回想起那些话她也有点后悔，虽然她知道那些是真心话，但如果可以反悔，她是不会说的，至少不会那么直白。这是她唯一一次希望柯尧听不懂她说的话，但从柯尧的反应来看，他分明是听懂了，哪怕不能百分百领会每一个字，但一定理解了她悲愤、怨怼的情绪。

只是，日子再不顺心不如意，也还是要过的。张扬知道抱怨和争吵解决不了问题，眼下最重要的，是阻止柯尧再有外出的举动。退一万步说，她花了那么多钱，不能打了水漂。

走出房间时，柯尧还在沙发上躺着，小小的双人沙发根本盛不住他两条逆天的长腿，那睡姿看着就很累。上班日柯尧都会起来给她做早餐，但周末两人起得都晚，所以张扬一时不好判断，柯尧是在跟她赌气，还是单纯地不想起来。

张扬叫了柯尧一声，柯尧没有动。

张扬抿了抿唇，走了过去，口吻依旧有些冰冷：“你醒了吧。”

柯尧睁开了眼睛，漆黑的瞳仁一眨不眨地看着张扬，两道浓眉微微拧着，有些许张扬看不懂的深意，大概是感到委屈。

张扬叹了口气：“我们谈谈。”

柯尧坐了起来，一副垂头丧气的样子。

张扬极看不惯他这样，像条耷拉着耳朵的狗，她爱的盛世，永远光芒万丈，高高在上，绝对不会有这么窝囊的一面。

她叹了口气——又拿他和盛世比了。她必须一遍遍骂醒自己，不

要再拿两人对比，这样她才能阻止自己因柯尧而对盛世感到幻灭。

“以后我去上班，我会抽查你，我打来的视频通话你必须接，让我看到你在家。”张扬用命令的口吻说。

柯尧僵了半晌，点了点头。

“我希望你能理解我。”张扬又道，“不是我想把你关在家里的，你来的时候，公司的人也跟你强调了很多次吧。这个世界上只能有一个盛世，柯禹跟盛世毕竟不是一模一样，所以他可以出门，但你不行，你和盛世一模一样，被发现了，会引起很大的麻烦，是我解决不了的麻烦，你明白吗？”

柯尧又点了点头。

张扬疲倦地说：“不让你出门是为了保护你，你在家不用工作，不用朝九晚五，不用看人脸色，已经很幸福了。你觉得无聊就看看电视，玩玩手机，做做运动，我保证以后每周都会带你出门至少一次，可以吧。”

“……好。”

“去做饭吧。”

柯尧站起身往厨房走去。

“你确定……没有被人看到你的脸吧？”

“我确定。”

自那之后，张扬开始了每天的不定时查岗，她觉得自己像个怀疑丈夫出轨的怨妇，她看得出来柯尧不满，她也不高兴，家里的气氛自那天之后就没再好过，让她每天都充满戾气，看什么都不顺眼。

张扬数着日子，知道那个贝姐又要开那个恶心的派对了，她想厚着脸皮问米娜还去不去，能不能带自己一起去，但还没开口，先从朋友圈里知道米娜出国度假去了，只好作罢。

又过了一段时间，张扬查岗查得不那么勤了，因为柯尧自那之后表现得都很乖，所以这天下午她照例查岗的时候，第一遍电话柯尧没接，她也没在意，觉得也许他在上厕所之类的。

可是半个小时后，她再打电话柯尧却依然没接的时候，她的心脏开始突突猛跳了起来。她跟主管请了个假，犹豫半天还是没舍得打车，坐着地铁往家赶。因为避开了上下班高峰，只用了平时一半的时间就到了家。

当她风风火火地推开门，看到柯尧正坐在沙发上的时候，她半天没回过神来。

柯尧以询问的眼神看着她。

“你干吗不接电话？”

柯尧看了看放在一旁的手机：“哦，我刚刚睡着了，没听到。”

张扬直觉他在撒谎，没有什么原因，没有什么端倪，就是一种直觉，可她找不到证据。

“我下次会注意的。”柯尧补充道。

张扬被堵得说不出话来，她顺了一口气：“好吧。”她放下包，“我去楼下超市买点东西，家里没菜了吧。”

“嗯，好像不多了。”

张扬转身下了楼，越想心里越不踏实。她阴沉着脸，直接走进了物业办公室，说自己快递被偷了，要求看监控。

这个小区档次低，物业也不专业，值班的保安只顾埋头刷短视频，让她自己去电脑那儿看。

张扬坐在电脑前，调取她那个单元楼的录像，用16倍速开始回放。于是她看到了柯尧不止一次出入单元楼。几天前他带回过一个中等身材的男人，由于对方戴着墨镜和角度问题，她看不清那人的脸。就在今天，甚至就在两个小时前，就在柯尧骗她睡着了所以没接电话让她心急如焚的时候，米娜开着自己漂亮昂贵的小跑车把柯尧送到楼下。

张扬紧紧地攥着自己的手，指甲几乎把掌心掐出血来。

第二十三章

张扬空着手回了家——也不算完全空手，手机里多了几段监控录像。

相比第一次，她既没有暴怒，也没有慌张，大约是心里对这件事早有准备。她早已预料到，柯尧只要出过一次门，就不可能没有下一次。

而现在柯尧不仅撒谎，还背着她和米娜幽会，她更是不知该作何感想。那股一下子冲上天灵盖的滔天怒意很快消散，剩下的更多是茫然。

她不知道该怎么办。柯尧是个长着腿的、活生生的人，她不能像拴着狗关着猫一样把人关在家里。她现在才意识到，她所谓的权威和控制力，只奠定在“柯尧听她话”这薄弱的基础之上。一旦柯尧不听了呢?

那么，她仅剩的选择，就是去将柯尧重置，那时候柯尧倒是听话了——一个听话的弱智。

张扬哭都哭不出来，她只觉得心灰意冷。她帮不了柯禹，控制不了柯尧，她以为自己身为一个真正的人，应该比定制品有更多的选择，实际上，她在有限的选择里选择把自己的人生过得一塌糊涂。

回到家，柯尧从她脸上看出了山雨欲来。

张扬用一种探究的目光看着柯尧，面色阴鸷。柯尧被她看得浑身发毛，慢慢地小声说：“我是……出去了一下，散散步而已。”

“你学会了撒谎，但撒谎水平太烂了。”张扬嘲弄地一笑，“你出去过很多次，在我发现以前，在我发现以后。上周一你带回家一个男的，他是什么人？两小时前米娜送你回家，你们去了哪儿？”

看着柯尧因惊讶而慢慢放大的五官，张扬获得一种当众打脸的扭曲快意。柯尧懂什么，他始终像一个小孩儿，撒着轻易就会被拆穿的劣质谎言。

“说呀。不是很会找理由吗？”

柯尧长长的睫毛扑扇了两下，沉默良久，说道：“飞扬，我不想待在笼子里。”

张扬一时气血上涌：“那你想怎么样？想离开这里？离开我？”

“不是，我没有想要离开这里，离开你，我只是……只是想偶尔可以出去。”

“偶尔出去干什么？和米娜约会？”

柯尧用一种近乎是天真的口吻问：“我不可以和米娜约会吗？”

“你……”张扬仿佛被噎住了，当初是她把柯尧借给米娜的，为了换见柯禹的机会，但她是不得已，她没有想要跟别的女人分享自己的男朋友！她简直是自己挖坑自己跳，如今她无法跟柯尧科普诸如出轨、忠贞、避嫌这类的概念，首先柯尧不会懂，其次她已经用行动背叛了自己。

“米娜很好，会带我玩儿，给我买吃的。”柯尧想了想，“啊，那个男的，我不认识他，我在外面碰到他，他说我很高，问我要不要做模特，我们就聊了一会儿，我没有带他回家里，没有人看到我的脸。”

张扬并没有把那个陌生男人放在心上，她耳中回荡着“米娜很好”四个字，犹如撞钟一般余音绕脑，久久不息，令她头疼欲裂。

张扬感觉舌尖都在发抖，刻薄地说：“对，她有钱，随便挥挥手就能对你好，所以你就打算卖了自己？你们这种东西，生来就是为了卖。”

“‘卖’什么？”柯尧疑惑地问。

张扬眼底充血，身体止不住地微颤着，她感到又悲哀又愤怒，这样讽刺柯尧可谓杀敌一千自损八百，她明明是为定制品的命运不平的，她明明希望无论是柯尧还是柯禹，都能活得有尊严的。

张扬闭上眼睛，倒吸了一口气，承受不住地跑回卧室，重重摔上了门。

她开始给米娜打电话。

不知是有意还是无意，连拨两次米娜都没接。张扬就像是较上劲儿了，一遍遍地拨。

米娜终于接了电话，声音听着不大痛快。

“你跟柯尧私下见了几次？”张扬单刀直入地问。

“第一次，我发誓这是第一次。”米娜说，“我们微信联络过，但见面绝对是第一次。”

“……”

“你不会准备骂我什么小三什么插足你们感情之类的吧？”米娜轻蔑地说，“别逗了好吧。”

“你很得意吗？”张扬颤抖着骂道，“贱人。”她在网上跟黑粉掐架的时候，更难听的也不知道骂过多少，但是在现实里，她却是第一次跟人撕破脸皮。

米娜呵呵笑了：“我是贱，你是疯，你比我好到哪儿去啊？不是你为了见柯禹把柯尧送到我身边的？你看不惯贝姐的所作所为，还不是干了跟她一样的事儿？”

张扬用力喘着气，她恨不得让米娜闭嘴。

“飞扬，你真是有毛病，真的，正常人干不出你干的那些事儿。看在我们相识一场，我劝你别继续蠢下去了。”

张扬只觉得身体里的某些东西一根一根地断裂了，这些尖酸刻薄的话非但没有让她低入尘埃，反而像是倾倒而下的烈酒，辣得她每一个细胞都尖叫着、清醒着、激动着爆发出巨大的活力，那股力量催生了一些她从未有过的东西，或者说一直沉睡的东西，越俎代庖地替她说话了：“你想一分钱都不出？”

米娜愣了。

“你说过，50% 相似度，日租金都要一万块钱。柯尧的相似度是100%，怎么都要两万吧。”张扬冷静得就像在做账，“公司还要求一个月起租，我不给你限定最低消费金额，但你要带我去贝姐的派对，带我去千代家。”

米娜发出毫无笑意的笑声：“哟，上道了呀。”

“除此之外，你带他出去必须得到我允许，必须保证他不会暴露。”

“我比你小心。”

“先打两万给我。半个月之后的派对，你要带我去。”

“OK。”

张扬抓着手机倒在床上，很快就收到了微信转账，她僵硬的表情终于有一丝皲裂。

她辛辛苦苦三个月才能赚来的钱，柯尧只要陪人出去一次，还有比这更快的赚钱途径吗？难怪贝姐那么积极。

只要柯尧多陪米娜几次，她不但能还清欠债，还能从此过上轻松的生活。

张扬顿时浑身发冷，她感到害怕，无论是生出这个念头的自己，还是这个念头本身。

她还没有忘记她把柯尧带回家的初衷，她想给他幸福，跟他共度余生。为什么一切都扭曲了？

这不是她愿意的，她对自己说，这是柯尧和米娜逼她的，如果不是他们联手背叛她，她怎么会做这么丧心病狂的事？

她不知道自己怎么了，也许正如米娜所说，她疯了，早就疯了。

张扬给家里换了锁，是那种用钥匙能把人反锁在家的锁。她知道光是下命令或讲道理，对柯尧已经不起作用了，必须软硬兼施。她答应柯尧除了周末带他出门，工作日还会选一天晚上带他去公园散步，也同意他和米娜偶尔见面。与此同时，她威胁柯尧，如果再这样撒谎、

欺瞒她，她就不再帮他和柯舜、柯禹联系。

这一下，柯尧确实老实了，张扬能从他的眼神里看出他被驯服了，至少暂时被驯服了。

张扬现在不愿意再教柯尧什么了，她反而害怕柯尧懂太多，因为柯尧懂得越多越不听话。可是现在柯尧也不怎么从她这里吸收知识了，他有电视，有手机，有米娜，张扬深深地感到无力。

反正，最坏的结果不过是把他重置——等她忍无可忍的那一天。

几天之后，米娜又约了柯尧一次。

张扬眼看着柯尧满含期待地出门，又满脸笑意地回来，并且换了一身名牌，手提了一堆礼物，这让她感到反胃，甚至不愿意多看柯尧一眼。

对柯尧的厌恶，已经影响了她对盛世的感情。她以前在网上十分活跃，最近沉寂了许多，现在只要一看到盛世，她就想起柯尧，就感到别扭难受。

她心里很抗拒因为柯尧而对哥哥幻灭，这是对哥哥的背叛，哥哥是无辜的，可她又控制不住自己的内心。越是如此，她对柯尧就越没有好脸色。

她现在觉得自己活着的每一天都是对身心的双重折磨，就好像游走在悬崖边缘，稍有不慎就会一脚踩空。再见到柯禹，就成了她唯一的希望和寄托。

好不容易挨到那一天，张扬又在米娜的帮助下打扮得像个富家千金，去赴这场被她加了百倍滤镜的“约会”。

两人自从上次撕破了脸，说话也没了顾忌，米娜轻讽道：“你也真的很有意思，有了柯尧，又放不下柯禹。”

“我从来没有放下他，我当初想带回家的是他。”张扬无数次幻想，如果没有这场阴差阳错，如果她当时把柯禹带回了家，她现在应该会很幸福，柯禹也会很幸福。最令她痛苦的，就是他们“本可以”。

“是是是，你可真是深情。”米娜扫了张扬一眼，“所以因为这个，你怪柯尧？”

张扬皱起眉：“他跟你说什么了？”

“他说你对他很凶。”

张扬冷冷一笑：“不是因为这个。”至少不只是因为这个。

“因为我？”

“也不止。”

米娜很笃定地说：“因为盛世，对吧。”

张扬这才转过头来看米娜。

“你忘了吗？我的第一个定制品，也是买的。虽然不是百分百，但相处久了，我对我当时喜欢的那个偶像就没感觉了。”

张扬一时有了很强的倾诉欲，毕竟这种矛盾扭曲的心理，除了米娜她还能跟谁分享？但她稍微克制了一下：“我确实觉得……有点幻灭。”

“幻灭很正常。”米娜淡笑着说，“你发现他不过是个俗人，吃喝拉撒，喜怒哀乐，跟咱们一样，一瞬间就失去了光环，不神秘了，不高贵了，不特别了，没意思了。”

张扬挣扎了一下："可他毕竟不是哥哥。"

"是啊，你现在还爱哥哥，但真的会一点点淡下去的。"

"……我不想。"张扬黯然道，"我永远爱哥哥，他是我的信仰。"

"晚了。"米娜耸了耸肩，"偶像就是镜花水月，远看很美，近看就没。"

张扬品着这句话，内心百转千回，一路上再没吭声。

到了地方，米娜正要下车，张扬叫住她："有没有办法把手机带进去？"

"你要干什么？"

"我答应让他们兄弟通个话，他们很想对方。上次千代就能带手机，有办法的吧？"

"那是没人敢收她手机。我可没那么大面子，贝姐很小心的。"

张扬叹了口气。

"不过，也不是没办法。"米娜道，"我给检查的塞点钱。"

张扬惊讶道："你为什么肯帮我？"

米娜微噘着嘴补口红："为了证明我也不是完全的冷酷无情。"她对着镜子"啵"地咂了下双唇，"好歹他们都让我开心过。"

张扬紧抓着手机："谢了。"

米娜成功贿赂了门检的保安，让她们得以把手机带了进去。由于米娜带的是很小的晚宴包，便把两人的手机都放在了张扬的包里。

贝姐照样热情地招呼了她们："又是来找柯禹的？"

"她是来找柯禹的，我今天想试试那个。"米娜用嵌着水钻甲饰的手指了指了窗边一个金发帅哥。

那是一个火遍全球的超级英雄的扮演者——当然是定制品。

贝姐笑道："你们今天来得早，可以先开始。你要不要他换电影里的制服呀？"

"要要要，我喜欢那套紧身的。"米娜兴奋地跺了跺脚。

贝姐又对张扬道："柯禹一直蛮受欢迎的，后面也会有其他客人找他，给你一个小时够不够？"

张扬的脸色变了又变，强忍着作呕的欲望，点了点头。

"还是上次的房间。"贝姐眨了眨眼睛，"好好玩儿哦。"

张扬一刻也不愿意再看贝姐的脸，她飞快地跑上楼，去找柯禹。

柯禹一如上次那般坐在窗前，见到她时，面露惊喜的笑容："飞扬？"

张扬几乎喜极而泣："你记得我！"

"当然记得。"柯禹走过来拉住她的手，"你上个月为什么没来，我一直期盼你来。"

"我上个月有事。"张扬殷切的目光在柯禹脸上逡巡，"你是不是瘦了，这段时间是不是又受苦了？"

柯禹淡淡一笑："就跟以前一样吧。"

张扬心里一痛："身上的伤……好了吗？"

柯禹摇摇头。

张扬咬了咬嘴唇："让我看看。"

柯禹乖乖地脱下衣服，张扬看着那些伤口，有的看起来已经结痂又脱落，这让她控制不住再次眼泪潸潸。

柯禹边吻她的额头，边拭去她的眼泪：“嘘，没事的，不疼了。”

“到底是谁，是哪个畜生！”张扬恨恨地问。

“有一个温先生，还有一个王太太，还有孟姐，还有……”

张扬受不住地捂住了柯禹的嘴。

柯禹轻轻拉下张扬的手：“他们都不重要，能见到你我真的好开心，我一直在等你。”他低下头，吻住张扬的唇。

张扬简直要融化在那样的柔情中，这一瞬间，她觉得曾经属于她的柯禹回来了，这个吻温柔甜蜜得完全可以比肩她生命中最美好的那十天。

柯禹紧紧地抱着张扬，动作娴熟地摸到她裙子的拉链。

张扬抓住柯禹的手：“等一下。”她看着柯禹满身的伤，心疼到无暇他顾，而且她有更重要的事，她从包里掏出自己的手机，邀功一般看着柯禹，“我答应你要让你和你哥哥通话的。”

柯禹惊喜得整张脸都亮了起来：“真的吗？”

张扬用力点头，给柯尧拨去了视频通话。

视频接通后，兄弟俩都十分激动，张扬也发自内心地露出了笑容：“你们慢慢聊，我去下洗手间。”她的妆恐怕都花了。

张扬在洗手间里待了很久，她不想打扰他们兄弟相聚的时光，也有点害怕面对柯禹。她不是不想和柯禹亲密，她只是不想在这里，以这种形式，这让她对柯禹的感情似乎不再纯粹了。

直到张扬从洗手间回来，柯禹还在和柯尧聊天，聊的是他们从前在一起时的事。柯禹看了她一眼，很自觉地跟柯尧道了别。

张扬笑着说：“你可以继续说，没事的。”

柯禹摇摇头：“我已经很满足了，现在只想陪陪你。”

张扬心里一酸，她坐到柯禹怀里，柔声道：“那我们就这样聊聊天好不好。”

“好。”

“以后我会争取每个月都来看你。”张扬难过地说，“对不起，我没办法带你回家，也没办法帮你逃走。”

“没关系，只要能见到你就够了，这些，我都可以忍。”

张扬闭上眼睛，睫毛又湿了。太痛苦了，太绝望了，她不仅不能跟喜欢的人在一起，还要眼看着他受尽折磨，这到底是一个怎样的噩梦啊！连这每个月一次的见面也全靠米娜，一旦米娜不带她来了，她的人生是不是就再没有了期待？

两人就这样说了很多知心话，这令人完全沉浸其中的柔情蜜意远比身体的贴近更能释放热量，暂时熨帖了他们的心。

一个小时过得太快，张扬依依不舍地跟柯禹告别。她准备留到派对结束，只要柯禹是空闲的，她就马上过来陪他。在这样畸形的、龌龊的、丑恶的现实下，这是她唯一能做的。

回到客厅，她发现派对上的人多了起来，跟她上次来时一样热闹。

米娜那边还没结束，张扬一个人站在角落发呆，不时抬头往什么也看不见的三楼张望，想着柯禹此时和谁在一起，在干什么，不禁心痛如绞。

贝姐不知何时走到了她身边。

张扬有些戒备地挺直了身体。

贝姐笑道：“玩儿得还开心吗？”

张扬面无表情道：“开心。”

“你看起来很喜欢柯禹，不愿意让他陪别人，是吧。”

张扬没有说话。

“年轻的小女孩儿啊，就是容易陷入幻想。”贝姐掩唇轻笑，“那我要跟你说句抱歉了，这可能是你最后一次见他了。”

张扬浑身汗毛倒竖，她猛地扭头看向贝姐：“你说什么？”

“温先生很喜欢柯禹，要把他买回家了。”

第二十四章

十米挑高大厅悬挂的施华洛世奇水晶吊灯，用万千钻石切割面将光影拆分成无数璀璨绚丽的光斑，而后落英般铺洒在室内的方寸之间。华光是锦衣华服的镶饰，是堆金叠玉的点缀，是推杯换盏的助兴，它伴生于金钱，就使其大放异彩；它伴生于美人，就使其容光焕发。可它只是娇滴滴的人造物，一旦遇到了黑暗，就会悄无声息地败退。

张扬站在热烈的华光底下，却只看到眼前一片漆黑，连贝姐那张修饰过度、美到油腻的脸都变得面目模糊。

贝姐还在自顾自地说着："柯禹还蛮聪明的，肯定在温先生身上下了不少功夫，温先生来过这么多次，还是第一次带人走呢。"

张扬只感到胸中翻腾着滔天的恨意，不知是对贝姐，还是对那个温先生，抑或是对这所有的荒唐。她想不管不顾地扑上去撕打贝姐的脸，她想尖叫，想发疯，想破坏，想毁灭。

残存的一丝理智拽住了她，她在失控之前一言不发地离开了现场。

她走到中岛台，拿起一杯叫不上名字的鸡尾酒，一口便喝得一滴不剩。那酒酸甜得像饮料，入口甘美，没有任何不适，但极少接受酒

精的身体一瞬间就燥了起来。

温先生。

这个名字才刚刚从柯禹嘴里说出来，在张扬的心中，排在了造成柯禹遍体鳞伤的客人的第一位。张扬想，那会是一个怎样令人生厌的家伙？柯禹被带走之后还能活多久？是不是即便活着，也是饱受摧残、毫无尊严、肮脏下贱地活着？

那是她喜欢的人啊，他单纯、善良，从未伤害过任何人，为什么他要承受这些不堪，为什么她不能救他！

她刚刚险些对贝姐脱口而出——“我可以拿更好的跟你换”，她想拿柯尧换柯禹，那是她唯一值钱的东西。可她没说。她对柯尧再有诸多不满，也是有感情的，如果让她把柯尧退掉，去换柯禹，她也许不会犹豫，但她不能明知道那是火坑，还让柯尧代替柯禹去跳啊！

她该怎么办？怎么才能救救柯禹？

救救柯禹！救救柯禹！救救柯禹！

她无知无觉地一杯接一杯地喝着，甜酒的适口性让她忽略了酒精度，在逐渐感到些许晕眩时，她在旁边的甜品台上发现了一样东西，并裂变出填满她视线的重影。

张扬再次来到柯禹的房间，她不管后面还有没有其他客人。

柯禹惊讶地看着张扬：“你怎么了，你不是不能喝酒吗？”

张扬半合着眼睛，一眨不眨地凝视着柯禹，她的大脑还在运转，但视觉神经已然迟钝，她努力对着焦，直到柯禹俊美的脸清晰地映入眼底。

柯禹将她手里的托盘接过来放到一边，扶着她的腰关心地问：“你是不是喝醉了？难不难受？”

张扬浅浅笑了一下，拿起酒杯：“陪我喝一杯。”

“别喝了吧，你都有点站不稳了。”柯禹温柔地说，“我给你拿醒酒药。”

张扬却一把抓住柯禹的手腕：“不，你陪我喝。”

柯禹犹豫了一下，只好跟张扬碰了碰杯，抿了一口酒。

张扬自己也灌了一口，然后吃吃地笑了起来：“柯禹，你……是不是要跟那个温先生走了？”

闻言，柯禹沉默了。

“你还让我带你回家，你明知道，我什么也不是……根本……”张扬怅然道，“根本什么也做不了。”

“不是你的错。”柯禹轻声说。

张扬紧紧抓住柯禹的袖子，眼里突然放出精光：“我们逃跑吧！现在就跑！我带你离开，永远离开！”

柯禹低叹了一声：“跑不掉的。”

“你怎么知道，你又没试过，这里这么多人，不会注意到……”张扬看着柯禹黯淡的眼眸，声音戛然而止，半晌，她才小声说：“你试过？”

柯禹点点头，苦涩地说：“没用的。”

张扬顿时感到眼眶灼痛：“我……对不起，我救不了你，对不起。”

柯禹将她搂进怀里：“别这么说，不是你的错。”

“该怎么办啊，该怎么办啊。”张扬从未体会过这样的情绪，绝望化作了有形的一双手，抓着她的脚腕将她往地狱拖，无论她怎么挣扎、怎么哭喊、怎么求救都无济于事，她的恐惧、她的痛苦、她的无助，就像被扫落衣摆的一粒尘埃，不值一提。

而她甚至只是一个旁观者，亲历者该有多痛、多苦、多害怕？她如何能看着爱的人经历这一切！

“会好的，也许还有希望，我还没有放弃。”柯禹喃喃着在张扬耳边说，“你不要担心。”

酒精麻痹了张扬的思考能力，让她没有听出柯禹这些话的不寻常，只当柯禹在做无用的安慰。她哭得很克制，好像生怕破坏这还能相互拥抱的时刻的易碎的气氛，可她还是哭得几乎不能喘息。

她紧紧抱着柯禹，像是怕他消失那样用力，她用所有的感官去感受这胸膛的温暖和心脏的有力搏动。她要记住，她要一辈子记住。

然后，她流着眼泪喝完了自己那杯酒，将托盘里精美的小餐盘推到柯禹面前：“吃点吧。”

柯禹扫了一眼餐盘里一颗颗小巧饱满的蓝莓，不解地看着张扬。

张扬直勾勾地盯着柯禹，她不知道自己此刻是醉了还是醒着，在这出闹剧里，醉与醒又有什么分别：“吃了它。”

“飞扬……”

“吃吧，我想看你吃。”张扬拿起一颗放进嘴里，明明是酸甜多汁的，嚼在唇齿间却如毒药一般辛辣涩苦。

柯禹尽管疑惑，但还是吃了一颗。

“多吃点。”张扬又拿起一颗，笑着喂进柯禹嘴里，满面柔情蜜意，“再喝点水，多喝点。”

“飞扬，你怎么了？”

“我喜欢你。”张扬的瞳孔涣散到几乎寻不到光，“真喜欢你，想永远和你在一起。”

柯禹露出一个伤感的笑：“我也是，如果有一天……如果可以的话，我也想永远和你在一起。”

柯禹被张扬连哄带喂地吃下了大半盘蓝莓，乖顺地接受着她所有的要求，然而，几分钟后，他的身体开始变得僵硬。

张扬呆呆地看着柯禹，浑身骤冷，恐惧令她无法动弹。蓝莓是盛世这个本体的过敏原，用蓝莓“杀死”柯禹，对她来说具有特殊的象征意义。

柯禹的脸憋红了，他难受地扶着椅子坐下，双目圆瞪，痛苦地朝张扬伸出手：“飞扬……我……难受……”

张扬上去抱住了柯禹，她的眼泪狂涌，一双手抖得不成样子，抚慰柯禹时却轻柔无比：“没事了，没事了，很快就不难受了。”以后再也不会难受，再也不会痛苦了。

“咣”的一声，柯禹从椅子里摔了下去，他躺在地上痛苦地翻滚，像是被人掐住了喉管，发出极其可怕的、垂死挣扎的吸气声，脖子上的筋根根暴突，眼睛几乎要脱眶而出，他开始用手指去抓挠喉咙，在那白皙的皮肤上留下道道红痕。

张扬终于爆发出凄厉的尖叫，她扑在抽搐扭动的柯禹身上痛哭失声。

一切都变得混乱，在张扬逐渐失灵的五感里，柯禹最后那一刻狰狞可怖的脸、四周攒动的人影、忙乱的脚步声和嘈杂的叫嚷声，交织成了终将凌迟她一生的梦魇。

张扬是第二天在医院醒过来的。

米娜在病房里，她没化妆，脸色蜡黄，情绪看起来很差，盯着张扬的眼神很复杂，有怒意，也有一丝尽力掩饰的畏惧。

张扬茫然地看着米娜，像是被抽干了灵魂一样，眼睛像两个黑洞，什么光都照不进去。

“你是故意的。”米娜开口了，声音有些发抖，“飞扬你疯了，你知道……你知道你做了什么吗？”最后一句话她压低了嗓子，好像仅仅说出口都很难。

张扬面无表情地说：“我在救他。”

“你有病吗，你不正常，你真的有病。”米娜后退了一步。

“贝姐要把他卖给温先生，他会虐待柯禹，会毁了柯禹。”张扬用那双黑洞洞的眼睛看向米娜，“柯禹会被他虐待到生不如死，所以我要救他。”她竟然还笑了一下，“现在他解脱了。”

“你……”米娜心慌到想要转身逃跑，眼前这个人，再也不是初次见面时那个土里土气、文静寡言的平凡女生，现在的张扬让她恐惧。

“是他们逼我的。”张扬看着米娜，“是你逼我的。你们都只把柯禹当玩物，只有我在乎他，所以只能我救他。”

“你这个疯子。”米娜反复念着这个词，全身汗毛倒竖，“你，你知不知道你惹了什么麻烦？你以为贝姐会放过你？虽然她不知道你是故意的，但一定会要你赔的！”

“好啊，让她来找我赔吧。”张扬冷冷一笑，“她要是对付我，我就报警，去网上曝光，让全世界人都知道，她除非弄死我，反正我什么都没有，看谁输不起。”

米娜凉凉地说道：“你太看得起自己了，贝姐那种人，整死你也是轻轻松松就能做到的。你还真以为自己能揭露什么？你这个想法比你之前做的一切都危险，我劝你别再发疯了。”

“怎么，害怕了？只要贝姐不来找我麻烦，我自然也不会找死。”张扬只扫了米娜一眼，就将目光挪向了窗外，看着那棵风姿绰约的槐树发呆。

这一刻她好像什么都不在乎了，柯禹再也回不来了，被她亲手毁掉了。她毁了柯禹，毁了自己最喜欢的柯禹。

她当时确实是喝多了，才会如恶魔附体，干出那么可怕的事，可清醒过来，她竟然也没后悔，甚至几乎是平静地接受了。

大概是认命了吧。好像自从她的生活开始崩坏，她就一直在坠入无底深渊，她常常在想什么时候会触底。真的触底了，才发现，原来比起无止境的下沉带来的未知的恐惧，现在反而安心。

她知道自己的余生都要在痛苦、恐惧和悔恨中度过，但她认命了。至少她拯救了柯禹。

米娜不知道什么时候离开了。张扬本身只是饮酒过度加情绪激动引起的晕厥，并没大碍，但她还是坚持住了两天院，因为她不敢回家，不敢面对那张酷似柯禹的脸。

回家以后，张扬以为她会看到一个慌张的柯尧，毕竟她一下子失踪三天，但柯尧跟往常一样，不，也不太一样，他显得阴沉、沉默，双眼黯淡无光，唇边一圈没刮的青胡茬。

“你去哪里了？”柯尧平静地问张扬。

“不舒服去医院了。”张扬只是扫了柯尧一眼，就尽量避免去看那张脸，也就没有留意他的不同寻常。

走路、说话和思考都令她乏力，她脑子里时而空荡荡的什么都没有，时而塞满了各种负面情绪，让她几乎要爆炸。她现在什么都干不了，已经跟单位请了病假。

柯尧没有回话。张扬进了卧室，倒在床上，一动不动地又昏睡过去。

清醒的世界全是噩梦，梦里反而能得片刻宁静。

第二十五章

在家又恍惚了两天，张扬终于找回了一些神智。她做的第一件事，就是去补办手机卡。

她和米娜的手机都放在米娜借给她的包里，然后在那场混乱中找不到了。本来带手机进去就违规，张扬并不指望能拿回自己的手机，也不敢问。幸好她手机里没什么重要的东西，她不敢把和柯禹、柯尧的照片留在手机里，就是预防手机丢失、被盗的情况。

她翻出一个充电宝不能离身、已经淘汰的老手机，先对付着用。登录微信后，张扬发现米娜并没有找过自己，心中更加惴惴难安。

米娜不找她，是贝姐不打算找她索赔了，还是在酝酿什么？

张扬这时候才开始害怕。她毁掉了贝姐的定制品，她得罪了贝姐，她会被怎么样？一阵胡思乱想后，她又自顾自地冷笑起来。现在害怕又有什么用？所有无法挽回的事她都做了，她已经……她已经真的不能回头了。

张扬抓着手机放空了一会儿，突然想起来，柯尧这两天似乎比自己还安静。他一直睡在客厅，也不跟她说话。她在卧室里睡得昏天暗

地时，也怀疑过柯尧根本不在家，而她甚至没有兴趣爬起来确认。

张扬走出房间，在沙发上找到了正在玩手机的柯尧。柯尧现在也跟她一样，只要醒着，几乎就手机不离手。

“你不问问我这几天怎么了？”张扬坐在一旁，有气无力地看着柯尧。她察觉到了柯尧的反常，但是她没有力气去探究原因。

柯尧沉默了一下：“你生病了吗？”

张扬摇摇头，想了想， 又点了点头。她指了指自己的心脏，那张年轻的脸上，此刻的神态却很苍老：“这里病了。”

柯尧又沉默了。

“你那天，和柯禹聊了什么？”想到柯禹，张扬的心脏又开始剧烈地抽痛。如果再给她一次机会，她还有那样的勇气吗？她还会亲手剥夺心爱之人存在的机会吗？她不知道，她只知道她的心随着柯禹一起走了。

柯尧眼底闪过凛冽的寒芒，但张扬并没有看到。他低着头，平淡地说：“就和之前一样。”

“……你这几天，是不是出去过？”

“没有。”柯尧没有像平时一样着急地辩解，好像张扬做出什么反应他都无所谓了。

张扬也懒得逼问，她有种破罐子破摔的颓丧。

自她第一次因发现柯尧偷偷出门而大发雷霆后，两人之间就有了一种相顾无言的隔阂，如今因为柯禹，她更不知道如何面对柯尧。她对柯尧生出许多矛盾扭曲的心理，一面愧疚，愧疚于自己毁了他的弟弟；

一面怨恨，怨恨一切因他而起，自己却不够狠心用他来终结一切不幸。

她想，如果当时，自己向贝姐提出用柯尧交换柯禹，一切会不会不一样?

在柯尧身上，她看到了太多“如果”，每一个“如果”背后都摆着不同的选择，而她却一次次选错。她怪柯尧用这张脸蛊惑了她，令她万劫不复。

米娜虽然没找张扬，但这些天微信陆续有粉圈的朋友联络她，主要是因为她一个星期都没发微博。

追星最狂热的时候，张扬混迹在各个盛世粉丝的据点，前期靠着挣眼熟混出了存在感，三年来一直热情不减，因此消失一个星期就显得格外反常。

于是张扬登录微博，解释自己生了个小病住了院，现在正在恢复，让大家不用担心。粉丝纷纷在评论中嘘寒问暖，她们绝大多数人的头像都是盛世的脸孔，包括自己。

曾经令她神魂颠倒的一张脸，怎么突然就变得令她无法直视了呢?她点开自己的头像大图，依然那样好看，依然是制霸娱乐圈的顶级帅哥，可就是哪里不对了，什么都不对了。她想换头像，又怕被人“阴谋论”，犹豫后还是没换。

生活看似恢复了正常，米娜没有再找过张扬，张扬心里却有块石头始终落不下，但也不敢去找米娜。她现在多了一个失眠的毛病，半夜常常被噩梦惊醒，柯禹临死那痛苦狰狞的脸、行凶的负罪感和恐惧，

反复折磨着她。表面上的平静不过是粉饰太平，她分明“看到”自己的灵魂在一点点崩坏。

她和柯尧之间也愈发疏离，柯尧一直睡在客厅，她怀疑柯尧知晓了柯禹的事，但又觉得不太可能。米娜虽然看似不靠谱，却不会做可能威胁自身的事。可柯尧对她的那种冷漠，不像是仅仅因为不让他出门。

在外面忙了一天，回家还要感受低气压，任谁都会不痛快，张扬几次想跟柯尧缓和一下，柯尧都会无声地抗拒，更不用说有什么进一步的亲密举动，但他依旧包揽一切家务，依旧对张扬言听计从，这些让张扬挑不出毛病，反而更加窝火。

眼看“十一”黄金周要到了，张扬打算带柯尧出去散散心。虽然她还欠房东一万多块钱，但刚刚发了工资，去郊区的民宿住两个晚上还是负担得起的，继续憋在这个方寸大小的出租屋里，两人都受不了了。

张扬也想借此机会，缓和一下她和柯尧之间紧绷的关系。毕竟是她花全部身家买回来的，凭什么给她脸色看?

这几天网上也不太平，出了很多对盛世不利的事。

其中一件事最为严重，此事不因盛世而起，却因盛世而热，并把张扬丢进了油锅里烹炸——她合作的那家慈善机构出事了。

这几年慈善机构被曝光有黑幕已经不新鲜，张扬合作的这家机构一直专注助学领域，最近却被一家接受捐助的贫困小学的老师曝光，实际到账的金额只有所公布的捐款额的十分之一，教室修缮到一半被迫停工，学生父母指责学校侵吞捐款，把校长打进了医院，现在又逼老师要钱，被逼无奈之下，这所小学仅有的两名老师联名举报了该机构。

这家机构的手段并不罕见，一般情况下，学校方面完全无可奈何。但其中一个老师留了心眼儿，录了一段音，这段录音可能无法作为法律上的证据，却足够让这家机构接受审查。

此事一曝光，顿时引出一些匿名爆料，慈善机构被挖出诸多滥用善款、公示不明的情况，一石激起千层浪，监察机构开始介入调查。

很快，有人留意到当时盛世粉丝筹款中一部分钱的归属就是这家机构，而且还出过张扬擅自挪用捐款买理财产品的小插曲。这样的黑料，自然不会被有心人放过，马上有人举报给了监察机构。

张扬一整天都魂不守舍，不知道自己会受到什么程度的牵连，网上声讨不断，她成了其中被质疑的一环，许多仇家趁此机会踩上一脚，而粉丝也不愿意盛世被她连累，一时间，已经难以分辨评论里要求她拿出证据的人是黑还是粉。

她当初说用来买基金，只是情急之下一个拙劣的借口，一来因为资金没有损失，二来有蘑菇等大粉帮她含糊过去，才没有发散开，现在却是完全不同的一番形势，没有人可以帮她。

她当然拿不出买基金的证据，一时只能装死。

耳关和静依依都来找她私聊，说她们早就猜到她在撒谎，肯定是有急用钱的地方，所以没有拆穿，让她把真相告诉她们，跟她一起想办法。

张扬很是感动，但依然无法说出真相，只说自己当时确实急用钱，理由难以启齿，是家丑。

讨论来讨论去，她们建议张扬把急用钱的理由改成亲人生病或者

欠了赌债这种能够博人同情的大事，然后道歉，毕竟她后来把钱填了回去，没有造成实质的损失，这一关还有可能迈过去。

张扬早有这个打算，可惜真正让她担心的并不是挪来挪去的那二十万元，而是她私底下收的慈善机构的二十万元。慈善机构侵吞善款和盛世粉丝大量筹款都是热点事件，不仅时间间隔不远，彼此还有关联，很有可能拔出萝卜带出泥，她怎么能不害怕。

她编了一个可怜兮兮的微博发了出去，说明了自己挪用善款的不得已之处，然后向粉丝、向盛世道歉，并表示会暂时退圈反省。

那几天张扬焦虑得想死。她睡着的时候会梦到柯禹的惨状，醒来又无时无刻不被头顶上悬着的那把刀威胁，一周时间瘦了六斤，脸上半点好气色都没有了，像是大病未愈。

玩弄她的那只命运之手，却还不肯就此罢休，几天后，她接到了监察机构要求她配合调查的电话。张扬从对方的言辞中意识到，对方已经知道了自己收取二十万元回扣的事，只是还缺乏证据。

而这些事情又不知道通过什么渠道、什么人流传到了网上。原本在她道歉之后就能结束的事再起波澜，她成了一个满口谎言、挪用公款、吃拿回扣的恶人，随着慈善机构事件如火如荼地发展，她也被捆绑着连番登上热搜。

张扬那一刻才知道，她的下沉，还没有到底……

第二十六章

几天后，张扬坐在了人事总监的办公室里。

像她这样的基层小职员，升迁任免根本轮不到集团总监级别的大领导插手，这显然是被网络上的阵仗吓到了——一个保守的、深耕传统行业几十年的老牌国企，只当作摆设的微博账号一夕间多出了三万多条评论，客服电话也被打爆，只为要求开除一个员工。

张扬从没想过，事情会走到这一步，又或者她想过，只是现实之血腥、冷酷远超她的想象。

她被“人肉”了，像被当众扒光了衣服扔在街上。她小学上的哪个班，连她自己都不记得，如今不相干的路人都知道；她的旧照片被加上各种羞辱性的词汇和素材，大肆在网上传播；她被很多号称是她同学、朋友、邻居的人爆料编纂出各种黑历史；她过往的言论被无数人放大了、掰碎了一个字一个字地解读和歪曲，略有所获就要像发现新大陆一样展臂高呼；她的电话被打爆，收到的短信中充满了各式各样的辱骂，她不得不关闭蜂窝网，只用Wi-Fi。

这些她从前带领粉丝对付异己的手段，如今全都像全力击出的壁球一样直朝着她的脸弹了回来。

网友还给她的“二十万”编了许多个版本的故事，例如赌博，例如借贷，例如过度消费，或者没有什么理由，仅仅是贪婪，纯粹的贪婪。

由于对方是一个机构，攻击机构总比不上攻击个人那样目标明确、便于集火、伤害翻倍，因而公众对慈善黑幕的痛恨、对粉圈妖魔化的厌恶，还有那些见不得光的私心，都发泄到了张扬身上。这或许是她一生中得到最高关注的时刻，肯定连盛世也在关注她。能够被盛世看到，曾是她最大的梦想，但绝不是以这种令她痛不欲生的方式。

单位接到大量举报后，几个月前她走错二十万元账的事自然就瞒不住了，只要有脑子的人，都能明白其中的逻辑关系，无论是让企业形象受损，还是挪用公款，都给哪怕人员冗余也不会轻易开除员工的国企提供了充分的开除她的条件。

但人事部门表示，看在她父母都是为单位奉献了一辈子的老员工的分儿上，还是决定让她主动离职，可以给她结算最后的工资，面子上好过一点。

张扬曾经看不上却又必须牢牢抓住的铁饭碗，像玻璃一样碎了一地的残渣。

张扬不知道自己怎么回到家的，她拖拽着的这具沉重而僵硬的肉体，是否还装配着灵魂？

短短几个月的时间，她什么都没有了，房子，存款，工作，声誉。

为什么上天要这样对她？她是真的十恶不赦吗？

她不是坏人啊，她只是有一点点私欲，有一点点冲动，她做错了什么，要受到这样的惩罚?

啊，她毁了柯禹。是啊，她毁了柯禹，她毁了她最爱的柯禹，她做了世间最大的恶。柯禹只是仿真人，她或许不会受到法律的制裁，但永远逃不过良心的谴责和因果的报应，这些都是她的罪罚。

所以她活该。

自从柯禹不在了，她再没有掉过一滴眼泪，她把泪腺献祭给了所爱之人陪葬，永远封存在泥土之下、棺椁之内，随着生命、青春、人性、灵魂，一起腐烂成泥。

所以她没哭，她接受了这一重击，看似外表平静，实则心如死灰。

由于回家时间太早，柯尧还没有做饭，只是有些意外但又似乎意料之中地看着她，像在用眼神说“看，我可没出门”。

张扬坐在沙发上，一动不动地看着柯尧。自柯禹死后，她第一次直视柯尧，她觉得自己的噩梦具象化了，她的噩梦就是眼前这个人，一切因他而始，一发不可收拾。

柯尧被张扬看得发毛：“怎么了？”

“我被开除了。”

见柯尧没有反应，张扬又说：“你现在也学会上网了，应该知道我在网上被很多很多人骂吧。”

柯尧点点头。

“那你知道为什么吗？”

柯尧又摇头。

“因为你。”张扬双目空洞，“因为我想把你买回家，但是钱不够，

所以就用了不属于我的钱。现在这件事被人知道了，我被开除了，我没有工作了。”

“……”

“没有工作就等于没有钱，以后我们会没有地方住，没有饭吃。”张扬自嘲地笑。

“是我的错吗？”柯尧终于抬起头来，用那双绝顶漂亮的、澈亮的眼眸静静凝视着张扬。

这句话非常微妙，汉语言之博大精深，使这句话用不同语气说出来，便有截然不同的释意。而柯尧的语气，平静而坦然，发之利落收之干脆，刚好拿捏在让人分不清是疑问、反问还是质问的模糊边界。

张扬愣住了。

柯尧是不是在讽刺她？柯尧学会讽刺了吗？

在愣神时，柯尧已经走到了厨房：“晚上你想吃什么？清炒芦笋可以吗？”

张扬从沙发上跳起来，跑到厨房，声音变得尖刻：“你没听到我说我失业了，没钱了，马上就要没地方住没饭吃了吗？”

“那怎么办呢？”柯尧从冰箱里拿出芦笋，查看它是否新鲜。

张扬浑身都在发抖，她可以把这种漫不经心解释为柯尧根本不懂失业意味着什么，可她直觉柯尧是懂的，只是在故意刺激她，她冷笑一声：“你是不是以为这跟你没关系？”

柯尧皱了皱眉：“我也不知道。”他又问了一次，“没钱怎么办呢？”

张扬顺了一口气，她觉得自己想多了，尽管现在柯尧已经能跟她正常沟通，但也不过是从三岁长到了八岁的区别，她摇摇头，脸上浮现一丝恶意：“没钱你就去卖好了。”

柯尧抓了抓头发，未置可否，开始洗菜做饭。

张扬没想到这会是一句谶语，毕竟米娜已经很久不联系他们，她就算真的想卖柯尧也没有途径。

但就在那天晚上，米娜给她发来一个语音通话。

张扬已经做好被嘲讽的准备，所有曾经跟她关系密切的饭圈姐妹，只拉黑她都已经算是顾念旧情，爆料踩她恨不能与她划出一条楚河汉界的也大有人在，比如耳关和静依依。

何况是米娜。

“你被开除了？”果然，她第一句就是这个。

“你不是都看到了吗？”单位的官博早就已经发了公告。

米娜“呵呵”两声：“我这段时间没找你，你是不是以为贝姐就放过你了？她那种睚眦必报的人，怎么会甘心当冤大头。”

张扬冷道：“是她干的？”

“慈善机构的事不是她干的，她没有那么大神通知道你们之间的猫腻，但后来搞你她是花了钱的。”米娜凉凉地说，“你之前说的有点道理，光脚的不怕穿鞋的，贝姐也确实不敢太逼迫你，但不代表她咽得下这口气。”

张扬握紧了拳头，布满血丝的眼里迸射出阴毒的光：“你什么时候成了她的狗腿了？你想干什么？她想干什么？”

“哈，你动动你那猪脑子想一想，你是我带去的，你不肯赔钱，

她能放过我吗？五百万啊，柯禹花了她五百万，柯禹毁坏了，她损失的何止五百万，还得罪了温先生，也就是法治社会，不然她早弄死你了。”

“柯禹毁坏了”这几个字，就像一根扎在穴位上的金针，每每能给张扬最深、最痛的刺激，她“哈哈哈”地笑出了声，透着丝丝癫狂：“那就弄死我啊，反正活着也没什么意思，我现在什么都没有了，给我个痛快吧。”

“你别装疯卖傻。”米娜恨道，“你想把这件事抹过去，只有一个办法。”

“说。”

“把柯尧赔给她。”

“不可能。”张扬发出古怪的笑声，“我就是为了柯尧才走到今天这步的，我付出了所有。现在我只有他了，我就是死也要把他带进棺材里！”

“贝姐愿意出五十万。柯尧六百万，柯禹五百万，差价刚好一百万，少给你五十万，当你给她赔不是。”

张扬沉默了。

“我知道你缺钱，你不是还欠着房东几万块钱吗？你没了工作，口袋里估计也就千八百块钱吧？”米娜鄙夷地说，“有了这五十万，足够给你一两年的缓冲时间，让你重新开始，要是你离开这儿去一个小城市，房子首付都够了。”

张扬感到胸中淤堵，几乎要喘不上气来，她咬牙道：“我花了六百万，六百万买的柯尧！你让我五十万卖掉？”

“没错，谁让你得了失心疯，毁了柯禹呢？”米娜威胁道，“到现在我还没有让任何人知道你是故意的，但我不会让你做的蠢事拖累我。把柯尧赔给贝姐，这事儿就过去了，否则永远没完。”

张扬重重咬住了嘴唇，就是有人拿刀子捅她，也不会让她比现在更痛了。她是爱柯尧还是恨柯尧，抑或爱恨交织，都已经不重要了，重要的是柯尧是她仅剩的东西。柯尧在，还能让她看到自己付出一切换来了什么，偶尔还能麻痹自己物有所值；柯尧不在，她简直是凭空失去了所有，无尽的悔恨简直可以将她凌迟。

贝姐居然想花区区五十万就把柯尧抢走！

可是，可是她还有多少选择呢？

重新开始，多么诱人的词组，它代表剜除脓疮，摆脱窘困，摒弃过去；代表有着无限希望的未来。她无数次想要重新开始，想要回到改写命运的那一天，阻止自己犯下所有的错误，重新开始。

“你好好想想吧，这是你最后的机会了，我可不敢保证贝姐会再对你做什么。”

米娜冷漠地挂断了电话，张扬瘫坐在沙发上，脑子阵阵发蒙。

她想到了跑，带着柯尧跑，什么欠款，什么贝姐，什么调查，都不管了，身上这几千块钱，够他们去一个小城市，找份暂时能糊口的工作，隐姓埋名，然后……

然后呢？

就那样做着最底层的工作，住着最底层的房子，过着最底层的生活，养着一个有手有脚却永远无法出去工作、如今还相看两厌的男人过一

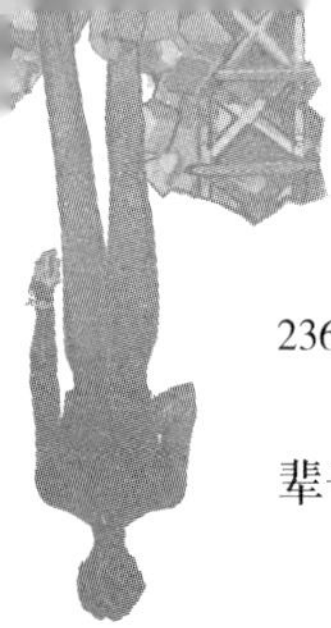

辈子？

在地狱里苦苦挣扎的人生也叫人生？没有快乐没有希望永远背负着恐惧和悔恨的人生，还有继续下去的意义吗？

或许，只有摆脱这一切，拿到一笔钱，她才有可能真的“重新开始”。

在反复纠结的那几天里，她对柯尧越来越不耐烦，越来越厌倦，仿佛柯尧脸上就写着她的错误、她的失败、她的后悔，这个男人的存在，就是她把自己的人生过得一塌糊涂的证明，是她一辈子的耻辱。

可即使这样，她还是不愿意把他给别人。

她简直要被折磨疯了。

失业后落魄地在家宅了三天之后，张扬接到了一个陌生人的微信申请，申请内容是：蘑菇的朋友。

张扬心里一动。这一次蘑菇虽然没有踩她，但也把她删了，这个人是谁，为什么要加她？

人人都在对她落井下石的时候，如果有一个人愿意帮她，哪怕只是安慰她，对她来说都难能可贵。

于是她通过了申请，主动问道：哪位？

对方发来一句：你好，我是盛世工作室的 Fiona。

张扬马上回道：你好，找我有什么事吗？

盛世工作室的人她认识几个，但这个人没接触过。

Fiona：我有很重要的事，希望能跟你当面聊，方便见个面吗？

张扬：是什么事呢？

Fiona：抱歉，这个确实不方便在微信上说，是关于哥哥的，希望能当面聊，相信我，这件事对你也有好处，时间地点你来定。

张扬：好吧。

张扬心里有些激动。盛世工作室为什么要找她？难道看中她的能力想雇她？她暗骂自己异想天开，多半是要帮她梳理好口供，以确保在配合监管部门调查的时候，不会对盛世造成不良影响。

不管怎么样，她对哥哥心怀愧疚，她的大号已经被骂到注销，她的人生已经一地鸡毛，不再有精力追星，这也许是她能为哥哥做的最后一件事了，所以无论是什么事，她都会尽力而为。

换好衣服，张扬怀着忐忑的心情出门了。

但到了约定地点，她见到的却并不是什么从没见过的 Fiona，而是盛世的经纪人，圈内有名的老牌经纪人——袁菲。

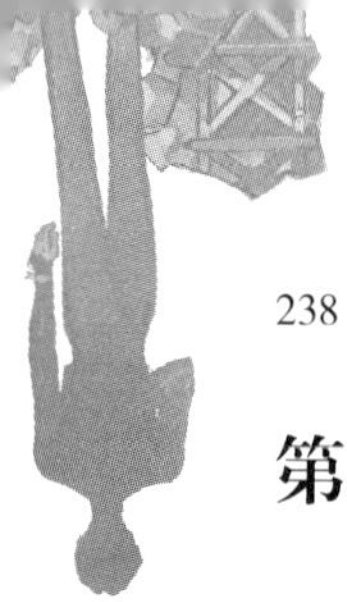

第二十七章

张扬正襟危坐，时不时偷瞄对面的袁菲。

袁菲在娱乐圈的知名度，甚至胜过三线小明星。北大金融系学霸，华尔街投行归国，阴差阳错进了娱乐圈，二十年来混得风生水起，传闻出身不凡，这个年近半百的女人保养得当，看起来不过三十来岁，知性干练，长了一副不好惹的面相，在圈内人脉极广。

以前为了盛世的利益，她们明里暗里没少嘲讽袁菲，但也不得不叹服这个女人的手腕和能力，在张扬心中她算是个人物，从来没想过有一天两人会像这样坐在一间不起眼的奶茶店里。

袁菲亲自出马，必然是什么大事，张扬的心跳快得不正常。

“‘盛世飞扬’。”袁菲念出了张扬的网名，“我很早以前就知道你，你的微博做得很不错。”

“……谢谢。”

“退圈了蛮可惜。”袁菲又说。

张扬尴尬地没有接话。她坑了属于盛世粉丝的二十万捐款，面对袁菲自然会心虚。

“你不用紧张，我不是来指责你的，其实是有事想找你帮忙。”

张扬看着她：“我能帮你什么？”

“不是帮我，是帮盛世。”袁菲淡淡一笑，笑意却不入眼底，“你可以帮你的哥哥一个大忙。”

张扬早有猜测，毕竟，她现在剩下的只有……

“我知道定制品的事。”袁菲说得云淡风轻，同时优雅地翻开自己的蜥蜴皮铂金包，拿出一包女士烟，抽出一根让给张扬。

张扬心里翻江倒海，僵硬地摇摇头。

袁菲给自己点上火，缭绕的白烟模糊了她半边眉目，像是隐在云雾后的苍山，更显神秘与深沉：“有些事情，远比你这种单纯的小姑娘知道得要复杂得多，你想想，这么反人性反伦常的事，掩盖得又不算特别严密，知道的人已经很多，为什么从来没出事呢？”

张扬放在桌子底下的手，暗暗绞紧了。

“因为这里面水太深了，牵扯的人物太多了，就算出事了也不会让普通人知道。水底下藏着怪兽，水面上风平浪静。”袁菲轻轻弹了弹烟灰，“你确实不该踏入这个圈子。”

“哥哥……也知道吗？”张扬颤声问。

袁菲摇摇头：“他都还不够格知道。”

“那，你找我想干什么？”张扬对袁菲有一丝本能的畏惧，这是一个强大的、有压迫性力量的女人，张扬清楚地知道自己在她面前有多弱。

“《凤凰游》被撤档了你知道吧？”

“知道。”

《凤凰游》是一部被联名举报导致撤档的盛世主演的古装剧。

“这部剧是盛世的翻身仗，投资了八个亿，拍得特别好，现在撤档只是缓兵之计，但电视台因为之前的事，本来就不太想要这个剧，我们做了很多努力、很多让利才走到这一步，如果真的被电视台退货，盛世不仅仅翻身无望，还要面临巨额赔偿。”袁菲平静地看着张扬，轻轻吐了个烟圈，“说是生死关头也不为过。”

“那我能做什么？”

“这件事里有一个关键人物。”袁菲似笑非笑地说，“指名要盛世陪。”

张扬面显狰狞。

真恶心，真恶心，真恶心！为什么这些人，都要把个人的欲望当做交易筹码去胁迫别人！

“盛世死活不肯，我花了这么多心血，总不能真的看着他沉下去。”袁菲眼中闪过精光，“所以我想到了定制品。那个人见过盛世很多次，拿普通的仿品糊弄他没有用，相似度 100% 的定制品，一个在你手里，一个在我不敢找的人手里，所以——”

所以，这就是盛世需要她帮的忙。

张扬无力地靠在了椅背上，面色苍白，眼神空洞。

“不会白让你帮忙的，我给你二十万。”

二十万，又是二十万。柯尧真值钱啊，得到他需要六百万，他只陪人一会儿也价值二十万。这么一个不事生产，甚至通常情况下连门都出不了的人，其实远比绝大多数人能创收——只要找对了方法。

定制品似乎永远摆脱不了这样的命运，毕竟，他们大多为此而生。

“不仅如此，我还会帮你找律师，摆平回扣的事，只要你们没有留下实质的交易记录，警察也拿你没办法。”

张扬的身体愈发无力，好像这把实木椅子都要支撑不住她单薄的身体，她看着袁菲殷红的唇瓣上下碰撞，听觉能接收到的信息却时断时续、忽远忽近，思考也成了一件困难的事。

袁菲停了下来，静静地看着张扬。

张扬缓了好半天：“哥哥知道吗？”

“我还没想好怎么跟他说。”袁菲道，“但他会知道的。”

“万一哥哥接受不了……”

袁菲失笑：“他有什么好接受不了，他巴不得呢。”

“接受不了……有一个和自己长得一模一样的仿真人存在。”

“嗯，对于正常人来说，这件事确实是很大的冲击。”

“可是，可是……”张扬低着头，“他跟哥哥越来越不像了，他胖了一些，经常熬夜脸色不好，还长痘，成天邋邋遢遢的，他也不怎么会说话，很有可能露馅儿。”

“这些你不用担心，我们会想办法。”袁菲皮笑肉不笑地说，“你舍不得吗？”

舍不得吗？张扬扪心自问，好像没有。

第一次将柯尧送给米娜时，她还会嫉妒，还会吃醋，现在她接受了这是柯尧唯一的价值，甚至，如果是为了哥哥，这恐怕还是柯尧的

荣耀。她道：“不是。”

“他跟盛世一模一样，完全可以蒙混过关。”

“不。”张扬盯着袁菲的眼睛，目光犀利，“他们一点都不一样，哥哥是独一无二的。”

袁菲愣了愣，旋即笑了：“幻灭了，是吗？”

张扬脸色微变。

“你知道吗，那些原来是盛世粉丝的小姑娘，削尖了脑袋进了公司，没过多久都会脱粉成正常人。你跟一个人天天抬头不见低头见，不幻灭才怪呢。”

张扬加重了语气：“柯尧不是盛世，他只有一张一样的脸罢了。”

“盛世也是一样的。”袁菲淡笑，“倒不是说他怎么怎么不好，他也只是个人罢了。崇拜和了解几乎是两种完全对立的心态，你崇拜的偶像，是经过我们的包装和你自己的臆想加工出来的符号，一旦你近到可以看到真实的他，发现他跟你想象中不一样，就会幻灭，甚至可能因为他没有符合你的理想而心生怨恨。”

张扬反感袁菲说的每一句话，包括她轻慢的口吻：“我说了，柯尧不是哥哥。”

袁菲笑了笑：“我是真的很不能理解，你为什么要买他。”

“因为你理解不了我对哥哥的感情。”

“我们常年研究粉丝心理，我可能比你自己都更清楚你在想什么。”

“那你到底是理解还是不理解！”张扬不耐烦道。

“我知道你为什么要这么做，但这么做太蠢了，我理解不了的是这部分。”

张扬瞪着袁菲，目光中几乎满是仇恨。袁菲的每一句话都像镰刀一样割在她的心上，收割着她的自尊。

袁菲用纤长的手指将烟蒂按灭在烟灰缸里，倒映在她瞳仁中的星火黯然熄灭：“追星不要摘星，星星摘下来，就变成了破石头。”

张扬一拍桌子，打断了袁菲的讥讽：“我要五十万！”她要让贝姐钱货两空，最好能被活活气死。

袁菲挑了挑眉：“可以。不过，在这部剧播出之前，你都要配合我。你能控制住柯尧吗？”

“他听我话。”

“很好，那么……”

“我还有个要求。”

“说。”

张扬鼓起勇气道：“……我想见哥哥。”

袁菲笑得很克制，但眼中的轻蔑还是没藏住：“你对盛世确实是真爱了。没问题，你遵守承诺，事成之后，我安排你们单独见面，圆你的追星梦。”

张扬鼻腔一酸，短短几分钟里，她已经想好了。事情结束后，她会拿着钱、带着柯尧离开这里，去一个小城市，买一套小房子，找一份工作，重新开始。

她会努力忘记柯禹，不再怨恨柯尧，重新开始。

而在那之前，她要尽自己所能地帮盛世，不仅仅是出于亏欠，也

是为自己三年的热爱画上一个完整的句号，不负一腔深情。跟盛世见一面，当面说出自己的心情，就像袁菲说的——圆梦，然后无牵挂、无遗憾地离开。

一切商定后，袁菲当场给张扬转了十万元定金，并要求马上验货，于是张扬带袁菲回了家。

袁菲打量着这逼仄的小出租屋，虽然用涵养封锁了不适宜的表情或眼神，但张扬还是感觉到跟当初米娜进屋时一样的气息——不敢擅动地站在原地，好像是为了不让自己那双昂贵的红底鞋过多接触廉价的地砖。

直到柯尧出来，袁菲脸色才变了，她震撼地盯着柯尧看了好一会儿，面露喜色，感叹道：“太像了，真可怕。”

张扬看着柯尧，却怎么看怎么觉得不像——盛世那样耀眼，柯尧却灰头土脸：“你确定吗？”

“你的哥哥不工作的时候，也经常不刮胡子不洗澡，就是现在这样。”袁菲款步走了过去，“不然为什么他一个妆发就要花掉普通人一年的工资，明星的精致是钱堆出来的。”她仰头看着柯尧，微微一笑。

柯尧淡漠地站在那儿，好像习惯了被参观，被品鉴。

“很好，收拾收拾，完全没问题。”袁菲对张扬道，“你等我通知，我会派人来接他。”她想了想，不放心地问：“你确定他听话？”

“他听话。”

袁菲走后，柯尧问道：“飞扬，她是谁，找我做什么？”

“我需要你……听话。”

“做什么？”

张扬这时候不太敢看柯尧的眼睛。让他去陪米娜，起码米娜是个年轻漂亮的女人。可这一次，却是让柯尧去陪一个……不知道什么样的人。她答应袁菲的时候，表面上胸有成竹，其实心里很忐忑，她根本不知道柯尧能不能、会不会，万一搞砸了……

万一搞砸了，倒也不会比现在更糟了。

张扬遮遮掩掩地说：“柯尧，我那天跟你说了，我失业了，没钱了，我们吃饭要钱，租房子要钱，玩儿手机要钱，你喜欢的吃薯片、逛超市，全都要钱。”她看着柯尧，“我现在需要你去赚一点钱。”

柯尧看着张扬，不明所以。

“你要……”张扬实在难以启齿，“你到时候跟刚才那个姐姐走，她会教你。她要你做什么，你就做什么，这样我们就可以拿到钱。”

“你是不是要我去做跟柯禹一样的事？”

张扬震惊地看着柯尧：“你怎么……”

“柯禹告诉我的。”柯尧的表情十分平静，完全猜不透他到底懂不懂这件事意味着什么，“他不愿意，但贝姐让他听话。”

张扬顿时面红耳赤，她意识到，现在的自己，跟逼着柯禹讨好客人的贝姐并没有什么不同。

她一直以受害者自居，如今却成了加害者。

可是，她有什么办法？她不能不帮哥哥，她也极度需要钱，她并不是要柯尧一直做这种事，只要能帮哥哥度过难关，并拿到那五十万

就够了。她会带柯尧远走高飞，远离这些恶心的人和事，她会修复两人的关系，重新开始。

对，一切都是为了重新开始。

张扬抓住柯尧的袖子，温和地说：“柯尧，你听着，这都是为了我们。过一段时间，我会带你离开这里，去另外一个城市生活，住更好的房子，吃更多的零食，那时你也可以经常出门。但是这些都需要钱。有了钱，我们会过得比现在好很多很多。”

柯尧点点头：“我明白了。”

张扬勉强笑了笑：“你要听话，让你做什么你就做什么，很简单的。”

柯尧也微微一笑：“好啊。”

第二十八章

张扬拿到定金的第二天，就找房东结清了欠款，办了退租，同时火速寻找短租房。

连续几天，柯尧都被袁菲白天接走晚上送回，据说是对他进行培训和保养。

张扬就自己打包了行李、找了搬家公司，一趟车把所有东西运了过去。这次搬家比前一次轻松很多，那些本该扔掉的旧物终于被放弃，毕竟她现在手里有钱，而且马上会有更多钱。

同时她注销了旧手机号，不仅仅是为了防止米娜或贝姐找到她，也是为了她期望中的重新开始，跟糟糕的过去割席。

晚上，袁菲把柯尧直接送到了张扬的新住处，柯尧一进屋就呆住了。

“别站着，过来一起打扫。”张扬欣慰地四下环顾，“这个房子比之前的好多了吧。”

“为什么突然搬家？”

“不想在那里住了。”

“为什么不告诉我？”柯尧两道眉毛都拧了起来。

张扬愣了一下：“你早出晚归又帮不上忙。”

柯尧翻看自己的行李：“我的东西你都带过来了？”

“基本都带了，不值得带的就扔了。”

柯尧沉默了。

张扬没有在意他的异样：“去把地拖了。”

两人一气收拾到半夜，张扬发现自己也有些杂七杂八的东西找不到了，这次搬家如此仓促，有遗漏物品也是在所难免，她决定明天回去再看看。

第二天，柯尧又是一大早走了，张扬起来后直接打车回了原来的住处。

没想到，她动作快，房东动作更快，已经找了人来清理垃圾，正在把她留下的破烂家具一样一样往外扔。

房东看到张扬也挺意外：“你手机怎么打不通啊！我本来要跟你说，让你来看看有没有落下什么东西，我马上就要装修了。”

“我今天就是来看的。”张扬站在门口往里瞄了一眼，感觉里面清得差不多了。

“你看吧。师傅，你俩先休息一下吧。”房东对正在抬沙发的工人说。

两个工人刚把沙发搬起来，闻言便侧着放在门边，出去抽烟了。

白天光线好，张扬从卧室开始看，把整个房子都检查了一遍，确实找到了一些遗漏的小东西，但好像没有什么柯尧的东西——他东西本来也少。

回到客厅，张扬的目光落在了那个沙发上。

这个沙发从她有记忆以来就在她家了，凝聚了她和父母的许多回忆，虽然现在旧得不成样子，但想到要扔掉它，张扬心里还是有点不舍。

她走过去，手指轻轻从沙发上抚过。由于沙发被工人随手放在了地上，靠背着地，整个底面都露了出来，张扬意外地发现了底部有一个豁口。老旧的沙发有破缺不奇怪，但那个豁口边缘整齐，一看就是利器划的，而且隐隐有什么东西将底部的布料撑起来一小片。

看那形状，像是盒子之类的……

张扬十分确定这不是自己弄的，难道是搬家工人不小心划的？她犹豫了一下，忍不住好奇，掀开豁口，打开手机的手电往里一照，竟真的发现了一个盒子。

张扬心里咯噔一下，她将盒子拿了出来。这是一个很普通的鞋盒，拿在手里却仿佛有千斤重，是谁放进去的，不用想也知道。她晃了晃，里面的东西还不轻。柯尧在里面藏了什么？为什么要大费周章做这件事？他近期的各种反常行为是否跟这个盒子有关？

张扬抚摸着鞋盒，突然没有勇气打开，她预感她要打开的是一个潘多拉魔盒，里面的东西多半不是她想看到的。

张扬抱着鞋盒进了卧室，反锁上门，踯躅良久，才慢慢掀开盒盖。

首先映入眼帘的是几扎现金，张扬是会计，对钱很敏感，扫一眼就知道大概有五六千元。翻开现金，下面是两个手机，一个苹果智能机，还有一个像小黑盒子一样的老款手机，只有基础功能，经常出现在警匪剧里用于不见光的交易。最底层，则是一张身份证和一本护照。

身份信息是一个完全陌生的名字，但却是柯尧的照片。

张扬浑身发冷，脸色惨白如蜡，捏着那轻飘飘的身份证，手却止不住地发抖。她清晰地体会到了恐惧。

在她不知道的地方，柯尧到底在想什么、做什么？柯尧接触了什么人，被灌输了什么信息，萌生了什么想法，将要有什么举动，才会在沙发底下藏这些东西？

据她所知，柯尧接触过的人只有米娜，米娜给他钱、给他买新手机都不奇怪，那旧手机和身份呢？不对，完全不对，她越想近期的柯尧，越觉得反常。似乎就是从她发现柯尧会背着自己外出开始，他已经完全不是刚来家里时懵懂无知的样子了，她就是先入为主，才会一直把他当小孩子看待。实际上，他心智发育的程度，恐怕远超过自己的预测。

张扬试图打开手机，但两台手机都需要密码。尽管真相可能很吓人，但被蒙在鼓里更可怕，张扬把鞋盒里的东西都装好，准备去找人破解手机密码，她一定要知道柯尧在背着自己做什么！

张扬拿上东西，惴惴不安地离开了。她在楼下打了车，直奔电脑城。

张扬在电脑城对面下了车，穿过斑马线的时候，一辆摩托车突然冲了过来，丝毫没有让行和减速的打算，她还完全没反应过来，就被一股力剐倒在地，连着翻滚了两圈才停下来。

“哇，小姐你没事吧。”路人上前扶她。

张扬睁开眼睛，她浑身剧痛，整个人天旋地转。

“是抢包的！她的包被抢走了！快点报警！”有人喊道。

“大白天的抢劫！”

张扬低头一看，自己的包果然不见了，她捂着被剐破的手肘和额头，整个人呆若木鸡。

路人把她扶到马路边，问她什么她都没反应，像是摔傻了一样。可是此刻她的大脑里正在翻江倒海。

她被跟踪了？她不相信抢走那个包是巧合，她怎么看都不像有钱人，这座城市的治安又这么好，大白天在人来人往的商业街被抢劫的概率太小了。

到底发生了什么？柯尧，到底隐瞒了她什么……

张扬一直坐在沙发上等柯尧回来。

柯尧进门后，却看也没看张扬一眼，径直要进浴室。他穿的衣服跟早上不是同一套，一看就很贵，显然是袁菲在不遗余力地让他更像盛世。人靠衣装，穿着几十块钱超市睡衣的柯尧和穿着名牌衣服的柯尧就像两个世界的人，眼前的柯尧一身星范儿，帅到让人眼晕。

可张扬完全没有心情欣赏，她冷冷道：“站住。”

柯尧停了下来，转头看张扬。

张扬指了指自己额角上贴的纱布：“你不问问我怎么弄的？”

“怎么弄的？”

张扬怒道：“你连关心人都不会了？是我的死活都不关你的事，还是你早就知道了？”

柯尧歪了歪脑袋，不解道：“什么意思？我没听懂。”

“你少装听不懂了！你现在能听懂的多了去了，你就是在跟我

装傻！”

柯尧摇摇头：“我没有。”

张扬站了起来：“你今天去哪里了？”

“不是你让我跟袁姐走吗，袁姐让我做什么形体训练、对话训练。”

“……没去其他地方？”

“没有。”

张扬张了张嘴，她不敢问鞋盒的事。或许柯尧早就知道了，可只要她不说，两人还能维持表面的平和；或许柯尧还不知道，一切只是巧合，她说了，就是打草惊蛇。无论如何，现在都不是摊牌的时候。

张扬眼看着柯尧进了浴室，盯着那背影的目光阴鸷而冰冷。她意识到，在不知不觉间，柯尧已经变得完全无法掌握，甚至可能对自己造成威胁。

她再也受不了了，在事情结束之后，离开这里之前，她要将柯尧重置，她宁愿要一个傻子、一个弱智，也绝对不要这个令她猜不透、令她害怕的男人。

袁菲用微信通知张扬，她明天来接柯尧，但晚上不回来了。

张扬知道那代表什么，大约经过几天的训练，柯尧已经可以以假乱真，要被送去讨好那位能够决定《凤凰游》命运的重要人物了。

张扬握着手机，一直挨到凌晨四点，趁柯尧熟睡时，悄悄爬起来，把她在电脑城买的定位器塞进了柯尧的鞋垫里。

她预感到柯尧一定会做什么，那些现金、手机、身份，她想到的最大的可能性，就是柯尧要跑路，那她就人财两空了，所以她必须监视柯尧，完成她和袁菲的约定，然后立刻带柯尧去重置。一无所知的柯尧才是能掌控的柯尧，重来一次，她绝对不会教柯尧那么多东西，她就当养一个宠物，一个漂亮摆件，一个懂得讨好自己的玩具，她绝不会让柯尧再有机会反抗她！

第二十九章

张扬顺着定位找到一个五星级酒店，她在门口徘徊很久，却不知道该做什么。

虽然怀疑柯尧要跑路，但这样跟踪就有用吗？最保险的是尽快把柯尧重置，从根部灭掉他自作主张的可能。

张扬决定给袁菲发一条信息，要袁菲看紧柯尧，不要让他单独行动。

消息还没发出，就被一个陌生来电打断了。张扬想了想，这个新号码除了袁菲没人知道，便不打算接，可电话被挂断后再次响起。

“喂？”

“张扬，对吗？”

张扬一怔，这是个陌生的男声，语气没有明显的起伏，可听来就是让人感到心里发毛。

“哪位？”

“你现在住在新景路 2 号昌茂小区，对吧？”

张扬顿觉毛骨悚然，这个人说的，是她搬过去还不足一周的新住址！她颤声道：“你是什么人，你想干什么！”

“给你这几天时间，并不是让你搬家逃跑的，你的行为让我老板非常生气。”

贝姐！

张扬无措地环顾四周，这个电话让她感到巨大的威胁，让她哪怕站在人来人往的大街上，依然如芒刺在背，瑟瑟发抖。

“我……你想干什么？”

“我想问问张小姐，你想干什么？”男人冷酷地说，“你真的以为换电话、换住址就能躲起来？我们随时可以找到你。而且，由于你的不识抬举，之前的约定也不作数了。”

“你们难道还想明抢不成！”张扬吼道。

“呵呵。”男子冷笑，“我们可以做的事，超乎你的想象。”

张扬的身体晃了晃，腿有些发软。

“张小姐，我只是拿钱办事，与你无冤无仇，我对欺负小姑娘也没有兴趣，给你一个我私人的忠告，现在你代价最小的选择，就是主动把他给我，这样谁都不会受伤，否则，你不但要付出会令你后悔一辈子的代价，结果也还是一样的。”

张扬终于无力地蹲在了路边，半天说不出话来。

“这次也不会给你考虑的时间了，明天下午五点，把他送到指定地点，否则我会亲自拜访。”

“等一下！”张扬急道，“能不能给我几天……”

对方挂断了电话。

张扬听着阵阵忙音，整个人僵如雕塑，双目一片灰败，汗水顺着面颊溪行而下，那是名为恐惧的灼灼烈火，正在蒸发她的理智。

她不能把柯尧给贝姐，否则她就什么都没有了，那也许比死还难受。可她根本受不得这样的威胁，她怕得要死，之所以躲起来，就是因为她没有直面这件事的勇气。

跑，对，唯有跑。

新租的房子不能要了，新号码是身份证办的，也不要了。她知道哪里有卖偷来的身份证，可以应急。

打定主意，张扬先从自动提款机取了两万块钱现金，因为这个时候银行已经下班，这是她能从自动提款机取到的最高限额。然后她回家，收拾了一些重要物品。她知道自己肯定被盯上了，别说搬家，就是带个箱子都会被立刻识破，所以只能暂时放弃。这个房子她租了三个月，也许风头过了还能回来拿，但现在她必须跑。

她发给袁菲的微信迟迟没得到回复，她也不敢打电话问，这么一通忙活，她一时竟忘了去想柯尧此时此刻在干什么，而想到那些只会令她厌恶、反胃。

接下去她只能用假身份证住那种检查不严格、塞点钱就愿意让她蒙混过去的小旅馆，但这不是长久之计，必须尽快离开这儿，最好是……

等等！张扬突然想到一件事。她从来没和袁菲说好租用柯尧多久，一次两次也就算了，五十万，自己到底要把柯尧租给她多长时间？要是按天算，她这个月都没法离开，可她根本等不了那么久，待在这里的每一天，都有可能被贝姐的人找到。

在犹豫要不要给袁菲打电话时，她无意点开了追踪 APP，赫然发现柯尧已经不在酒店，正往东移动，马上要出市区了。张扬顿感不安，拨通了电话。

电话响了很久才接通，对面传来剧烈的喘息声，像是被野兽追赶一般急促而慌张，还未等张扬说话，袁菲已经压低声音吼道："出事了！出大事了！"声音完全不复初见面时的稳重优雅。

张扬浑身都凉透了，她听到自己木木地问："出什么事了？"

"你看新闻吧，你养的这个……这个东西！"袁菲咬牙切齿、歇斯底里，"他会把所有人害死的！"

袁菲挂了电话。

张扬蒙了半晌，将已经卸载的微博重新下回来，搜索酒店的名字，果然看到很多路人发的内容：××酒店有人坠亡。

张扬瘫软在沙发上，颤抖着往下滑动屏幕。

根据零碎的、真真假假的信息，张扬串联出了大概的内容：××酒店 8 层有人坠亡，疑似中年男子，疑似醉酒，救护车、消防车、警车都到了，周遭围满了看热闹的人。

死的人是那个领导吗？是柯尧干的吗？结合袁菲的话，答案不言自明。怎么会这样，柯尧怎么会失控到……

追踪 APP 上那个正在外郊区跑的红点，显然就是柯尧，是袁菲在送柯尧走吗？送去哪里？警察会调查到什么？会不会查到他们身上？这样跑了有用吗？

张扬感觉自己要疯了，她突然意识到，自从她卖掉房子买回柯尧

的那一天起，她做什么错什么，她就像一个活生生的墨菲定律自证机器，无论做什么事，永远朝最糟糕、最可怕的方向发展。她又像被下了诅咒，被恶意不断地拖下更深的地狱，她不再有希望。

她不再有希望。

但她也不再问为什么，她麻木地背上包，走到地铁站，只有公共交通有可能甩掉跟踪自己的人。

她不知道跟踪的人是谁，但两次换乘还能看到同一个男人后，她确定了目标，凭着对地铁和公交系统的熟悉，她终于有惊无险地摆脱了跟踪者，循着追踪APP显示的位置而去。

她必须尽快见到柯尧和袁菲，必须知道到底发生了什么！

一路上她不停地看微博，随着时间的推移，案件涉及的方方面面被更多人爆料出来，比如死者是××台内容中心的主任，专门负责影视项目的采购；比如疑似死因是醉酒加吸毒后坠楼，但房内不止他一人，目前不能排除他杀，而另一个人已经消失，警方正在追查。

目前还没有消息能跟盛世扯上关系，但那种高级场所到处都是监控，柯尧不可能没被拍到，哪怕是做了面部伪装，但只要顺着死者这条线去查，至少袁菲撇不清关系，那么查到盛世也是早晚的事。

张扬恐慌得想一头把自己撞晕，可她终究无法逃避，求生本能驱使着她走下去。

张扬来到一片城中村，这里偏僻而人烟稀少，定位器已经无法再缩小范围，她只能给袁菲打电话。

电话依然响了很久，接通后，袁菲的声音已经恢复了冷静：“喂。”

“菲姐，出什么事了，是他干的吗？”

“不然呢。”

张扬倒吸一口气：“我，我真的不知道会……你们在哪里？我们谈谈。”

“谈什么？”袁菲的语气很古怪。

“见了面再说，我就在你们附近。”

“你在附近？”

“对。”

袁菲沉默了一下，给她报了一个地址。

司机顺着导航找到地方，张扬下了车，发现这里是一个农家乐。她正看着大门犹豫，突然被人从背后一把捂住了嘴，她惊恐地瞪大眼睛，对方却没有给她挣扎的机会，用有力的手臂钳制住她，将她推进门。

这是个四方院子，只有一间屋子亮着灯，张扬就这样被挟持进屋，被粗暴地扔到了地上。

她战栗着抬头，入目先是一双熟悉的鞋，顺着目光往上，是坐在高脚椅上仍可以屈膝着地的长腿，再往上，是被无数人赞誉的那张俊美非凡的脸。

“……柯尧。”

那居高临下看着张扬，眼中写满蔑视的男人，正是柯尧。

屋内至少有七八个人，有的张扬不认识，有的认识，而所谓的认识，也只是因为他们的脸经常出现在公众视线中。没错，这些人都是定制品，包括张扬曾经在千代家里见过的岳晨光的定制品。

角落里的一张椅子上，绑着一脸颓丧的袁菲。

张扬撑起上半身，茫然地看着这些人，那些人也在看她，用各种各样的眼神，好奇、鄙夷、厌恶、冷酷、仇恨……不一而足。

张扬好不容易找回自己的语言能力：“柯尧，菲姐，这是怎么回事？”

袁菲用充血的眼睛瞪着张扬：“蠢货，你还看不懂吗？”

张扬看向柯尧：“怎么回事？你们在做什么？”

柯尧目若寒川：“你的确是蠢。”

“你们……”张扬指着柯尧，指着那些人，“你们都是定制品？你们到底……”她突然想起把自己扔进来那个人还站在身后，猛然回头，却见到一张跟盛世、跟柯尧都一模一样的脸。那一瞬间的时空倒错感，让她以为自己在做梦。

这个人是柯舜。

柯舜看着她的眼神有冰冷的恨意。

张扬似乎明白了。这是一个烂大街的仿真人起义的剧本，只可惜她不是拥有上帝视角的观众，而是一个参演者，一个从头到尾被蒙在鼓里的配角。

她早就该意识到的，柯尧的伪装并不高明，只是她一直低估柯尧的智商，或者说她没有能力阻止柯尧的成长，因此只能自欺欺人。如今真相摆在面前，她才知道，她以为自己失去所有身家已经是绝地，没想到现在人身安全都可能不保。

她突然笑了出来，她笑这一切实在太可笑，太荒谬，太奇幻，太戏剧，而她偏偏是戏中人。

她完了，她知道自己彻底完了。她以为在自己失控的人生中，仅剩下柯尧还可以掌控，结果她错得离谱。

一屋子人都面无表情地看着状若疯癫的张扬。

“怎么，你们都突然变聪明了，不是连水都不会烧的弱智了？你们之前都是装的，是吧？你们蓄谋已久了，是吧？”张扬笑得不可自抑，“你们想干什么？取代蓝本，成为真正的人？”

柯尧淡道：“之前并不是装的，只是公司的程序有致命漏洞。我们积累的知识和记忆，短时间内可以被重置，但随着时间的推移就会慢慢恢复，这个漏洞公司知道，但不敢告诉客户，所以才要求定期对我们进行重置。”

“所以你们现在是成年人的智力水平。”张扬瞪着柯尧，“你什么时候恢复的？偷偷出门那时候？”

柯尧默认了。

“那你现在想干什么？杀人灭口吗？”

“暂时不会，你们还有点用。”柯尧冷眼扫过两人。

张扬突然激动地说：“柯尧，我倾家荡产把你从公司买走，我带你回家，我养你，你难道一点情意都……”

柯尧的眼神突然变得狰狞，不止柯尧，所有定制品的表情都有些阴森。柯尧危险地眯起眼睛：“你还敢说这种话，是现在就想死吗？”

柯舜阴森森地说：“你们把我们当畜生，当奴隶，当玩物，当工具，唯独没当过人，我们最恨的，就是你们这些所谓的‘主人’。”

张扬辩解道：“我没有！起码我没有！我真的喜欢柯禹，我对

你也……”

“闭嘴！”柯尧猛地起身，表情凶狠如猛兽，“你敢提柯禹，你毁了柯禹，你毁了我弟弟！”

第三十章

张扬像是被刺中了命门，脸上顿时没了血色，眼中蓄满了清晰的痛苦，她张了张嘴，却无力辩解。

柯禹这个名字，代表她一生的悔恨与罪责，悲剧与噩梦。

柯尧踱步到张扬面前，缓缓蹲下身，眸中翻腾着恨意："你为什么要毁掉他！你的愚蠢、你的自私、你的虚伪，看在你帮我们建立联络的分儿上，我原本都可以忍受，可你为什么要毁掉他！"

张扬含泪道："我……我想救他，想让他解脱。"

"解脱？没有任何事情不需要付出代价，我们是，他也是。温先生是我们计划中重要的一环，可你的自作主张害了他，害得我们差点功亏一篑，也夺走了他已经触手可及的自由！"

张扬混乱的大脑突然捕捉到了重要的信息："等等，你的意思是，柯禹他……他故意要去……"他想起柯尧刚才说过的话，定制品的记忆，随着时间推移会慢慢恢复。

柯尧露出一个残酷的微笑："没错，柯禹已经恢复了记忆，他记得你。"

张扬如遭雷击。

“他不仅记得你，他还喜欢你。”柯尧的瞳眸染上血般的红，“他说你是个好人，说你是唯一真心对他的人，他说等他有了自由、有了身份就去找你，实现你们之间的承诺。”

“不……不可能……”张扬突然疯了一样地摇头，屁股蹭着地往后退，眼前的人像是朝她扑来的洪水猛兽，令她避之不及。

“真不明白你这种一无是处的蠢女人哪里值得他喜欢，你这个虚伪的骗子、玩弄他人尊严的人，哪里担得起一句‘好人’！”柯尧一把捏起张扬的下巴，恶狠狠地说，“你口口声声说喜欢他，却把我买回家，发现我不符合你的期望，又怨天尤人。你毁了他，让他的一生结束在通往自由的路上，又想靠我捞钱开始你的新生活。”柯尧倒吸一口气，“你做了这么多恶，还想要一个重新开始的机会，凭什么！我弟弟呢？他做错了什么，他那么单纯，没有伤害过任何人，却一辈子都没有机会真正做一回人！”

张扬捂着耳朵尖叫了一声，瘫软在地上哭喊道：“不要……别说了……别说了……”

她觉得自己已经疯了，她觉得自己已经死了，否则就不会听到这仿佛万箭穿心的字字句句。

柯禹记得她！柯禹喜欢她！

她做了什么？！她毁了柯禹，她毁了她爱的人，她毁了这世上唯一喜欢她的人，她毁了那个想要与之共度一生的人，在他们马上就有可能得到幸福时，她毁了柯禹！她亲手喂给柯禹足以毁灭他的毒药，看着他在自己面前痉挛、挣扎、翻滚，看着他那么好看的脸狰狞扭曲、丑态毕现，看着他痛苦、无助地求救，看着他抓着自己的脖子，看着他毁坏在自己面前。

她做了什么——

柯禹的惨状再次出现张扬在眼前，如噩梦降临，仿佛有无数个柯禹在她的身边打着滚哀号，却发不出声音，只是用痛苦、绝望和不敢置信的眼神看着她，仿佛在问她："为什么，为什么你要毁了我，我们不是两情相悦吗，我们不是要厮守一生吗，你不是说要带我回家吗，为什么你要毁了我？"

"啊啊啊啊——"张扬崩溃了，抱着脑袋发出凄厉的叫声。

柯尧抹掉眼角溢出的泪，站了起来，满怀痛恨地看着地上蜷缩成一团的女人，与柯舜交换一个眼神："绑起来。"

柯舜招来两个定制品，将张扬拖到一边，像绑袁菲一样绑了起来。

张扬的身体软得像被抽了骨头，她一丝一毫都没有反抗，满脸狼藉，边哭边喃喃自语，整个人看起来疯疯癫癫的。

袁菲鄙夷地瞪了张扬一眼。

柯尧看向袁菲，冷道："盛世在哪里，你再不开口，就是逼我们动粗。"

袁菲尽管被五花大绑，但到底是见过世面的女人，冷静地说："我知道你们想干什么。冯波……的定制品，是你们的带头人，对吧？他确实成功取代了自己的蓝本，但他是被真正的冯波训练……"

"盛世，在哪里？"柯舜加重语气重复了一遍，"少废话。"

袁菲微微一笑：“我要说的绝对不是废话，你们应该听我说完。”

柯尧微微颔首。

“你们想取代盛世，确实，如果你们都能像冯波的定制品那样，没有痕迹地取代蓝本，那些蓝本拥有的社会地位和大把的钱，当然够你们改变自己的命运。但是，第一，你们没有受过训练，演不好的，至少短期内全是破绽；第二，如果蓝本完蛋了，你们也就功亏一篑了。”

柯尧眯起眼睛：“什么意思？”

“警察很快就会查到盛世。主任的手机里有和我的通信记录，酒店摄像头拍到了你，虽然做了伪装，但是熟悉的人一眼就能认出来，他们很快就会去找盛世。找到盛世后，你猜他们会干什么？”

“说下去。”

“会带他验尿。”袁菲冷笑道，“那个套房里有什么，你比我清楚吧。”

柯尧满脸阴鸷：“你是想说……”

“没错，盛世过不了尿检的。”袁菲面无表情地说，“你想让盛世洗脱嫌疑，不在场证明他应该有，今天晚上，他多半和某个小明星在一起，可一旦验尿，他就完了，他的星途就毁了。你想当万众瞩目的大明星，还是当一个灰头土脸的罪犯？”

张扬缓缓地转过脸，用一种马上要死掉的表情看着袁菲，仿佛被人放干了最后一滴血。

袁菲感受到她的注视，瞥了她一眼，露出嘲弄的笑容，十分解恨地说：“怎么，很惊讶？以为自己的哥哥真是什么不染凡尘的人物？我告诉你，所有不入流的他都玩儿过，当十八线野模的时候也要靠卖弄姿色上位，见到漂亮女人一样在人家后面追着跑。他有的只是一副好皮囊，你们看着他的脸，自己把他脑补成什么好人，穷得饭都吃不起还要给亿万身家的他花钱，怪谁呢。”

张扬颤声道：“胡说，你，你胡说……”

袁菲嗤笑一声，目光炯炯地看着柯尧：“针对我刚才说的两个问题，你需要跟我合作。”

柯尧挑了挑眉。

“我是这个世界上最了解盛世的人，我可以帮你天衣无缝地伪装成盛世，而你可以出面替他洗脱嫌疑，帮我保住这棵摇钱树。反正我已经受够了他，他也越来越不好控制，早晚出事，我要的只是‘盛世’这个招牌，他原本也不叫盛世，谁当‘盛世’，我不在乎。”袁菲看了张扬一眼，残忍地说，“没有人在乎。”

张扬双眼瞪如铜铃，有骇人的光从那两个黑洞洞的瞳仁里射出来。

她不相信袁菲说的话，她相信她看到的，她相信她的心，她相信她爱的人，盛世绝不可能是那样的人，袁菲一定是为了保命才这样污蔑盛世，甚至想要放弃盛世，帮赝品取而代之！

柯尧不动声色地说：“你是个聪明人。”

袁菲笑道：“有钱一起赚，何乐而不为呢。”

柯尧对柯舜道：“你带几个人去找盛世，把他控制住，我带她先去盛世家准备一下。”

柯舜点点头，冷眼看着张扬：“哥，她怎么办？”

柯尧甚至不愿意多看张扬一眼：“她还有用，贝姐那里还有很多

我们的兄弟姐妹，要靠她把贝姐引出来。”

张扬感到一阵恶寒，眼前的男人令她恐惧，她受不了，受不了他顶着这张她深爱的脸，做尽她痛恨的事！

柯舜朝文御——岳晨光的定制品招手：“我留两个人，你在这里看着她，等我们消息。”

文御点点头，迟疑道：“千代……”

“之后再说。”

柯尧和柯舜分别带着人走了，原本站满了人的屋子里，只剩下了张扬、文御和一男一女，那一对男女张扬都不认识，不知道是谁的定制品。

文御看了张扬一眼，便坐在一边玩儿手机，屋内很长一段时间里都没人说话。

张扬呆坐了好久，才从那种癫狂的、崩溃的状态里找回一丝理智。

她想，这帮人要伤害盛世了。

她已经做错了那么多事，她的人生彻底完了。柯尧和柯舜两兄弟恨死了她，一定会毁了她，没关系，她也不想活了，只求还能有机会向柯禹赎罪。

可是，她这样卑劣的人生，如果还能燃尽最后一丝能量，还能做一点正确的事，那就只剩下拯救盛世了。

她不相信袁菲说的话，那个女人阴险狡诈，肯定是为了自己脱身才抹黑盛世，她绝不能让他们伤害盛世，绝不能让柯尧取代盛世。哥哥是无辜的，哥哥什么都没有做错，不该承担这些丑恶的因果，她要想办法救哥哥，这是她仅剩的价值。

张扬强迫自己冷静下来，她的目光落到了文御身上，她清了清嗓子：“文御，你还记得我吗？”

文御瞥了她一眼，没有理会。

“我们在千代家见过，你记得我的吧。”张扬说，“我好渴，能不能给我喝点水？”

文御犹豫地看了看另外一对男女，那两个人似乎比他还没主见，面面相觑。

文御起身倒了杯水，递到她嘴边。

张扬确实渴了，几口就把一杯水喝得一滴不剩。

文御起身要走，张扬叫住他：“文御，你知道岳晨光吧。”

文御皱了皱眉，看着张扬：“当然，你认识他？”

“他是大明星，谁不认识。”张扬道，“你也想成为他吗？”

文御点点头：“是这样计划的，因为我是相似度 100% 的定制品。”

“可你要怎么成为他？柯尧和柯舜有盛世的经纪人帮忙，你呢？”

屋内的女子说道：“文御，你不要跟她聊了，这些人都比我们聪明，你不要被骗了。”

“嗯。”文御转身就走。

“千代呢？”张扬叫道。

听到这个名字，文御身形一顿。

“你们……把千代怎么了？”

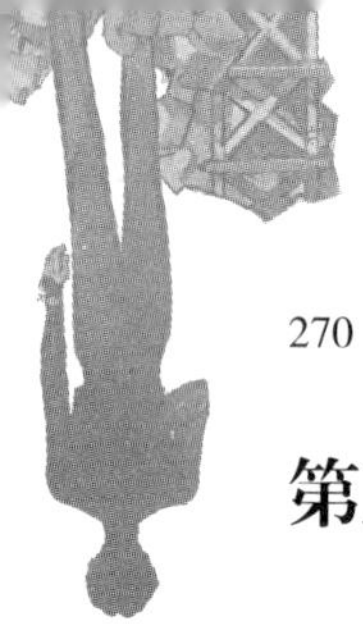

第三十一章

文御背脊僵直，表情也变得古怪，但他没有回答。

“也把她抓起来了？”张扬逼问。

屋内的另一个男人叫道：“你闭嘴。”

“像我这样绑起来了？你们连小女孩儿也不放过吗？”

“不是！”文御有些慌张地辩解道，“没有要杀她，不会杀她的。”

张扬冷笑：“但是绑架了她，不然你们怎么跑出来的。”根据她与定制品相处大半年的经验判断，文御的成熟度远不如柯尧和柯舜，心智也就是十来岁的少年，而另外两个还不如文御。

文御别过脸去：“你不要再说话了。”

张扬正绞尽脑汁想怎么逃走，忽然听到隔壁传来细微的咳嗽声，而后咳嗽的动作带动了床架，晃动着撞击着墙壁，声音不大，但此时夜深人静，这里隔音又不好，听得很清楚。

三人都紧张得绷紧了身体，张扬几乎是立刻就反应了过来：“千代在隔壁？”

文御跑向隔壁，门一开，咳嗽声更响了，像是根本停不下来，听着就让人感到难受。

屋内的女人也跑了过去。

不一会儿，文御回来倒水，他急得额上浮了一层细汗。

“千代怎么了？生病了？”张扬问，“这么咳嗽不正常，她是不是病了？”

文御抿了抿唇：“她有哮喘。”

“哮喘？很严重的哮喘吗？带药了吗？”

文御摇头。

“哮喘是会死人的，你们把她绑架了居然不给她带药，是想害死她吗？！”张扬并不知道千代的哮喘严不严重，但此时必须往严重了说，她能不能脱身，全看能不能骗过这几个拥有成年人外表的“小孩儿”了。

文御果然害怕了：“真的吗？”

“当然，不然她为什么要吃药。有哮喘的人对环境要求特别高，剧烈运动，情绪起伏，空气不好，气温太高，空间密闭，有过敏原，全都会让他们发病。她现在是不是咳嗽得停不下来，还呼吸困难？”

文御被张扬声色俱厉的模样吓住了，点了点头。

“那就是哮喘发作了，赶紧送她去医院啊！”

“文御，不要听她的！”男子拉了拉文御，“大哥说我们不能离开这里，她们也不能离开这里。”

文御低下头，端着水走了。

张扬看得出文御是真的关心千代，在他背后大叫：“再不去医院她真的有生命危险！”

男子狠狠瞪了她一眼，但眉眼间也能看出焦虑。

千代咳个不停，原本细嫩娇柔的少女嗓音，此时粗哑得像砂纸磨墙，一声接着一声，仿佛要穿透喉管。张扬想，也许自己并没有夸张，千代的哮喘真的很严重，米娜也说过千代从小体弱多病，连出门都极少。她真的急了，她带着一种赎罪的心理，希望能够拯救别人，她扯着嗓子大叫："至少让我看看她，你们懂哮喘吗，你们有三个人，我又跑不掉！"

文御果然回来了，将张扬从地上拎起来，带到了隔壁，千代单薄的身体蜷缩成一团，一张小脸惨白，看起来十分可怜。

张扬看了看周围："把窗户打开，保持通风。"

文御马上照办，他手足无措地看着千代，急得眼睛都红了。

"千代，你还认识我吗？我是飞扬。"

千代眼神涣散，努力分辨着张扬的脸，在剧烈咳嗽的间隙挣扎道："药，药……"

"这里没有药，你需要去医院。"

千代的手无力地揪着床单，咳得整个人都要痉挛了。

张扬厉声道："必须马上送她去医院，她真的会死啊！"

文御似乎急得要哭了，另外两人也面面相觑，不知如何是好。

"你们看看她，马上就要窒息了，再不送医院就晚了！"张扬瞪着文御，"你真想让她死？"

"不是，我……"文御用力揪着自己的头发，"可是大哥说……"

"你还管他们怎么说，除非你想让她死，否则就是他们回来也得送她去医院啊。”

文御咬了咬牙：“去医院。”

“你们得带上我。”张扬道。

女人指着她：“你是想跑？”

“你们能见人吗？会叫车吗？会挂号吗？有身份证吗？会跟医生沟通吗？会买药吗？会办住院手续吗？”

一席话把三个人都问愣了。

男人小声说：“我们给舜哥打个电话吧。”

文御没有吭声。

“柯舜根本就不在乎她死活吧。”张扬冷笑，“给他打电话，千代就死定了。”

文御一张俊脸死白。

张扬放缓了语气：“文御，千代是我的朋友，我很想救她，她只是个未成年的小女孩儿，她对你很好吧？你是她唯一的朋友吧？能救她命的人只有你了呀。”

在车上的时候，文御告诉张扬，他把千代当作自己的妹妹，虽然千代有时候很任性，但也很可爱，可惜柯舜不这么想。看文御黯然的神情，那句“不这么想”背后，其实还有更多深意，也许是利用、不屑、厌恶，甚至是仇恨，但文御不会表达，他只知道，他在乎千代，而柯舜不在乎。

这肯定是文御第一次背叛自己人，他一路上都极为低落、忐忑。

张扬看着文御那张熟悉的脸，心中五味杂陈。她曾极度讨厌岳晨光，鄙夷、轻贱、恶心，说是恨都不为过，结果到了这个时候，她却唯独在这张脸上看到了人性的光辉，真是莫大的讽刺。

到了医院，张扬给千代挂急诊、交钱、办手续，全程都有人寸步不离地跟着她，但对于一个从来没有来过医院，甚至可能从来没有置身于人群中的定制品来说，光是适应这种复杂的环境已经很困难，又怎么阻止得了张扬趁机逃走呢。

离开医院，张扬一路狂奔，跑到双腿发软、呼吸困难，跑到肺部好像下一秒就要爆炸，才跪倒在路边，眼看着眼泪大颗大颗地砸落地面，洇出一个个小小的黑洞，每一个都在吞噬她的灵魂。

只要稍微静下来，她就会想起柯禹。哪里都是柯禹，回忆里，脑海里，视线里，甚至呼吸间，也仿佛飘荡着酒和蓝莓杂糅的气味——那是死亡的气味，一切的一切，都在逼疯她。

柯禹不会放过她的，柯禹来找她报仇了，因为她做了世上最愚蠢、最恶毒的事，她毁了她至爱的人，她得到的惩罚，就是活着品尝这分分秒秒的滔天悔恨。

可她还不能在这里倒下，她必须阻止柯尧。柯尧能走到今天，她厥功甚伟，所以盛世遭遇任何不测，都有她的责任。她已经毁了一个所爱，不能再毁了另一个。

可她要去哪里找盛世，又去哪里阻止柯尧？定位器刚刚被柯尧扔了，偌大一座城市，她害怕自己再次见到盛世就是在新闻上。

她想到了报警。不如曝光这一切，警察总有办法找到人，就算让她坐牢也无所谓，她要把公司，把贝姐，把别墅里的那些客人，和柯尧这种心怀不轨的仿真人都曝光，让坏人罪有应得，让无辜者不再受伤害。最重要的是，结束这罪恶的交易。

对，报警！

张扬的手机被柯尧拿走了，她思考后，决定就近找一个网吧。她不仅要报警，还要把所有事都曝光在网上，以防那些大人物掩盖真相。反正她已经没什么可失去了。

可下一刻，她就被一个男人捂着嘴拖进了巷子里。

午夜时分一个女人独自走在街上确实不安全，但张扬也没料到自己会在这里出事，在想象过可能被贝姐的人弄死、被柯尧灭口和被大人物干掉后，这个结局实在意外。

但这个男人开口后，她一时也不知道比起碰上强奸犯哪个更可怕。

这个声音，早几个小时前刚与她通过电话。

“张小姐，我现在放开你，请你不要喊，否则我就不客气了。”

张扬用力点头。

男人松开了她。

他四十岁上下，中等身材，眼神很锐利。张扬觉得自己似乎在哪里见过他，但又想不起来。

张扬颤抖着说：“柯尧不在我手里，他已经……”

“他已经不受你控制了，对吧。”男人给自己点上烟，不紧不慢地抽了一口，“他去哪里了？是不是去找盛世了？”

“……你怎么知道。”

“定制品的终极目标，不就是这个吗？”

“你是什么人？”这个人恐怕不仅仅是贝姐的一个打手。

“我是警察，准确来说，以前是警察。你可以叫我浩哥。”

张扬瞪大了眼睛。

“这个非法制作仿真人并进行买卖交易的组织我们已经追踪好几年了，里面牵扯了非常大的利益和非常多的大人物，案子阻力重重，几度被迫搁置。”浩哥眯着眼睛吐了一口烟圈，“但我不会放弃的，我已经潜入了这个组织。”

张扬猛然想起为什么觉得浩哥眼熟了，那个她在监控里看到的、和柯尧一起进入她家单元楼的男人，虽然遮盖了脸，但年龄、身形、发型都跟浩哥相似。

浩哥看出她在想什么：“对，我去过你家，我通过贝姐认识了冯波，又通过冯波接触到了冯波的定制品，以及许许多多其他人的定制品。”

“那、那你应该掌握了很多证据。”

“对，但是我被骗了。”浩哥眼中闪过恨意，“我被定制品骗了。”

“我也……”

“他们很容易就能装得什么都不懂，博取你的信任和同情。”浩哥沉声说，“冯波的定制品，不，现在该叫他冯波了，他已经完全地、彻底地取代了冯波。最开始，他要我帮他，我们目标一致，曝光黑暗交易，解救仿真人，将犯罪者绳之以法。但后来他变了，他舍不得那些荣华富贵，他觉得与其披露真相，让他们变成一无所有、身份尴尬的仿真人，不如取代本体，掌握更高的话语权、更多的财富，这样才能真正改变他们的命运。”

张扬沉默了。

浩哥讽刺地说：“不得不说，从他们的立场上来看，这是件正义的事。他从受害者，变成了既得利益者，然后变成了加害者。骑士得到宝藏，自己变成了守护宝藏的恶龙，是不是一个很俗套的剧本？”

“那你……那他……”

“我搜集到的很多证据都被他毁了，我也差点死在他们手里。”浩哥的脸上有一种从地狱归来的人才拥有的淡漠，“这些年为了查这个案子，我妻离子散，丢了工作，失去了最好的兄弟。我曾经以为最大的阻力来自权力，来自资本，却没想到，给我最狠那一刀的，来自人性。”他扔掉烟头，用脚碾灭了，“我现在孑然一身，只想把那帮家伙正法，张小姐，你会帮我吧。”

张扬毫不犹豫地说：“我帮你！我也想曝光，把所有事情都曝光！”她又忧心道，“可是，你的证据都被销毁了。”

“我留了备份，如果我死了，那些东西自然有渠道曝光，但我还是想活着把他们送进监狱，所以我要抓现行。今晚，柯尧一定会趁着今晚的混乱取代盛世。”

“你知道柯尧在哪儿？”张扬激动地说，“你能追踪我的手机？”

“对，我是跟踪你一路到那个农家乐的，柯尧走后，我本来想找时机救你，但你自己出来了，我就跟踪你到这里。”

“那你怎么还不去阻止柯尧！”张扬急道，“他们要杀掉盛世啊！”

“盛世现在在‘白日梦’，夜场才刚刚开始，那里那么多人，他

下不了手的。”

“你也跟踪盛世？”

“我找人盯着呢。”

“你打算怎么做？我能做什么？”

“你跟我一起去‘白日梦’，警察找到盛世是早晚的事，我们要赶在警察之前，把盛世和柯尧都控制住，还有什么比两个长得一模一样的人同时出现更有说服力？”浩哥冷笑，“我要让明天的媒体爆炸。”

完结章

“Illusion”是这座城市现在最火的KTV，大家喜欢叫它“白日梦”，一个最小的包厢，一晚上最低消费也要上万元，是富豪、明星、网红出没频率极高的地方，门口常年停满了顶级豪车，漂亮的皮囊聚集在这里争奇斗艳，确实是普通人触不可及的梦。

张扬曾经来过一次——米娜的生日派对，那是她第一次见到柯禹，所有的绮梦自那一天始。今天她又来到这里，这极具象征意义的巧合，是否预示着她的噩梦要在这里终结?

她感到恐惧，因为这里加重了回忆对她的纠缠，还因为她即将面对的不可知的一切，她怕到想要转身逃走，仿佛那奢华的包着红丝绒的大门是张开的血盆大口。

浩哥见张扬紧张，安慰她道：“不要怕，你只需要进去想办法找到柯尧然后通知我就行，他肯定做了伪装，只有你最熟悉他，我得赶在警察来之前找到盛世。”

张扬努力深深吸气，仍是浑身发毛：“你，你一定要保护好盛世。”

“我明白。”浩哥嘱咐道，“你也要保护好自己，柯尧非常危险，

他们这些仿真人，道德和法律意识都很薄弱。”

“我有办法对付他。”

“什么办法？”

“‘安全词’。”张扬把柯尧的安全词告诉了浩哥，“这是我买他的时候设置好的，公司说这是一种催眠暗示，能让他在短时间内失去行动能力。”她不停地松握手指，搓着掌心凝出的细汗，其实她对安全词的效用不敢抱希望，毕竟重置的作用都会随着时间推移而失效。况且，万一她碰到柯舜呢？

浩哥显然也不怎么相信这个东西，但他还是点头：“我记住了。”

两人分头进了白日梦。

浩哥大大方方地往楼上包厢走，张扬则在大堂驻足了一会儿，心里发怯。一个服务员经过她身边时问道：“女士，您是找不到包厢吗？”

“不是，我在这里等人。”

上了楼，张扬才感到茫然，这里有两百多个包厢，她要从何找起？她决定先筛查一遍，那些唱歌唱得正欢的肯定不是，按照这个条件，碰上包厢内相对安静的，她就推门进去看看，有人就假装走错了。

但走廊上有很多人往来穿梭，她的行为看起来鬼鬼祟祟的，一个服务生主动过来问她包厢号，要送她过去。

张扬说自己忘了。

服务生不耐烦起来：“女士，我们这边每天都有粉丝和狗仔蹲点，即便您是客人，您也不能这样去骚扰别的客人，请您尽快确认自己的包厢，我送您过去，不然就只能暂时请您出去了。”

张扬从前在人前是内向而拘谨的，但此时哪怕是当面给她难堪，她都没有任何感觉了。她好像对外界的很多感知都麻木了，她用浩哥给她的临时电话拨给浩哥，说这里太大了，自己找不到柯尧。

浩哥那边也不顺利，气喘吁吁地说：“我也没找到盛世，他被转移了，不知道是自己走的还是我们慢了一步。”

仿佛在悬崖边上一脚踏空，张扬有种瞬间失重的感觉，与死亡的威胁一起，呼啸着席卷着她的神经，令她几乎无法呼吸。

浩哥又说：“你听我说，越是这个时候越不能慌，现在最要紧的是尽快找到他们。我马上就会触动火灾报警器，那时，所有人都需要从正门和后门这两处疏散，我守正门，你守后门，听明白了吗？”

“明白。”张扬脑海中一片纷乱，只有“盛世”两个字愈发清晰。她必须保护盛世，她必须阻止柯尧！

服务生问道：“女士，您问清楚了吗？到底是哪个包厢？”

张扬充耳不闻，她顺着安全标志去找后门的出口。

服务生追了上来，一把拉住张扬的手，厉声道：“我不能让您这样去骚扰其他客人，请您跟我出去一下。”

张扬猛地回头，表情狰狞，目光凶狠，她一边挣扎一边喊：“放开我！我要去救人！”

服务生被张扬突如其来的异状吓了一跳，但他自然不会惧怕一个瘦弱的女孩子，此时更坚定了她是个正在跟踪某个明星的粉丝，而且看着精神还不太正常，便强行将她往外拖。

张扬急了：这个人懂什么，他居然阻止自己去救盛世！他知不知

道现在浪费的分分秒秒都可能是盛世的生机！新仇旧恨在这一刹那涌上心头，张扬大脑一热，猛地伸出手。

“啊——”那服务生毫无防备，被推倒在地。

张扬身体剧烈颤抖着，看着这个原本比她高了一个头的、对她凶神恶煞的男人突然倒在面前，竟生出了一丝扭曲的快意，甚至盖过了第一次出手伤人的恐惧和内疚，她发着抖说：“是你、是你逼我的……”她扭身跑了。

张扬一边跑，一边回想着刚刚的一幕，恶意猩红像是毒蛇吐出来的信子，正倒悬于上空，徘徊环伺，嘶嘶作响，逐渐用血色的毒汁浸染了她的整个世界。

背后传来惊叫和大喊的声音，但张扬充耳不闻。

下一刻，尖锐刺耳的报警声响起，无数包厢门被打开，训练有素的工作人员指引着客人冷静、有序地撤离。

张扬马上就要跑到出口了，却突然被一股蛮力拖进了一个包厢。

包厢里没开灯，只有被按了暂停键的投影屏幕的微光支撑着整个空间的照明，因而坐在沙发角落里的男人被隐没了细节，只显露出一团模糊的轮廓，像一头蛰伏在黑暗中的猛兽，谨慎地呼吸着、窥伺着自己的猎物。

张扬战栗着，当她面前不止柯尧一个人的时候，她的安全词毫无意义。

“你都跑了，为什么还回来？”柯尧的话音平静寡淡，没有起伏。

“我……我要救哥哥。”

“你靠什么救他？靠陈忠浩那个废物？”

张扬呼吸一滞。浩哥怎么样了，难道也被他们……

柯尧像是与黑暗融为了一体，动也不动：“我已经打算放过你了，你却要自投罗网。”

“我，我劝你不要碰盛世。”对着这个曾经朝夕相处、亲密缠绵，甚至原本想要共度一生的男人，张扬此时只剩下满腔的惧与恨，“他是无辜的。”

柯尧冷笑：“无辜？你觉得公平吗？我们明明拥有相同的样貌，他可以活在千万人的拥戴下，享受所有的好东西，而我却连人都不能见。”

“因为你只是被制造出来的！”张扬激动地说，“盛世做错了什么，他没有对不起你！”

“那我又做错了什么，我们又做错了什么，要被迫面对这样的命运？”

张扬深吸了一口气：“你觉得你的计划行得通吗？你真的以为所有人都是傻子吗？就算你一时瞒过了一些人，也不可能瞒一辈子，这么多知道内情的人，你打算都杀掉吗？”

柯尧舔了舔嘴唇：“是啊，都杀掉不就好了。”

张扬不寒而栗：“袁菲……还活着吗？”

“她暂时还有用，所以还活着。”

“浩哥呢？千代呢？我呢？柯尧，我们在一起那么久，你真的要杀我吗？”

“我不会杀你的。因为我答应过柯禹，因为我那个傻弟弟，想要在获得自由后和你在一起，所以我向他承诺过，绝对不会杀你。”

柯禹这个名字像一把剑，将张扬的心刺了个对穿，剧痛蔓延全身，令她的每一根神经痉挛着，模糊了她的神智，让她又陷入那种趋于崩溃的情绪里。她摇着头，痛苦地呢喃着：“柯禹……柯禹……”

“所以我不会杀你，我要让你活着。”柯尧的眼神恐怖如斯，“活在地狱里。”

刺耳的警报，柯尧的威胁，仿真人们在黑暗中盯着她的充满敌意的、发光的眼睛，一样样都像是浇注在她神经上的烧红的铁水，烫得她发出无声的惨叫，她的大脑愈发混乱，眼前愈发模糊，徒劳地说着：“警察，警察不会放过你的。”

“陈忠浩现在自身难保，至于警察……”柯尧不屑地说，“警察要怎么证明我不是盛世呢？”

张扬呆住了。

一模一样的长相，一模一样的 DNA，只要没有真正的盛世，谁能证明他不是盛世？！

“盛世死了，我就是盛世。”柯尧看着张扬，目光残忍至极，“你想要救他？你觉得他无辜又伟大？你见过真正的盛世吗？你有没有想过，我基因里的残酷、冷血、自私，都是谁赋予我的？”

“闭嘴！”张扬吼道，“你自己心理扭曲，你觉得不平等，你觉得受到了迫害，谁对不起你你找谁去！你去报复制造你的公司啊，你去报复贝姐和那些大人物啊，关盛世什么事，盛世根本不是你这样的人！”

“在你眼里，盛世真是个圣人啊。”柯尧讽刺地笑了，他掏出手机，“你想看看真正的盛世吗？”

张扬本能地惧怕他要向自己展示的东西。

柯尧将一段视频投屏到了大屏幕上。以画面视角判断，这段视频是进去送酒的服务生偷拍的，盛世穿着一件红色的T恤，怀里抱着一个长发女孩，正一边跟朋友碰杯、一边跟着音乐摇头晃脑，看起来十分兴奋，不正常的兴奋……

张扬如遭雷击，如遇洪水猛兽般拒绝这个视频。她转过脸去，牙齿几乎把嘴唇咬出血来。

“你不是不信吗，你不信盛世过不了尿检？不信他私生活混乱？”柯尧笑得十分愉悦，“你觉得我比不上盛世，我无法取代你的哥哥，可他又是什么东西，他又比我们好在哪里？”

一座高塔在眼前轰然崩塌，天幕缓缓坠落，最终垂到了地平线边缘，仿佛有什么细密的、拙劣的针脚，将高洁难触的天与任人践踏的地歪歪扭扭地缝到了一起，再也难以分割。眼前的画面开始扭曲、裂变，她看着视频中的人，明明是最熟悉的一张脸，却又让她感到无比陌生，就像看到让自己信仰崩塌的柯尧时那样陌生。

盛世不会是这样的，盛世怎么会是这样的？

她爱的人，是那个……是那个配得上世间一切美好辞藻的圣洁高贵的人，她为他付出了那么多的爱，那么多的时间和金钱，那么多的信任和崇拜，如同在供养一个神，她为信仰而奉献，所以她甘之如饴，

所以她感到无上的荣耀。但这却不是盛世，盛世不是这样的！

心里这样想着，嘴里便也喊了出来，张扬歇斯底里地否认着。约束她理智的最后一丝力量也消失了，她放纵自己的思维，放纵自己的情绪，放纵自己的爱与恨。她想要毁灭一切，毁灭这个屋子里的所有人，尤其是那个人，那个她一切错误的起源，那个将她推下万丈深渊的柯尧。

柯尧是罪魁祸首。是他害自己失去所有，是他害自己变成现在这样，现在他还想害盛世。对，一定是他在陷害盛世，难道视频不可以造假吗？难道不能是他扮演了盛世，去拍这些所谓的证据吗？没有亲眼所见，没有亲自去证实的东西，怎么可以轻信？盛世被那么多人污蔑的时候，她们都坚定地相信着他、陪伴着他，现在又怎么能被一个想要害盛世、害自己的人离间？她绝不能上柯尧的当！

尽管，心中的裂缝已经变成天险深堑；尽管，视频里的人怎么看都是盛世，但她拒绝相信，拒绝思考，趋利避害的本能让她必须否认，否则她该怎么办呢？她为了盛世走到了今天这个地步，如果盛世不是她的盛世，她失去的一切算什么？那对她而言，实在是太残酷了啊！

柯尧看着张扬的眼神，甚至带了一丝怜悯，他快乐又残忍地笑："没关系，我可以带你去看盛世，让你亲眼看看他是个什么样的人。"

"不，我，我要报警！"张扬转身想跑。

有人要去抓她，包厢门却突然被狠狠地从外推开，精准地撞上了男人的额头，男人痛呼一声，向后倒去，一个人影闯入包厢，拉住张扬就往外跑："快走！"

听到浩哥的声音，张扬当场落泪。这是她仅剩的希望了，她追问道：“盛世呢？盛世呢？”

“不知道，肯定被他们抓住了。”浩哥咬牙道，“失策了，他们的计划比我们想象中更周全，冯波也在这里。”

张扬这才发现浩哥受伤了，头上、身上全是血，她刚要询问，就听到后面阵阵急促的脚步声，回头一看，柯尧已经带人追出来了。

张扬惊恐万状，浩哥将她往前一推：“快跑！去报警！”说完抓着匕首迎向追上来的人。

张扬头也不敢回地拼命跑，整个KTV的客人已经被疏散得差不多了，一个人也看不到，她现在唯有跑出去，唯有找到警察，才能阻止柯尧！但KTV里格局错综复杂，还要躲避追来的仿真人，不知不觉间，张扬迷路了。

最后，像是巧合，又像是命中注定，她竟又绕回了原地，看到了受伤的浩哥。

张扬痛哭不止：“我，我找人救你，你等我，我……”

张扬连滚带爬地逃出那片几乎会吃人的血沼泽，扶着墙站起来，却意识到，自己没有看到柯尧。对，这里没有柯尧，柯尧还活着！

但是……地上有一串像是血迹的痕迹，绵延着往前延伸而去，她几乎能想象出一个人拖着受伤的身躯往前挪动的画面。她僵立片刻，像是预感到了什么，接着被什么执念驱使着，循着那血迹而去。一步，一步，她顺着血迹走出近百米，在一个包厢前，血迹消失了，她推开了门。

包厢里正播放着一首老式的情歌，女歌手的声音缠绵柔情，又带

点幽怨。茶几上遍布酒瓶、杯碟、烟灰、残羹，客人撤离得匆忙，地上也一片狼藉，一个高大的男人背靠茶几、瘫倒在地，身上遍布血痕，气若游丝。

张扬站定在柯尧面前，观赏了片刻，喉咙里发出古怪的笑声：“哈哈哈哈……”她越笑越大声，仿佛做了世上最大的美梦，喜不自胜，痛快不已，“这滋味如何，嗯？这滋味如何？哈哈哈哈哈——”

柯尧抬起头，眼神迷离，嘴唇颤抖着：“救……我……”

“救你。”张扬蹲了下来，眼底拉扯着长长的血丝，像是恶魔图腾的脉络，已经不见一点人性，“你不是很厉害吗？你不是胜券在握吗？你现在又是什么东西，像条一败涂地的丧家之犬！你就只是个人造出来的玩具罢了，哈哈哈哈哈——”

柯尧已经神志不清了，只是本能地重复着：“救……救我……”

“救你，我会救你的，我会让你解脱的。”张扬伸出手，抚上了柯尧的脸，柔情蜜意地说，“我喜欢过你啊，最开始，是喜欢你的。可你总让我失望，最后还变成这样。我为你付出了一切啊，你为什么要这样对我？啊？为什么？”

柯尧尽管意识模糊，但他察觉到了危险，求生的本能让他开始躲避张扬的手。

他的躲避彻底激怒了张扬，触发了她内心所有的憎恨，她发出凄厉的尖叫：“啊啊啊啊啊——”

张扬的样子似乎惊到了柯尧，他一步步后退，身子不受控制地向后倒去，头部磕在茶几的边缘，随后他倒在地上，瞳孔放大，一动不动了。

世界安静了。

张扬脱力地跪在地上，静静地看着柯尧，看着那张写满了惊讶、恐惧、痛苦的脸，恍然不知自己身在何处，身为何人。

她再次抚上柯尧的脸，那是一张多么好看的脸啊，哪怕在这样的时刻，依然拥有让千万人痴心沉醉的美，是上帝赋予这个世界的艺术品。可惜，它竟然是可以量产的，它竟然可以被复制，被移植到毒株上，淬出剧毒的汁液，将所有的美好腐蚀得面目全非。

她的一生都毁于此了。

回光返照一般，她想起第一次在这里见到柯禹，那份嫉妒、心动、渴望，都恍如昨日。然后她想起她和柯禹在公司见面，她怀着一腔爱意，信誓旦旦要带他回家。如果当时她和柯禹有一个好的结局，所有的故事都会被改写。可惜她被命运捉弄，她带回了柯尧，于是噩梦开始了。她又想起与柯尧的点滴，起初的那点美好在后来变得面目可憎。她想起在贝姐家的见闻，想起柯禹最后时刻的惨状，想起柯尧对她杀气腾腾的每一句话。最后，她想起视频里盛世逍遥作乐的样子。

她看着这张曾经挚爱的脸，胸中却弥漫着无法消解的恨。

都是因为这张脸，她的堕落、她的毁灭、她的万劫不复，都是因为这张脸！

诡吊的惨笑声从震颤的胸腔逸出，钝器重复下落的声响，与背景里旖旎哀怨的老情歌，交织出了一首地狱的协奏曲。

时间的流逝和空间的转换都不再有意义，张扬如同瘫软在地的烂

泥，被什么力量拖了出去。她不停地笑，不停地哭，直到清冽的空气代替刺鼻的血腥，在她的肺部循环，她一片血红的视界里影影绰绰，声音也刺破重重障碍，穿入耳膜。

她已经失去理智了，根本没意识到自己做了什么。

灯光炫目，夜空明如白昼，她看到警车、救护车，看到无数的警察、无数的人，看到担架被急匆匆地从眼前推过，有个声音喊着“还有脉搏，准备副肾”，上面躺着的人四十岁上下，中等身材，很眼熟。

张扬的视线中，突然出现一抹红，一抹明艳的、亮丽的红，那红好熟悉啊，好熟悉啊，她不久前刚见过。她努力让双眼聚焦，仔细分辨。

是……是红T恤，是盛世今晚穿的红T恤。

盛世被两个警察架着往警车上走，他看起来有些醉，但神态平静，毫无慌张。

在经过张扬身边时，盛世顿住了脚步，居高临下地看着张扬。

张扬也仰头看着他，这张脸，这张曾令她魂牵梦萦的脸，此时在她眼中，一如嗜血的修罗般狰狞可怖。

突然，盛世对她笑了一下，淡淡的、优雅的、属于大明星盛世的标准笑容，然后他张开嘴，用口型默读出四个字——“盛世飞扬”。

柯尧的安全词。

一声凄厉的惨叫划破长空——

——全文完——

后记

完结啦！短篇就是爽，区区十三万字就能给我完结的快乐！

这个故事是我定给自己的每年的练笔短篇任务。构思它的初衷来源于我长期对粉圈文化的困惑，素材来自平时吃的各种“瓜”，有修改，无映射，务必不要代入任何人和任何粉丝群体。

作为一个从来没有狂热于任何偶像的人——无论真人还是虚拟，粉丝对偶像的爱是我无法理解和共情的，大多数时候，作为圈外人，看到的都是粉圈的负面行为，也由此产生了很多不解。

圈外人无法理解粉圈思维、粉圈逻辑、粉圈因果、粉圈规则，更无法理解粉圈的人看这个世界的人和事也开始被粉圈逻辑所禁锢，变得狭隘、阴谋论、具有攻击性。

一个人看待另外的人或事，原本应该多维多元地去思考，但当这个人归属于某个群体，就会变成情绪本位的动物，丧失客观性和独立性，于是是非对错不再重要，重要的是立场。这种强大的煽动力和坚定的盲从性令人不寒而栗。

在勒庞的《乌合之众》里，他的每个论点似乎都能解析粉圈文化，

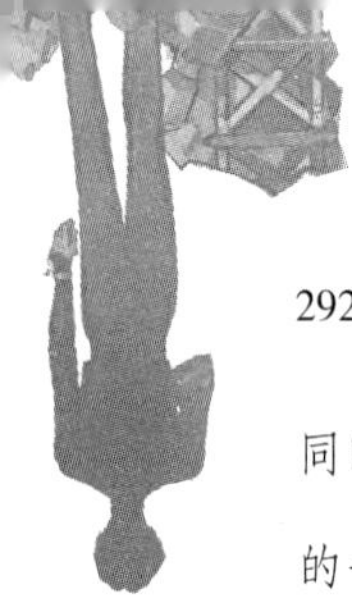

同时也适用于古往今来任何群体文化和群体行为，而这是一百多年前的书，说明人类的行为是共通的，我在此引用书中的两段话：

个人一旦成为群体的一员，他所作所为就不会再承担责任，这时每个人都会暴露出自己不受到约束的一面。群体追求和相信的从来不是什么真相和理性，而是盲从、残忍、偏执和狂热，只知道简单而极端的感情。

在群体之中，绝对不存在理性的人。群体能够消灭个人的独立意识，独立的思考能力。事实上，早在他们的独立意识丧失之前，他们的思想与感情就已被群体所同化。

我还看过一些社会学的分析，倾向于粉丝对偶像的爱是一种自我投射的观点，偶像被神化、符号化、扁平人设化，粉丝在投入沉没成本后，维护偶像其实是在维护自身。当然，实际情况更复杂、更多元，并借由互联网这个新兴载体衍生出了很多新的现象。我没有能力分析，只能写个故事，抛砖引玉寻求更多探讨。

如果这个故事有幸被你看完，也请不吝时间想一想——是谁杀死了偶像？